FRIEDERIKE SCHMÖE
Wernievergibt

TOD IM KAUKASUS Die Münchner Ghostwriterin Kea Laverde nimmt einen Auftrag ihrer ehemaligen Agentin Lynn Digas an. Der droht ein Geschäft durch die Lappen zu gehen: eine Reportage über den Tourismus in Georgien nach dem Augustkrieg von 2008. Lynns Reporterin Mira ist zwar nach Tiflis gereist, hat sich aber von dort aus nicht mehr gemeldet.

Kea tritt die Reise an. Als sie Kontakt zu Mira sucht, stellt sich heraus, dass Keas Kollegin auf einer Reise in das Höhlenkloster Vardzia an der türkischen Grenze spurlos verschwunden ist. In einer nahe gelegenen Schlucht ist eine bis zur Unkenntlichkeit verbrannte Leiche gefunden worden. Kea forscht nach. Kurz vor ihrem Verschwinden hatte Mira ein Konzert der deutsch-georgischen Mezzosopranistin Clara Cleveland, die eigentlich an der Bayerischen Staatsoper in München ein Engagement hat und von den Medien hochgelobt wird, besucht. Aber auch Clara ist nicht mehr aufzufinden ...

Friederike Schmöe wurde 1967 in Coburg geboren. Heute lebt sie in Bamberg. Neben ihrer schriftstellerischen Tätigkeit ist die habilitierte Germanistin als Dozentin an den Universitäten in Bamberg und Saarbrücken beschäftigt. Mit Katinka Palfy, der kultigen Heldin ihrer ersten acht Romane, hat sie sich in der Krimiszene längst einen Namen gemacht. »Wernievergibt« ist der fünfte Band ihrer ebenso erfolgreichen Krimiserie um die Münchner Ghostwriterin Kea Laverde.

Bisherige Veröffentlichungen im Gmeiner-Verlag:
Süßer der Punsch nie tötet (2010)
Wieweitdugehst (2010)
Bisduvergisst (2010)
Fliehganzleis (2009)
Schweigfeinstill (2009)
Spinnefeind (2008)
Pfeilgift (2008)
Januskopf (2007)
Schockstarre (2007)
Käfersterben (2006)
Fratzenmond (2006)
Kirchweihmord (2005)
Maskenspiel (2005)

FRIEDERIKE SCHMÖE
Wernievergibt
Kea Laverdes fünfter Fall

Original

GMEINER

Personen und Handlung sind frei erfunden.
Ähnlichkeiten mit lebenden oder toten Personen
sind rein zufällig und nicht beabsichtigt.

Besuchen Sie uns im Internet:
www.gmeiner-verlag.de

© 2011 – Gmeiner-Verlag GmbH
Im Ehnried 5, 88605 Meßkirch
Telefon 0 75 75 / 20 95-0
info@gmeiner-verlag.de
Alle Rechte vorbehalten
1. Auflage 2011

Lektorat: Claudia Senghaas, Kirchardt
Herstellung / Korrekturen: Julia Franze / Sven Lang
Umschlaggestaltung: U.O.R.G. Lutz Eberle, Stuttgart
unter Verwendung des Fotos »woman playing piano«
von: © Netfalls / fotolia.de
Druck: Fuldaer Verlagsanstalt, Fulda
Printed in Germany
ISBN 978-3-8392-1135-9

I dedicate this book to
Julia
She has given me a home
in a world
where I was – and still am –
a complete stranger

PROLOG

Der Mann rappelte sich auf und klopfte ungeduldig feuchten Sand von seiner Lederjacke. Beim Sprung aus dem Wagen hatte er sich die Schulter grün und blau geschlagen. Die ganze linke Seite tat ihm weh. Aber das war es wert. 5.000 Dollar waren es allemal wert.

Er trat vorsichtig an den abschüssigen Rand der schmalen Straße. Anfang April lag Schnee auf den umliegenden Bergen und Matsch auf der Straße, doch das Flüsschen unten in der Schlucht war getaut und rauschte voller Leidenschaft durch das felsige Bachbett.

Die Gegend erstarrte um diese Zeit in Einsamkeit. Das Kloster Wardsia lag weit genug weg, und die Mönche kamen kaum aus ihrem vereisten Domizil heraus. Die Touristensaison hatte längst noch nicht begonnen. Der Mann schnaubte. Wenn man hier, im gebirgigen Süden Georgiens, überhaupt von Tourismus sprechen konnte. Die Nordostgrenze der Türkei lag keine 20 Kilometer entfernt. Die beschwerliche Fahrt über schmale Sträßchen, die an steilen Hängen klebten, mehr beansprucht von Kuhherden als von Fahrzeugen, nahmen nur wenige Urlauber auf sich. Ab Mai, sogar erst ab Juni, wenn die Hitze einsetzte und die Sonne auf dem kahlen Felsen unerträgliche Glut entfachte, kamen ein paar. Sie kamen wegen des Klosters, wegen der Fresken, vielleicht wegen der Einsamkeit. Sie reisten von weither an, in Jeeps und Minibussen, und fühlten sich fremd. So wie er.

Der Wagen lag zerschmettert in der Schlucht. Die Explosion war gewaltig gewesen, immerhin hatte er daran gedacht, zusätzlich drei Gasflaschen im Kofferraum mitzunehmen. Während der irrwitzige Knall von den Bergen zurückprallte, war er über die Straße gekugelt, um den schnellen Ausstieg abzufangen. Hundert Meter tief war der Sturz gewesen, wenn nicht mehr. Hierzulande fuhr man ohne Sicherheitsgurt, aber die dumme Frau aus dem Westen hatte sich natürlich angeschnallt. Er grinste schief. Das Sicherheitsbedürfnis der Westler fand er lächerlich; man sah ja, wohin es führte. Die Leiche würde bis zur Unkenntlichkeit verbrennen. Der Mann nickte zufrieden. 5.000 Dollar. Er war im Augustkrieg 2008 aus Zchinwali geflüchtet, als die russische Armee Georgien überrollte. Ein Krieg, über dessen Ursachen und Urheber heute noch gestritten wurde. Journalisten, EU-Offizielle und Politiker diskutierten sich die Münder fransig, dabei wucherten die Theorien über den Auslöser der Angriffe ins Unendliche. Er selbst hatte in Südossetien gelebt, ein Georgier in einem georgischen Dorf auf ossetischem Boden, und er hatte das Gebiet fluchtartig verlassen, mit seiner Frau und zwei Söhnen. Einem von ihnen war von ossetischen Milizen in den Kopf geschossen worden. In so einem Krieg entwickelten sich schnell Nutznießer. Sie kämpften auf irgendeiner Seite, nicht um der Sache oder der Überzeugung willen, sondern wegen des Profits. Sie optimierten ihre Verdienste mit Geiselnahmen und Auftragsmorden. Das konnte der Mord an einem ganzen Dorf sein, wenn nötig. Big Business des Krieges. Sein Sohn hatte die Verletzung überlebt, aber er war ein Tölpel geworden, ein Kretin. Seine Frau war über diesem Unglück zerbrochen. Sein zweiter Sohn ging noch zur Schule. Sie hatten keine Bleibe, er fand keinen Job, und so hauste die Familie nördlich der Autobahn zwischen Tbilissi und Gori in einem Flüchtlingslager, in einem Häuschen mit Chemieklo, das an eine Schuhschachtel erinnerte. Seine Frau konnte vor Kummer nicht arbeiten, und seine Geliebte bekam ein Kind von ihm. Er brauchte das Geld dringend.

Schwarzer Qualm trieb durch die Schlucht. Der Mann,

der sich selbst nie als Mörder bezeichnet hätte, steckte sich eine Zigarette an. Endlich. Die Westlerin war natürlich Nichtraucherin. Gewesen! Der Mann nahm einen tiefen Zug. Angeblich vertrug sie den Rauch nicht. Und wollte nicht, dass er ein Fenster öffnete, weil ihr kalt war. Er hätte sie am liebsten vorher vernascht. Nordische Frauen waren leicht zu erobern. Er musste sich zurückhalten, an die 5.000 Dollar denken, nur daran denken. Er musste die Ärzte für den idiotischen Sohn und seine depressive Frau bezahlen. Außerdem musste man ja essen und trinken.

Es begann, sacht zu schneien. Auf der unbefestigten Piste schmolzen die Flocken und wurden zu Matsch. Besser, er sah zu, dass er wegkam. Die Gegend war zu einsam für Zeugen, doch man konnte nie wissen.

Der Mann wandte sich vom Abgrund weg und ging über die Straße zurück nach Norden. 20 Minuten später hatte er die Felsspalte wiedergefunden, wo er tags zuvor das Motorrad untergestellt hatte. Er schwang sich in den Sattel. Der Motor sprang sofort an. Erleichtert gab er Gas. Er mochte das Hochgebirge nicht. Plötzlich schien es ihm, als hörte er die Berge atmen. Kurz vor der nächsten Haarnadelkurve wandte er sich um und warf einen letzten Blick auf die schwarze Wolke, die ihm, zwischen den kahlen Hängen dahintreibend, gleichgültig nachsah.

1

Der Friedhof von Ohlkirchen drückte sich verschämt an die lachsrosa gestrichene kleine Kirche. Bayerisch, Barock, Zwiebelturm. Die Idylle störte der schneidende Wind, der von Osten kommend meine Laune in den Keller trieb.

Wir standen zu dritt neben dem offenen Grab, in das die Helfershelfer mit den diskreten Uniformen einen schlanken, schwarzen Sarg herabsinken ließen. Rechts neben mir hörte ich Juliane tief durchatmen. Sie war meine beste Freundin, meine Ersatzmutter und mein Fels in der Brandung. Mehr als mein Lebenspartner Nero Keller, der sich links neben mir aufgestellt hatte, um Dolly Streitberg, Julianes Schwester, die letzte Ehre zu erweisen. Ausdrücke wie ›letzte Ehre‹ passten zu Neros konservativer Weltsicht. Er war Hauptkommissar im Münchner Landeskriminalamt und hatte mit Cyberverbrechen zu tun, die mindestens so echt waren wie der Sarg, der nun tief unten in der Grube auf die Erde schlug.

Uns gegenüber stand Dollys Sohn. Er war an die 30 und sah atemberaubend gut aus. Obwohl in festen Händen, interessierte ich mich dafür, wie Männer aussahen, und zwar von oben bis unten, innen und außen und umgekehrt. Dollys Sohn Sascha hätte einem Latin Lover Konkurrenz gemacht. Er war sehr schlank, fast mager, von vornehmer Blässe und phänomenal glattrasiert. Das schwarze, kinnlange Haar schmiegte sich in Wellen an seinen schmalen Kopf, im linken Ohr klemmte ein silberner Ring. Seine dunklen Augen blinzelten hinter einem Schleier aus Fassungslosigkeit hervor.

»Mein Neffe bricht gleich in Tränen aus«, zischte Juliane mir zu. »Er glaubt, bei den Frauen käme das gut an.«

»Ich wusste ehrlich gesagt nicht mal, dass Dolly Kinder hatte!«

»Nur dieses eine.«

Der Mann vom Beerdigungsinstitut trat von einem Bein aufs andere. Eine vierköpfige Trauergesellschaft, und dann noch Geschwätz am Grab, kaum dass der Sarg außer Sicht war. Er blickte zweifelnd zwischen Juliane und Sascha hin und her.

»Kommen Sie zum Abschluss«, sagte Juliane cool.

Nicht, dass sie ihre Schwester nicht geliebt hätte. Im Gegenteil, sie hatte mit einer für einen harten Brocken wie Juliane unerwarteten Zärtlichkeit an der Jüngeren gehangen und in den letzten Monaten für sie gesorgt. Wohingegen Sascha niemals aufgetaucht war, um sich um seine alzheimerkranke Mutter zu kümmern.

»Sie bekam ihn mit Mitte 40, das war ein bisschen spät«, knurrte Juliane. »Verzogen und verhätschelt hat sie ihn. Sieh dir den Weichling an! Wird nur von seiner Lederjacke zusammengehalten!«

Saschas Trauer schien vorwiegend aus Verblüffung zu bestehen. Dass er überhaupt eine Mutter gehabt hatte, und dass diese Mutter nun tot war. Beides bekam er nicht schnell genug auf die Reihe. Ich schlug den Kragen meines Mantels hoch. Falls es irgendwann endlich Frühling würde, hätte ich ein paar echt nette Klamotten im Schrank.

Wir traten vor, um Erde und Blumen auf Dollys Sarg zu werfen. Der Anblick der Vergänglichkeit traf mich stets mit Wucht. Erinnerungen an die Beerdigung meines Vaters kamen hoch. In einem Herbst, kalt und nass wie dieser April. Und an meine eigene Sterblichkeit. Beinahe hätte auch ich in so einer Kiste gelegen und wäre verbuddelt worden. So lange war es nicht her, dass ich dem Tod von der Schippe gesprungen war. Tatsache war: Es würde irgendwann für jeden von uns so weit sein. Der Tod war leicht herbeizuführen; wenn nötig in Sekunden. Aber zu leben, das war die eigentliche Kunst. Und das Wunder. ›Celebrate your day. It's your turn to win.‹ Wenn ich mich nicht sehr täuschte, hatte ich das vor Jahren in Disneyland gelesen. Auf einer Reportagereise durch die Sümpfe Floridas hatte ich mir Peter Pan und Micky Maus nicht nehmen lassen. Gestatten: Kea Laverde, 41, unverheiratet, Ghostwriterin, ehemalige Reisejournalistin. Das ewige Kind. 80 Kilo, Vollweib, jawohl, langes glattes schwarzes Haar.

Wann und wo lag der große Gewinn für dich bereit, Dolly?, fragte ich im Stillen.

Sie war 73 Jahre alt geworden. Zu Lebzeiten hatte sie stets älter und vor allem konventioneller gewirkt als ihre Schwester. Juliane ging auf die 79 zu. Sie trug schwarze Marlenehosen und einen feuerroten Rollkragenpulli unter ihrem Regenmantel. Auf ihrem raspelkurzen weißen Haar saß eine Schirmmütze im Fidel-Castro-Stil.

Ich griff konzentriert nach dem Schäufelchen, das in der feuchten Erde steckte, und warf ein paar Krümel auf den Sarg. Die Tränen brannten. Nicht heulen, Mascara verläuft, dachte ich. Nach mir kam Nero, dann Juliane.

»Lasst uns gehen!« Juliane hakte sich bei mir ein. »Ich lade euch zum Tröster ins Wirtshaus Elser ein.«

Wir saßen vor Streuselkuchen mit Sahne und einem dünnen Kaffee. Juliane neben mir, Nero und Sascha uns gegenüber. Hier saß man katholisch.

»Wie ging es ihr in letzter Zeit?«, fragte Sascha duckmäuserisch.

»Spielt das jetzt noch eine Rolle?« Julianes Antwort kam hämisch. So kannte ich sie nicht. Dollys Tod hatte sie tief getroffen. Sie versuchte, über den Schock hinwegzutäuschen, indem sie den Kotzbrocken spielte.

Sascha wischte sich die Augenwinkel. Nero räusperte sich alle paar Sekunden, versuchte vergeblich, gegen das stachelige Schweigen anzuarbeiten. Ich hatte keine Ahnung, was ich sagen sollte. Ich hatte Juliane lieb. Aber sie ließ sich nicht trösten. Nicht einmal anfassen. Meine zaghafte Umarmung auf dem Friedhof hatte sie abgeschmettert. Sie verhielt sich wie Gott Pan, als er feststellen musste, dass sich seine Geliebte Nymphe Syrinx in ein Schilfrohr verwandelt hatte: Sie konnte es nicht glauben.

»Sie hat mich nicht mehr erkannt«, sagte Juliane. »Seit Monaten nicht.«

»Möchte jemand noch Kaffee?« Nero hielt die Kanne in der Hand und sah herausfordernd in die Runde.

Obwohl die Brühe grauenvoll schmeckte, streckte ich ihm meine Tasse hin.

»Ich habe dich oft genug angerufen und dir geschildert, wie es um deine Mutter steht!«, fuhr Juliane fort und ein frostiger Wind wehte über den Tisch hinweg. »Du hast sie kein einziges Mal besucht.«

Sascha schien noch schmaler zu werden. »Ich hatte keine Zeit«, verteidigte er sich.

»Keine Zeit, die eigene Mutter zu sehen, bevor es mit ihr zu Ende ging?«

»Aber ...« Er verkroch sich in seiner Lederjacke. Ein frisch geschlüpftes Küken, das erfolglos versuchte, ins Ei zurückzurobben.

»Nee, klar, du hast einen verantwortungsvollen Job da im kapitalistischen Pfuhl. Arbeitest dich ganz nach oben. Respekt, Neffe, Respekt.«

Juliane sprach ihn nicht einmal mit seinem Namen an. Zum Glück war er schlau genug, nichts zu erwidern.

»Finanzmarkt. Interessante Geschichte. Seit Kurzem wissen wir dank Krise ja eine Menge mehr über euch Krawattenmafiosi. Jetzt ist es belegt; vorher war es nur Bauchgefühl. Ich kann dich beruhigen: Dolly hätte dich sowieso nicht mehr erkannt. Sie hat nämlich keinen mehr erkannt. Nicht einmal gesprochen hat sie mehr. Ihre einzige Aktivität bestand darin, sich auszuziehen, wo immer sie saß. Kaum hattest du den Rollstuhl in den Park geschoben, knöpfte sie sich die Jacke auf. Im Speisesaal: runter mit der Bluse.« Juliane schüttelte sich. Ihr Blick lag lauernd auf Sascha. »Könnte erblich sein. Achte auf deine Gene.«

Mein Handy klingelte.

»Entschuldigt«, murmelte ich, versuchte, meine Erleichterung nicht zu zeigen, und ging aus der Gaststube hinaus in den Biergarten. »Laverde?« Eine Freiberuflerin musste jede Minute mit Aufträgen rechnen.

»Kea? Hier spricht Lynn. Lynn Digas!«

»Mensch, Lynn, lange nichts gehört.« Während ich als Reisereporterin durch die Welt tourte, hatte Lynn mich als Agentin unter Vertrag gehabt.

»Störe ich gerade?«

»Kann man so nicht sagen.«

»O. k., ich mache es kurz. Kea: Könntest du dir vorstellen einzuspringen? Reportage? Möglichst sofort? Oder in den nächsten, sagen wir, drei Tagen?«

»Du machst mir Spaß.« Der Wind fegte durch meine Kleider. Mein Mantel hing irgendwo im Wirtshaus. »Wenn es jedoch ein warmer Ort wäre …«

»Südkaukasus. Liegt auf der Höhe von Neapel. Südlich genug. Da ist schon Frühling.«

Ich blickte auf die Butzenscheiben, hinter denen die dezimierte Trauergesellschaft die Messer wetzte. Vermutlich hatte Juliane bereits ein großes Stück aus ihrem Neffen herausgesäbelt.

»Süd – was?«

»Georgien. Du weißt doch: Es gab einen Krieg da und wir haben ein renommiertes Reisemagazin unter unseren Kunden, die wissen wollen, ob es dort noch oder wieder Tourismus gibt, wenn ja, wie er aussieht und so weiter.«

»Hast du niemanden anderen, der das machen kann?« Ich

hatte keine Zeit für Mätzchen. Ich musste ein Projekt fertighosten. Die Lebensgeschichte eines Dirigenten. Langweilig bis zum Einschlafen. Ich brauchte literweise Kaffee, um bei der Stange zu bleiben.

»Ich habe Mira losgeschickt. Mira Berglund, eine meiner stärksten Journalistinnen Leider ist sie in Georgien abgetaucht und meldet sich nicht mehr.«

Das gab es ab und zu in der Branche. Der Reisejournalismus zog Abenteurer und Gesindel an. Insbesondere Typen, die die Pubertät nicht ganz abgeschlossen hatten oder unmittelbar im Anschluss in eine böse Midlife-Crisis gesaugt worden waren. Manche fanden die große Liebe, tauchten unter, kamen Jahre später wieder in Deutschland angekrochen, übel mitgenommen, weil die Illusionen in Rauch aufgegangen und die Ersparnisse aufgebraucht waren, und flehten um einen Job.

»Kea, ein amerikanisches Magazin will die Rechte für die englische Übersetzung kaufen. Das ist ein Riesendeal. Wir brauchen den Auftrag, weil wir mit denen gerne langfristig ins Geschäft kommen wollen ...«

»Ich habe keine Ahnung von Georgien. Ich kann kein Russisch. Oder was sprechen die da eigentlich?«

»Georgisch. Kein Problem. Du besorgst dir eine Dolmetscherin. Die Agentur übernimmt alle Kosten. Jeden Abend fliegt eine Maschine nonstop von München nach Tbilissi. Ich buche dir das Ticket. Economy flex, wenn du willst. Jederzeit umbuchbar.«

Ich hatte mir geschworen, nie mehr zu fliegen. Nie mehr von der Einsamkeit des Reisens verschluckt zu werden, die mir mehr als die Hälfte meines beruflichen Lebens zur Hölle gemacht hatte. Ich wollte nicht mehr in Lounges an Flughäfen herumhängen oder in Hotels, in denen mir nur Fernsehgeräte und Minibars Gesellschaft leisteten, bis ich freiwillig mit meinem zerkratzten Spiegelbild in einem Badezimmer voller Kakerlaken ratschte. Ich hatte genug von Ausnahmezuständen, annullierten Flügen und emotionaler Drangsal.

Nero trat in den Garten. Er brachte mir meinen Mantel und legte ihn mir über die Schultern. Das war ein Mann! Er wusste, was ich brauchte. Nur, wo würde mein Leben nun hinführen? Von einem selbstverliebten Ghostwritingprojekt zum nächsten? Von einer Beerdigung zur nächsten? Wie viel Zeit stand mir zur Verfügung? Und was, bitteschön, sollte ich mit meiner Lebenszeit anfangen?

Nero würde übermorgen ans BKA nach Wiesbaden fahren und dort eine Fortbildung halten. Anschließend hatte ihn der BND eingeladen. Wir wären ohnehin mindestens einen knappen Monat getrennt.

»Wie lange …?«, begann ich.

»Mira wollte drei Wochen bleiben. Kea, gib deinem Herzen einen Stoß. Dir traue ich zu, dass du zurechtkommst und die richtige Story mit nach Hause bringst.«

»Sag mal, wann hatten die diesen Krieg?«

»2008. Exakt darum geht es.« Lynns Stimme klang ein bisschen zu glatt. Das sichere Anzeichen von Ungeduld.

»Ist ja eine Ewigkeit her«, unkte ich. »Nicht mal zwei Jahre.« Nero sah mich an, als wollte er mir das Telefon aus der Hand reißen. Immer besorgt, dieser Mann mit den Torfaugen und dem italienischen Bart. Immer auf der Seite von Gesetz und Gerechtigkeit. Einer, der das Schlimmste stets für möglich hielt. Nero würde durchdrehen, wenn ich nach Georgien fuhr.

»Sie tranchiert Sascha«, flüsterte er mir zu. »Deeskalationsmaßnahmen laufen ins Leere.« Er blinzelte, weil er wusste, wie allergisch ich auf Polizeijargon reagierte.

»Ich mach's«, sagte ich. »Reserviere mir den Flug für morgen Abend.«

Nero starrte mich an.

»Oder warte mal, Lynn. Buche zwei Tickets. Nein, auf eure Kosten! Und ob ich weiß, dass du das kannst!«

2

Weit im Norden Georgiens, an der russischen Grenze, im Ort Kasbegi, der mittlerweile Stepandsminda hieß, weil man ja wieder religiös sein und sich mit den Namen von Heiligen wie dem heiligen Stefan schmücken durfte, machte sich eine alte Frau mit dem vielsagenden Vornamen Medea auf den Weg, um in der Kirche Dsminda Sameba zu beten. Die Kirche befand sich auf einem dem berühmten Kasbek vorgelagerten Berg, dem Kwemi Mta, hoch über dem Ort. Der Weg war beschwerlich, aber Medea, die ihr genaues Alter nicht kannte, hatte mit Ausdauer und Beharrlichkeit fast jedes Ziel in ihrem Leben erreicht. Der steile Aufstieg vom Dorf schreckte sie nicht. Sie hatte Zeit. Sie trug ausgetretene Gummistiefel, die sie früher verwendet hatte, um Trauben zu zerstampfen, damit irgendwann Wein daraus wurde. Allerdings lebte sie derzeit in einer unwirtlichen Bergregion, wo von Wein keine Rede sein konnte. Sie lebte hier, weil es ihr sinnvoll erschien, nicht in allzu vielen Registern aufzutauchen. Die Hauptstadt war keine 200 Kilometer von Stepandsminda entfernt, das Sammeltaxi brauchte gut drei Stunden, wenn alles glatt ging, wenn auf dem Kreuzpass kein Wetterumschwung wartete und kein Passagier kotzen musste. Medea saß hier draußen am Ende der Welt; besser so.

Am gestrigen Nachmittag, als sie mit Keti Kaffee getrunken hatte, war etwas Dummes passiert. Keti und sie lasen gern im Kaffeesatz. Sie nahmen das nicht ernst. Es war nur eine Möglichkeit, sich etwas Nettes zu sagen, über die Lage im Dorf zu debattieren, einen Nachbarn nach dem anderen durch den Kakao zu ziehen und sich eine Abwechslung zu gönnen. Der Winter in Stepandsminda begann im September und endete im Mai.

Wo auch immer Medea sich länger niedergelassen hatte – irgendwann kamen die Leute zu ihr und fragten um Rat. Wegen Krankheiten, bevorstehender Geburten, Hochzeiten, Scheidungen oder sonstiger Übel, die einem Menschen in seinem Leben widerfuhren. Offiziell gehörten sie seit der Loslösung von der Sowjetunion dem georgisch-orthodoxen Glauben an. Viel tiefer verwurzelt war bei den meisten eine Ahnung von jenem alten Wissen, das hier knapp unterhalb des Kasbek, des Eisgipfels, wie er auf Georgisch hieß, besonders üppig gedieh. Immerhin, so ging die Geschichte, war Prometheus an den Felsen des vergletscherten Riesen angekettet gewesen, als Strafe für den Frevel, den Menschen das Feuer gebracht zu haben, und die Vögel hatten seine Leber angefressen, aus dem einzigen sadistischen Grund, sein Leiden zu verlängern. Hier also geschahen ab und an mysteriöse Dinge, was Medea nur normal fand an einem Ort, an dem mächtige Götter miteinander im Clinch gelegen hatten. Schon jetzt, am Vormittag, pflegte sich der mürrische Berg hinter Wolkenhaufen zu verbergen. Im Sommer sah Medea ab und zu frustrierte Touristen, die begierig auf ein Foto waren, um es zu Hause vorzuzeigen. Die wenigsten bekamen, was sie wollten. Der Kasbek zeigte sich allenfalls in den frühen Morgenstunden. Man musste also spätestens um 2 Uhr morgens in Tbilissi aufbrechen, um die Kameras rechtzeitig in Stellung zu bringen. Kaum ein Urlauber tat sich eine so unchristliche Zeit an. Und übernachten wollte hier auch niemand. Dem westlichen Auge erschloss sich das Dorf nicht. Sie sahen nur das einfache, oft ärmliche Leben der Bewohner. Ein paar Nachbarn hatten manchmal Touristen aufgenommen. Ganz früher hatte es einmal ein Intourist-Hotel gegeben. Ganz früher ...

Medea raffte die Röcke, während sie durch den Schneematsch immer höher stieg, hielt sich mit der anderen Hand an Ästen und schmalen Stämmchen fest. Im Sommer gewährte der Wald Schatten, jetzt bot er Schutz vor dem Wind. Als sie die letzte Biegung erreicht hatte und zwischen den Bäumen hervortrat, erfassten die klirrend kalten Böen ihr Kopftuch und rissen es beinahe fort. Sie griff danach, band es fest, und sie band es, wie ihre Mutter es getan hatte. Mit dem Knoten im Nacken, die beiden losen Enden über den langen Zipfel geschlungen.

Der Pfad, der auf die Dreifaltigkeitskirche zuführte, war vereist. Bei besserem Wetter fuhren Allradfahrzeuge, sogar Sammeltaxis hier herauf. Heute wartete die Einsamkeit vergeblich auf Gäste. Der April hexte Frost auf die steilen Hänge. Der Himmel war finster von den Wolken, die sich zwischen den Gipfeln ballten. Medea hatte längst aufgehört, sich über das Wetter Gedanken zu machen. Um ihren Frieden zu finden, brauchte sie keine Äußerlichkeiten. Den verharschten, schmutzigen Schnee, auf dem sie in ihren profillosen Gummistiefeln rutschte, beachtete sie ebenso wenig wie die Krähe, die über dem wenige Meter neben der Kirche ausharrenden Glockenturm kreiste. Jenseits der Kirche wachte die nächste Bergkette. Gleichgültig, grau und kalt.

Während Medea sich die eiskalten Hände rieb, dachte sie an Keti und die Kaffeetasse. In ihrer Tasse hatte sie etwas gesehen, was nie da gewesen war: Das Gesicht einer Frau. Einer jungen Frau. Und es war zweimal aufgetaucht:

Auf der Seite, in der die Zukunft zu lesen war, und gegenüber, wenn sie die Tasse in der linken Hand hielt und in die Vergangenheit blickte. Klar und deutlich wie in einem Spiegel!

Keti war eine Null, wenn es darum ging, Bilder sprechen zu lassen. Sie pflegte das Restwasser aus ihrer Tasse zu gießen, die Tasse umzudrehen, zu warten, bis der Satz getrocknet war, und die Tasse dann ohne einen Blick an Medea weiterzureichen.

Medea hatte ab und zu etwas in Ketis Kaffeetasse gesehen, was sie für wichtig hielt. Was sich irgendwie anders anfühlte als das, was sie mit einem Lächeln kommentieren konnte, um anschließend die Tassen auszuspülen. Meist war es um Veränderungen gegangen, auf die sie Keti beiläufig hinwies. Und sie hatte jedes Mal recht behalten.

Oft kamen die Bilder, wenn sie dem Schlaf zutrieb. Weichgezeichnete Skizzen von Dingen, die sie am nächsten Morgen in ihr Heft schrieb. Hingetuscht, wie ein eiliges Aquarell.

Während sie auf Dsminda Sameba zustapfte, fiel ihr auf, dass sie nie irgendein Aufhebens um diese Dinge gemacht hatte. Dass sie zuweilen die Zukunft lesen konnte, daran war nichts Mysteriöses. Sie hatte einfach ein paar Zusammenhänge erkannt und logisch zu Ende gedacht. Bewohnte ihre Gedanken bewusster als die meisten Menschen.

Die Sache mit den zwei Frauengesichtern war anders. Medea war keine Frau, die sich von scheinbar stimmigen Symbolen in die Irre führen ließ. Was einem zunächst schlüssig erschien, stellte sich im Nachhinein meistens als völlig falsch heraus. Medea war nie irgendwelchen Konstrukten auf den Leim gegangen. Soviel seelisches Leid das Leben ihr auch gebracht hat: Für eines war es gut gewesen. Der Schmerz hatte für klare Sicht gesorgt.

Sie betrat die Kirche, faltete die Hände und betete. Sie

murmelte nur, denn sie betete in ihren eigenen Worten, in der Sprache, in der ihre Mutter mit ihr gesprochen hatte, und das ging den Mönch nichts an, der sich in der Ecke mit den Souvenirs zu schaffen machte. Wer kaufte jetzt schon ein Andenken! Zwischen den Versen, die Medea kaum hörbar rezitierte, schnaubte sie verächtlich. Der Mönch beachtete sie nicht. Hier tauchten genug Jammergestalten auf. Alte und Kranke, die im heutigen Georgien zum Elend verdammt waren. Die froh sein konnten, wenn sie Kinder hatten, die ihnen Essen gaben, ein Dach über dem Kopf, die für die Arztrechnungen aufkamen. Medea kannte die geschundenen Seelen, die sich den Berg hinaufschleppten, wo sie auf den ohnedies zermürbten Knien dreimal die Kirche umrundeten, um Erlösung von ihren Sünden und Leiden flehend. Denen blieb nichts anderes als ein Glaube, der zu biegsam war, als dass er an den umliegenden Massiven zerschellen konnte. Erlösung kam nur einmal im Leben, das wusste Medea: Erlösung brachte nur der Tod.

Sie hatte keine Bitte auf den Lippen. Sie glaubte auch nicht an die Vergebung der Sünden. In ihrer Überzeugung musste man irgendwann für das Schlechte, das man getan hatte, büßen. Medea suchte keine Barmherzigkeit. Sie strebte nach Klarheit, und in den alten, kahlen Mauern hier oben fand sie die Erkenntnis schneller als irgendwo sonst.

Allein deshalb war sie hier.

3

Wir saßen am Gate H04 des Münchner Airports, der unter dem Namen Franz-Josef-Strauß-Flughafen firmierte. Das mochte der alleinige Grund für Julianes schlechte Gefühle sein. Sie murrte halblaut etwas von Nepotismus und fehlendem ökologischen Bewusstsein. An meine Gefühle mochte ich gar nicht denken. Das musste ich aber auch nicht. Sie drängten sich von selbst auf. Meine Kehle war so trocken wie ein Fetzen Papier, mein Herz hämmerte. Ich hatte beinahe 48 Stunden nicht geschlafen. In den letzten beiden Nächten war ich durch die Hölle gegangen. Durch verschiedene Höllen. Meine alte Reisepanik brach auf. Ich verfluchte mich und meine Zusage, ich verfluchte Nero und unsere Beziehung. Der Hauptkommissar war zu nichts anderem imstande, als mir Vorhaltungen zu machen. Gefährliche Gegend. Unsichere politische Lage. Teilreisewarnung des Auswärtigen Amtes.

Von letzterer ließ ich mich nicht einschüchtern. Ich hatte ganz andere Gegenden bereist und immer überlebt. Was mich peinigte, war das wirklichkeitsfremde Gefühl, in die Luft gewirbelt und dann losgelassen zu werden. Die Angst, verloren zu gehen. Nie mehr zurückzukehren. Von einem schwarzen Loch verschluckt zu werden. Jeder halbwegs realitätsbewusste Mensch hätte mir einen Vogel gezeigt. Ich wusste selbst, dass ich vollkommen irrationale Befürchtungen auskochte. Das änderte trotzdem nichts daran, dass sie meinem Körper aufs Übelste mitspielten.

Nero hatte tatsächlich für zwei Minuten geglaubt, ich wollte ihn mit in den Kaukasus nehmen.

Wollte ich aber nicht. Ich hatte, während ich mit Lynn telefonierte, schlagartig an Juliane als Reisebegleitung gedacht. »Sie braucht Ablenkung, Nero«, verklickerte ich ihm meine Entscheidung. »Dollys Tod hat sie mehr mitgenommen, als sie zugibt. Sie ist eine einzige offene Wunde. Eine Reise holt sie weg von dem Schmerz und dem Groll, den sie gegen ihren Neffen hegt.«

Tief innen gab ich zu: Nicht deshalb bevorzugte ich Julianes Gesellschaft auf dieser mehr als sonderbaren Reise. Sondern aus dem einfachen Grund, weil Julianes Selbstverständnis, die Welt sei ein sicherer Ort, ein Paradies für Neugierige und immer eine Unternehmung wert, meine Rückendeckung darstellte. Wo Nero Gefahr und Bedrohung witterte und sich Stunden im Internet herumtrieb, um die allerletzte Sicherheitslücke des georgischen Staates auszuloten, packte Juliane ihren Rucksack, kaufte eine Digitalkamera und ein neues Paar Turnschuhe. Juliane war pragmatisch. Sie gab keinen Cent auf Sicherheit, vertraute stattdessen ihrer unmittelbaren Anpassungsfähigkeit. So einen Begleitschutz brauchte ich dringend.

»Wie lange willst du eigentlich noch Neros Bewertungen zu deinen eigenen machen?«, fragte Juliane in die Stille des Abends hinein. Der klassische Lidstrich aus den 60ern des letzten Jahrhunderts machte ihr Gesicht streng. Es war 20.45 Uhr. Eigentlich sollten wir nun boarden. Am Desk war niemand zu sehen. Ein paar Georgier saßen zusammen, lachten und ratschten und freuten sich auf zu Hause. Ein Diplomat mit schwarzem Aktenkoffer rieb sein müdes Gesicht. Eine Familie saß ein paar Sitze weiter, georgische Ehefrau, deutscher Mann, zwei süße Kinder.

»Was meinst du?«, brachte ich heraus. Meine Hände schwitzten. Die Bordkarte war feucht und wellig geworden. Ich hielt mich daran fest, als könnte das Papier mich in den folgenden Stunden vor dem Wahnsinnigwerden retten.

»Kea, Herzchen«, sagte Juliane und kehrte ihre mütterliche Seite heraus, die man ihr nicht ansah. Sie war dünn wie ein Strich, hätte in meine Klamotten dreimal reingepasst, trug das fast weiße Haar superkurz, schüttelte manchmal den Kopf, dass ihre goldenen Kreolen schlenkerten, und trug Jeans, die an einigen Stellen verdächtig durchgewetzt aussahen. »Mit 78 darf ich schon eine gewisse Lebenserfahrung haben. Nero ist Polizist, und Polizisten befinden sich in einer Art immerwährendem Alarmzustand. Sie kennen die Schlechtigkeit der Menschen, ihre Zwangsvorstellungen, und sie meinen, die Menschen, die sie lieben, ständig vor unsichtbaren Gefahren retten zu müssen.«

Ich seufzte. Sie traf Neros Psychogramm ziemlich genau.

»Er ist ganz froh, dass du mich begleitest«, sagte ich griesgrämig.

»Als Anstandswauwau, was?« Sie lachte frech. »Also wissen Se, nee!«

»Quatsch.«

»Nero wäre sicher gern mitgekommen.«

»Natürlich nicht. Außerdem hat er gar keine Zeit. Nach den verschiedenen Landeskriminalämtern haben ihn die Kollegen vom Bund angeworben. Die Seminare zur Internetkriminalität sind seine Geschäftsidee und sein Erfolgsrezept. Wenn er die Vorträge bis zum Sommer hinter sich hat, stellt ihn sein Chef vielleicht sogar frei, damit er ein halbes Jahr lang forschen kann.«

»Ich glaube, es geht los.«

Angstvoll sah ich zum Desk, wo zwei gelb-blau gekleidete Schönheiten die Bordkarten einsammelten und mit einem auf die Lippen tätowierten Lächeln einen guten Flug wünschten. Ich beschloss, als Letzte zu gehen und dann zu sagen: Ich hab's mir anders überlegt. Holen Sie mein Gepäck zurück.

»Vergiss es!«, raunte Juliane mir ins Ohr. »Du bist zu alt für solche Spielchen. Und zu erwachsen.« Sie hakte sich bei mir ein, nahm mir die zerfledderte Bordkarte aus der

Hand, reichte sie der Stewardess und quittierte den frommen Wunsch für einen guten Flug mit einem zirpenden »thank you very much, Ma'am.«

4

Guga Gelaschwili hatte die Nase voll von der Rennstrecke. Kaum begann kachetisches Gebiet, rasten sich die Autofahrer zu Tode. Zur Fortbildung war er ein Vierteljahr bei der Polizei in den USA gewesen; in Delaware, einem kleinen und gemütlichen Bundesstaat, und seitdem verachtete er die georgischen Verkehrsgewohnheiten noch mehr. Die Aggressivität und Kaltschnäuzigkeit, mit der Kraftfahrer sich hierzulande über die Straßen bewegten, verursachte eine extrem hohe Unfallquote, und bei dem schlechten Zustand vieler Pkws und der Unart, sich nicht anzugurten, endete ein Crash nach dem anderen tödlich. Guga Gelaschwili arbeitete bei der Patrouille, die früher einmal Verkehrspolizei geheißen hatte, und er hatte eine Menge Ideen im Kopf, was er verändern wollte. Doch dazu würde es nie kommen, denn bestimmte Dinge waren in diesem Land härter als der Asphalt, der an allen Ecken und Enden wegbröselte und von der Straße an manchen Stellen nur Bruchstücke übrigließ.

Der letzte Märztag erwies sich als trüb und verregnet und ließ Gugas Revier noch trister als in den letzten Wochen erscheinen.

Die A 302 machte einige Kilometer hinter Sagaredscho

eine weite Rechtskurve, dann wieder eine Linkskurve, und anschließend begann ein langes, gerades Streckenstück. Es hatte gestern den ganzen Tag geregnet. Die Straße war rutschig. Der Wagen war seitlich abgekommen, wegen überhöhter Geschwindigkeit vermutlich, hatte sich die Böschung hinunter überschlagen und war schließlich gegen einen Baum geprallt. Sonderbar, dass es den Opel ausgerechnet hier von der Straße geschleudert hatte, wo die Strecke kilometerweit keine Biegung machte. Das war allerdings nicht das einzig Mysteriöse an dieser Havarie, die gestern Nachmittag ein völlig demoliertes Fahrzeug, jedoch keine Verletzten hinterlassen hatte. Die zahnlose Alte, die an der Straße hausgemachten Käse verkaufte, sagte Guga, sie hätte schon so viele Unfälle gesehen, sie könnte sich nicht erinnern, wie viele genau, und dabei bekreuzigte sie sich.

Das Kennzeichen des Unfallwagens war gefälscht. Guga hatte gestern die Fahrgestellnummer überprüfen wollen. Sie war weggefeilt. Blut klebte an der Esche, die den rasanten Abgang gestoppt hatte. Getrocknetes Blut an einem Baumstamm, das war der einzige Hinweis auf ein potenzielles Unfallopfer. Sämtliche Scheiben waren geborsten.

»Wer das hier überlebt hat, war mit Sicherheit übel zugerichtet«, sagte Guga Gelaschwili laut in den schroffen Wind hinein, der von Südosten herüberfegte. »Wie konnte der Fahrer einfach so davonlaufen? Hat er nirgendwo Hilfe gesucht?«

»Was hast du gesagt?« Die Alte war ihm nachgekommen. Sie hockte seit dem Morgen auf ihrem Schemel am Straßenrand unter einer Plastikfolie und fror bis in die Knochen. Bei dem Wetter hielt kaum ein Kunde. Sie war froh um Abwechslung. »Wieso bist du heute eigentlich wieder hier, hm? Ist immerhin einen Tag her, dass es gekracht hat. Ihr seid ja noch langsamer als früher.«

Sie erinnert sich also doch, dachte Guga verstimmt. Er war zu jung, um sich in eine Diskussion über ›früher‹ hineinziehen lassen zu wollen. Als die Sowjetunion zusammenbrach und Georgien sich in einen desaströsen Loslösungsprozess aufmachte, war er gerade 10 Jahre alt gewesen. Zu jung, um zu verstehen, was geschah, und zu alt, um sich nicht mit aller Macht zu wünschen, dass Anarchie, Bürgerkrieg und Zusammenbruch niemals wiederkommen sollten. Deshalb war er zur Patrouille gegangen. Weil er der Meinung war, dass Ordnung nicht nur das halbe, sondern das ganze Leben war. Die Gesellschaft brauchte eine klare Struktur; dies war ihre einzige Chance, nicht wieder dem Kahlfraß anheimzufallen.

»Wir warten auf ein Spezialfahrzeug, um das Autowrack abzutransportieren, Kalbatono*«, sagte Guga höflich.

»Bei unseren Zuständen? Sie zahlen uns eine Rente, von der man nicht mal sterben kann. Aber ein Spezialfahrzeug. Für kaputte Autos!«

»Es gibt eine forensische Untersuchung, Kalbatono.«

»Eine was?« Die Alte nestelte an ihrem Kopftuch, um das sie zum Schutz vor dem Wind zusätzlich einen Schal geschlungen hatte.

»Wir müssen herausfinden, wie es zu dem Unfall kam.«

»Ach nee!« Sie stemmte die Arme in die Hüften. »Junge, Junge, das kann ich dir sagen, wie es zu dem Unfall kam. Weil die alle rasen wie von Sinnen, und zuvor haben sie einen über den Durst getrunken. Das ist der Grund, mein Kleiner.«

Sinnlos, ihr zu erklären, dass es vier Indizien dafür gab, warum mit diesem Crash etwas nicht stimmte: Das gefälschte Kennzeichen, die weggefeilte Fahrgestellnum-

---

* Kalbatono ist die höfliche Anrede für Frauen in Georgien, vergleichbar mit dem französischen Madame.

mer, die Tatsache, dass es keinen Fahrer gab, auch keinen verletzten Fahrer, und die fehlenden Papiere. Sie hatten nirgendwo in dem Wrack irgendwelche Dokumente gefunden. Keinen Führerschein. Nichts. Nicht den kleinsten Schnipsel. Nicht einmal Bargeld. Guga hatte zwei Anfragen auf den Weg gebracht: An die umliegenden Ärzte und Kliniken, in der Hoffnung, jemand habe sich dort gemeldet, um seine Verletzungen behandeln zu lassen. Und an seine Kollegen von der Drogenfahndung, die das Autowrack der Spürnase eines speziell abgerichteten Hundes überlassen würden.

»Haben Sie den Unfall beobachtet, Kalbatono?«

»Habe ich alles schon gesagt, Junge. Nichts habe ich gesehen, bis auf dieses Blechungeheuer.«

»Am späten Nachmittag, nicht wahr, Kalbatono? Es war«, er sah auf seine Notizen, »gegen halb fünf?«

»Ja, ja«, knurrte sie ungeduldig. »Rast auf mich zu wie ein wildgewordener Bulle, und wenn ich Glück gehabt hätte, Junge, dann hätte das Auto mich gerammt und ich wäre meine Sorgen los. Die Kinder im Ausland verheiratet, was ist denn das für ein Zustand! Keiner der für mich sorgt, Junge. Weißt du, was das heißt?«

»Sicher«, murmelte Guga.

»Hoffe, du kümmerst dich um deine alte Mutter?«

»Selbstverständlich, Kalbatono.« Er verkniff sich ein Grinsen. Mit seinem mikroskopischen Gehalt sich um seine Mutter zu kümmern! Sie tourte als Regisseurin um die Welt, gefeiert und mit Preisen überhäuft, schön wie der Sommerwind, das Aushängeschild des georgischen Films.

»Lach mal nicht so frech«, sagte die Alte streng. »Wirst sehen, wie das ist, wenn man alt ist und einsam. Hast du Kinder? Söhne?«

»Nein.«

»Sieh lieber zu, dass du eine Frau findest, mein Hübscher. Hier draußen läuft dir garantiert keine über den Weg. Du musst mal was unternehmen. Klar? Ausgehen, dich umsehen.«

»Als das Auto auf Sie zuraste, Kalbatono«, versuchte es Guga mit dem Mut der Verzweiflung, »haben Sie da den Fahrer erkennen können?«

»Wie stellst du dir das vor? Das ging alles viel zu schnell!« Sie wandte sich kopfschüttelnd ab und stapfte zurück zu ihrem Käsestand.

Guga ging um das Autowrack herum. Die Spurenlage hatte sich seit gestern enorm verschlechtert. Das war es, was ihn an seinem Land aufregte: So viel wäre zu tun und zu erreichen, wenn diese Gesellschaft endlich in die Gänge kommen würde. Wenn seine Landsleute schnell und effektiv handeln würden, so wie sie das in Amerika taten. Wenn sie sich einfach für die Not der anderen interessieren würden. Hier, in Georgien, standen die Männer lieber herum und rauchten und diskutierten über Politik, jemand brachte eine Flasche Schnaps, und dann spielten sie Domino und der Tag verging.

»He, Junge!«, rief die Alte. Sie hatte auf allen vieren die Böschung erklommen. Nun stand sie direkt neben dem stacheligen Brombeerbusch, an dem ein paar vertrocknete Früchte vom Vorjahr hingen, und winkte ihm zu.

»Was ist denn!« Er wollte in Ruhe nachdenken.

»Schau mal, mein Junge! Da habt ihr was übersehen, du und deine Kumpels!« Sie wedelte wie wild mit den Armen.

Genervt schritt Guga zu ihr hinüber. Er hatte hier wichtige forensische Arbeit zu leisten, und diese Großmutter …

»Schau mal! Junge, schau mal! Da liegt was. Hier unter dem Strauch. Sieht aus wie ein Buch. Das liegt noch nicht lange hier, sonst wäre es komplett durchweicht, soviel weiß ich auch, obwohl ich nicht viel von der Schule hatte in meinem Leben.«

Guga bückte sich und lugte zwischen die Zweige des Brombeerstrauchs. »Tatsächlich!«

Während die Alte bestätigend murmelte, kroch er zwischen die dornigen Zweige und fischte nach der Kladde. Als er sie endlich zwischen die Finger bekam, hatte er zwei blutige Kratzer im Gesicht.

»Ein Notizbuch!«, rief die Alte aufgeregt.

Guga schlug es auf. Etwa die Hälfte war vollgeschrieben, in kleinen, runden Buchstaben, lateinischen Buchstaben, und in einer Sprache, von der Guga wusste, dass es Deutsch war.

5

»Lass uns da hingehen!« Juliane stand mitten in meinem Zimmer, das Haar glänzte vor Gel, die Augen leuchteten. So aufgedreht hatte ich sie lange nicht gesehen. Mit einem bunten Prospekt wedelte sie vor meiner Nase herum.

»Wohin denn?«, knurrte ich und wälzte mich auf die Seite. Mühsam richtete ich mich im Bett auf. Lynn hatte kein übles Hotel aufgetan. Große Panoramafenster gaben den Blick auf das alte Tbilissi frei. Die Stadt balancierte in heiterer Gleichgültigkeit in der vor Wärme flirrenden Luft. Plattenbauten, zu erschöpft, um einander ihr Leid zu klagen. Die Fassaden aufgerissen, verfärbt, bröckelnd. In Deutschland hätte man vermutlich ›Betreten verboten‹ in

Großbuchstaben an die Wände geschrieben. Holzhäuser ohne Dach. Grasbüschel wucherten zwischen zusammengebrochenen Mauern hervor. Ich sah Kirchenkuppeln aller Art. Georgische, russische, griechische. Einen lehmigen Fluss, gesäumt von mächtigen Bäumen. Eine karge Bergkette im Hintergrund. Dieses irgendwie orientalische Ensemble wölbte sich sorglos einem blitzblanken, blauen Himmel entgegen. Lynn hatte recht gehabt: Wir waren in ein südliches Land geflogen, in dem der Frühling längst Einzug gehalten hatte.

»Von meinem Zimmer schaue ich auf den Berg da hinten!« Juliane fuchtelte mit den Armen. »Sieht schick aus, der Fernsehturm in der Nacht.«

»Sag mal, hast du was genommen? Du bist so komisch gut drauf.« Ich rieb mir die Augen.

»Kannst gern den ganzen Tag im Bett bleiben, Kealein, ich gehe jetzt raus, ich will was mitkriegen! Weißt du, wann ich das letzte Mal im Urlaub war?«

»Keine Ahnung, vielleicht 1960?«, frotzelte ich.

»Quatschkopf. Für dich ist das Arbeit hier, aber ich muss alles sehen. Einfach alles.«

Mir schwanden die Sinne bei der Vorstellung, hinauszutreten in diese staubige, chaotische Stadt. Am frühen Morgen, als wir vom Flughafen mit dem Taxi kommend das Hotel erreichten, hatte ich wenig gesehen außer knallbunt angestrahlte Veranden, die mich an Disneyland erinnerten, und kopfsteingepflasterte, krumme Straßen.

»Ich verkrafte die Zeitverschiebung nicht so schnell«, mäkelte ich.

»Pah, zwei Stunden, das ist nichts. Ich habe schon Kaffee getrunken und einen Spaziergang gemacht. Und jetzt will ich endlich raus und was sehen.« Sie trat von einem Fuß auf den andern, wie ein nörgeliges Kind.

Ich blickte aus dem Fenster, in ein brodelndes, wirbelndes, schmutziges Leben wie aus dem Märchenbuch. Der Verkehrslärm war selbst hier, im historischen Zentrum, so laut und aggressiv, dass ich für ein paar Sekunden die Augen schloss, um mir meine Klause im Südwesten von München vorzustellen. Mein einsames Haus zwischen Wiesen, der flach ansteigende Hang, der in einen Wald mündete. Weiter Richtung Westen Pferdekoppeln und ein bayerischer Zwiebelturm. Kein Geräusch, außer dem Wind, der in den Zweigen sang, und das Schnattern meiner Graugänse. Die Idylle pur. Selbst im Vorfrühlings-Dauerregen. Hier dagegen ...

»Schmier dir deine Neurosen sonst wohin«, sagte Juliane hart. »Die Sonne scheint, es ist trocken. Unten an der Rezeption haben sie mir gesagt, dass seit Tagen Regenwetter gewesen wäre. Wir haben mehr Glück als Verstand!«

Ich krabbelte aus dem Bett. Trug noch mein T-Shirt, das ich auf der Reise angehabt hatte. Vor Erschöpfung war ich heute morgen gegen 5 Uhr Ortszeit einfach ins Bett gekippt. Jetzt war es kurz nach eins.

»Mira Berglund muss auch hier gewohnt haben«, sagte ich, während ich ins Bad tappte. »Lass uns mal fragen, ob sie ausgecheckt hat oder so.«

Juliane hielt mir wieder ihren Flyer vors Gesicht. »Hier. Heute Abend tritt die gefeierte Clara Cleveland in Tbilissi auf.«

»Gefeiert?« Ich gähnte ausgiebig und ging ins Bad.

»Dein Hirn muss irgendwie blockiert sein«, warf Juliane mir vor. »Seit September hat sie ein Engagement an der Münchner Staatsoper. Die deutschen Zeitungen überschlagen sich. Sie ist jung, Mitte 30, und ihre Stimme gilt als mindestens ebenso gewaltig wie die der Callas.«

»Meine Güte, welch Superlative!« Ich wusch mein Gesicht. »Hast du München gesagt?«

»Hab ich. Ein Gruß aus der Heimat. Sag bloß, du hast nie etwas von der Cleveland gehört?«

»Heißt die wirklich so?«

»Sie heißt mit bürgerlichem Namen Clara Müller, aber damit wirst du kein Opernstar.«

»Kann ja nicht jeder Juliane Lompart heißen.« Ich griff zur Haarbürste und fing an, meine verfilzten Strähnen zu entknoten. Dass Juliane Musikkritiken las, war mir völlig neu. »›Juliane Lompart on stage tonight‹ – was für eine Propaganda!«

»Du kannst mich mal, Schnullerbacke!«

»Nein, Frau Berglund hat nicht ausgecheckt, und ihre Sachen sind noch hier«, gab der Angestellte hinter der Rezeption bereitwillig Auskunft. Er war ein langer Lulatsch mit großen, hervortretenden schwarzen Augen, die melancholisch in die Luft blickten. Das Namensschild am Revers wies ihn als Beso Bolkwadse aus. Sein Deutsch war beinahe akzentfrei.

»Das heißt, sie ist nicht abgereist?«, fragte ich.

»Sie hat das Hotel am 2. April am frühen Morgen verlassen. Ein Wagen hat sie abgeholt, ein blauer Opel Vectra, soweit ich mich erinnere. Als sie nach drei Tagen nicht wiederkam, haben wir das Zimmer freigeräumt und ihren Koffer im Keller abgestellt.« Beso sah betreten drein.

»Sie haben niemanden informiert?«, erkundigte ich mich.

»Wir haben Frau Digas in München verständigt. Sie hatte die Reservierung für Frau Berglund per Fax vorgenommen. Wegen der Osterfeiertage haben wir sie erst am 6. April erreicht. Frau Digas hat das Zimmer sofort bezahlt und für Sie weiterbelegt.«

»Auf meinen Namen?«

»Ja.« Er zog einen Ordner unter der Empfangstheke hervor und fummelte mit irgendwelchen Papieren herum. »Hier.«

Das interessierte mich alles nicht. Nur soviel war klar: Mira Berglund hatte ihre Sachen nicht mitgenommen. Hatte sie ein neues Leben beginnen wollen? Dass ich in ihrem Zimmer untergekommen war, behagte mir nicht.

»Kann ich ihr Gepäck mal anschauen?«, fragte ich vorsichtig. »Ich soll an ihrer Stelle eine Reportage schreiben, vielleicht finde ich ein paar Notizen oder anderes, was mir nützlich ist.«

»Natürlich.« Beso griff nach einem Schlüssel und ging mir voraus in den Keller.

Miras schmaler Trolley war vollgestopft mit wenigen Klamotten und einem Stoffkänguru, dessen Stupsnase so abgewetzt war, dass der Schaumstoff durchguckte. Gebrauchte Slips, Waschbeutel, ein Sommerkleid. Unterlagen, die für ihre Arbeit hätten wichtig sein können, entdeckte ich nicht. Kein Notizbuch, keine Adressenlisten. Kein Handy, kein Notebook. Keine Dokumente, kein Geld, keine Kreditkarten, keine Schecks.

O. k., dachte ich, während mir der Kopf brummte von der Müdigkeit, die mir nach wie vor in den Knochen steckte. Mira hat alles dabei, was sie unbedingt braucht, um im Ausland zurechtzukommen. Vermutlich sogar ihr Handy und einen Computer. Alles andere hat sie zurückgelassen. Aber warum den Waschbeutel? Ratlos sah ich auf die zerkaute Zahnbürste, die Gesichtscreme, die Aspirintabletten. Ich an ihrer Stelle hätte den Waschbeutel mitgenommen. Eine Zahnbürste war immer vonnöten. Und Aspirin. Im fremden Land, in dem die Bevölkerung angeblich ausgesprochen trinkfest war, konnte man darauf nicht verzichten. Ich zog wahllos ein paar zusammengeknüllte Kleidungsstücke aus dem Gepäck. Würde in ein paar Wochen jemand so in meinen Sachen wühlen? Ich räusperte mich, als säße mir ein Ochsenfrosch in der Kehle, und tastete durch die Taschen einer weit geschnittenen Jeans. Mira Berglund musste ungefähr meine Figur haben. Ich fingerte einen zusammengeknüllten Zettel aus der hinteren Tasche. Beschrieben in kleinen georgischen Buchstaben; rund, heiter, fremd und ohne Unterweisung nicht zu dechiffrieren. Eine Kolonne Zahlen folgte.

»Was steht da?«

Beso beugte sich vor. »Tamara. Die Telefonnummer einer gewissen Tamara.«

»Konnte Frau Berglund Georgisch?«

»Ein bisschen. Sie kam durch mit ihren Sprachkenntnissen.« Er lächelte milde. »Die Sprache ist sehr schwer erlernbar. Südkaukasische Sprachgruppe. Wie vom Himmel gefallen. Die meisten Ausländer, die für einen Besuch hierherkommen, machen sich nicht die Mühe, auch nur unser Alphabet zu erlernen.«

»Danke«, sagte ich zu Beso.

Er nickte.

Juliane stand an der Rezeption. Sie hatte eine knallrote Häkelmütze über ihr kurzes Haar gestülpt und hielt Kamera und Stadtplan in die Höhe. »Können wir?«

Wir verließen das Hotel, trabten eine schmale, steile Straße hinunter. Fremde Gerüche. Frisches Brot. Kaffee. Unbekannte Pflanzen. Etwas Brackiges. Früchte, die in tropischer Vielfalt direkt an der Straße feilgeboten wurden.

Auf allen meinen Reisen hatten mich zuerst die Gerüche gefangen genommen. Mich erwartungsfroh oder panisch gestimmt. Mich hoffen lassen, die Reise würde schnell zu Ende gehen. Oder mich in eine Hochstimmung versetzt, die den Duktus meiner Reportage überschwänglich werden ließ und Lynn zu Nachbesserungen Anlass gab. Hier, im alten Herzen von Tbilissi, in einer Welt aus runden, knuddeligen Buchstaben, zwischen all den unbekannten Düften, dem Lärm und dem in einem fort wirbelnden Straßenstaub, fühlte ich mich verloren.

Gut gelaunt hakte Juliane sich bei mir unter. »Hier kommen wir direkt zur Rustaweli-Avenue. Eine der schönsten Prachtstraßen in der Ex-Sowjetunion.«

»Da muss dein Herz ja höher schlagen.« Ich spielte auf Julianes sozialistische Lebenseinstellung an. Der Wandel der politischen Umstände in den vergangenen 20 Jahren hatte sie nicht dazu gebracht, ihre Meinung zu ändern.

»Entspann dich einfach, Kea. Genieße die Zeit, grabe ein paar lustige Geschichten aus, schreibe deinen Artikel. Dann fahren wir heim und du darfst wieder deprimiert in deinem Arbeitszimmer hocken, deine Gänse füttern und die öden Lebensgeschichten selbstverliebter Egoisten schreiben.«

»Das Ghostwriting deprimiert mich nicht, im Gegenteil«, schnappte ich.

»Du brauchst dich nicht zu verteidigen«, erwiderte Juliane. »Hier sind wir übrigens schon. Rustaweli-Avenue. Schota Rustaweli war ein Dichter, wenn ich das richtig nachgelesen habe, und zwar der berühmteste, den Georgien hervorgebracht hat.«

Wir ließen uns über den Gehsteig der Avenue treiben, an schicken Boutiquen und Mobilfunkgeschäften vorbei, an winzigen Läden, in denen alte Frauen Bonbons und Kaugummi verkauften, an Bäckereien und Konditoreien, in deren Auslagen kaum all die gewaltigen Kuchen und Torten Platz fanden, an eleganten Restaurants und bettelnden Zigeunern, an Holzbänken mit kunstvoll geschnitzten Lehnen, auf denen Leute in der Sonne saßen und schwatzten.

»Erinnert an Palermo«, sagte ich.

»Erinnert an Wien«, entgegnete Juliane.

»Stimmt. Der Ring. Oder an Neapel.« Ich wies auf die Straße, auf der ein Verkehr tobte, wie ich ihn lange nicht gesehen hatte. Alles erschien zehnmal so laut, zehnmal so schmutzig und zehnmal so aggressiv wie am Münchner Stachus zur Stoßzeit. Geländewagen rasten an alten Schigulis vorbei, Hupen jaulten auf wie heimwehkranke Zootiere. Der Gestank nach Abgasen war betäubend. Der Wind trieb blaue Wolken über die Avenue.

»Ziemlich bleihaltige Luft«, sagte Juliane.

»Hör mal. Hältst du es für möglich, dass Mira einen Tagesausflug geplant hat? Und dann nicht zurückgekommen ist?« Ich schilderte Juliane, was ich in Miras Gepäck gefunden hatte.

»Denkbar.« Sie hielt vor einem Bücherstand. »Sieh mal, die haben deutsche Bücher.«

»Das ist jetzt das Pariser Gesicht. Denk an die Bookinisten.«

Juliane grinste. »Von allem etwas. Der reinste Schmelztiegel.«

»Nimm mal an, Mira fuhr nur für einen Tag irgendwo hin. Und kam nicht zurück. Welche Gründe könnte es dafür geben?«

Ein Mann mit einer Pudelmütze auf dem schmalen Kopf kam hinter einem Büchertisch hervor. »Madam, maybe this is interesting for you!« Er hielt Juliane einen Bildband hin, der Tbilissi zu einer Zeit zeigte, als ich definitiv noch nicht geboren war.

Juliane verschenkte ihr herzerwärmendes Lächeln, schüttelte den Kopf und ging weiter. »Dann kann sie nur einen Unfall gehabt haben.«

»Oder sie ist entführt worden. Soll es alles geben. Das sind wilde Bergvölker hier.«

Entnervt blieb Juliane stehen. »Kea, ich habe ja ein gewisses Verständnis für Vergangenheitsbewältigung, aber meinst du nicht, es wäre mal an der Zeit, ein bisschen frischen Wind in dein Leben zu lassen? Dieser Bombenanschlag auf dem Sinai ist Jahre her! Deine Verletzungen sind verheilt. Auch die Seele heilt irgendwann. Wenn das nicht so wäre – wie, glaubst du, würden alle diese Menschen weiterleben können?« Sie zeigte auf eine Frau undefinierbaren Alters in einem langen, schmutzstarrenden Mantel, die über den Gehsteig robbte. Sie hatte keine Beine und reckte alle paar Meter die Hand bettelnd in die Luft.

Ja, ich war ein Opfer des Terrorismus. Und ja, der Anschlag auf das Hard Rock Café in Scharm al-Scheich war fast fünf Jahre her. Ich hatte überlebt. Ich besaß eine künstliche Hüfte, nannte ein paar hässliche Narben an Bauch, Oberschenkel und Knie mein eigen, die meinen Lover jedoch nicht störten, da er sich vor allem mit meinen weichen, runden Formen und meinem langen Haar beschäftigte. Nur manchmal, im Traum, traf mich die enorme Druckwelle wieder, schleuderte mich durch einen unendlich erscheinenden Raum. Ich roch verschmortes Plastik, glühendes Metall und erlebte von Neuem die Panik vieler Menschen, denen voller Entsetzen klar wurde, dass sie sterben würden. Wobei vielen von ihnen diese Erkenntnis nicht einmal mehr dämmern konnte, weil sie bereits durch den Tunnel trieben, in die andere Welt.

»Lass uns da vorne was essen«, sagte Juliane. Sie spürte, dass ich kurz davor stand, die Fassung zu verlieren, und zog mich in den Innenhof eines Restaurants.

6

Juliane hatte es irgendwie geschafft, uns ein Mittagessen zu bestellen. Der Tisch bog sich unter den Leckereien. Geräucherte Forelle, Auberginen in Walnusssoße, garniert mit den roten Perlen eines Granatapfels, Salat aus Tomaten, Gurken, Zwiebeln, ein mit Käse gefülltes Fladenbrot, Weißbrot, Hähnchen in Tomatensoße und ein großer Teller gegrilltes Fleisch.

»Nun schlag mal ordentlich zu«, sagte Juliane ungerührt. Ihr Appetit war legendär. Dabei war sie dünn wie ein Starkstromkabel. Beneidenswert. Bei mir herrschte eher das Gegenteil vor: Jeder Hungeranfall, den ich halbwegs befriedigte, ließ mich ein paar Pfund schwerer zurück.

Zum ersten Mal auf dieser Reise begann ich, mich ein bisschen zu entspannen. Mauersegler zischten wie kleine Jets durch den Hof. Der aberwitzige Verkehr klang nur gedämpft herein. Zwei Frauen hielten vor einer an das Restaurant grenzenden Emailwerkstatt ein Schwätzchen und rauchten. Es war warm und die Luft schwer vom Duft des in voller Blüte stehenden Kastanienbaums in der Mitte des Hofes.

»Das ist der Süden«, befand Juliane und bediente sich am Hähnchen. »Man fragt sich, warum man nicht auswandert. Die georgische Küche ist übrigens berühmt. Das Fladenbrot hier wird frisch gebacken. Es heißt Chatschapuri, was wörtlich ›Käsebrot‹ bedeutet. Steht im Reiseführer.«

Ich nahm mir ein Viertel von dem dampfenden Fladen. »1 A, keine Frage«, stimmte ich zu.

»Na, endlich wirst du wieder normal. Der Kulturschock hat dich ja total ausgeknockt.«

»Und du?«, schoss ich zurück. »Was löst deine heimeligen Gefühle aus?«

Juliane legte ihr Besteck weg. »Ich bin einfach mal wieder nur und ausschließlich Juliane. Ohne Dolly. Ohne Sorgen, was morgen sein wird und wie lange das alles noch weitergeht. Das habe ich dir zu verdanken.«

»Mir?«, fragte ich dämlich und probierte die Auberginen. Nie hatte ich so etwas Köstliches gegessen. Ich goss mir ein Glas Rotwein ein, den der Kellner soeben auf unserem Tisch platzierte. Verdammt, war es erst zwei Tage her, dass Juliane ihre Schwester beerdigt hatte?

»Hast du mich nun auf deine Reise mitgenommen oder nicht?« Juliane sah mich frech an.

»Klar, Rotkäppchen.« Endlich konnte ich lachen. Ein kleines, erleichtertes, etwas unsicheres Lachen. Ich hatte den Flug überlebt. Ich war nicht gestorben, weder beim Start noch bei der Landung. Mein Herz schlug, ich hatte Hunger. Das Wichtigste funktionierte.

»Also, wie geht's jetzt weiter?« Juliane fischte eine Packung Zigaretten aus ihrer Tasche.

»Ich glaub's nicht.«

Sie hielt mir schweigend die Schachtel hin. Also gut. Ab und zu rauchte ich ja. Meistens mit Nero. Nach dem Sex. Das gab mir einen Stich mitten ins Herz.

»Lynn hat mir sämtliche Kontaktadressen gemailt, die Mira auch hatte«, begann ich.

»Und? Anhaltspunkte?«

»Was meinst du?«

»Hast du schon durchsortiert? Womit fangen wir an? Wo ist unser Ziel?«

»Himmel, Juliane!« Soviel Energie bei Jetlag und einem nur mühsam und auch nicht vollkommen wiedergewonnenen seelischen Gleichgewicht konnte mich sofort niederstrecken wie ein Artillerieangriff. Ich griff in meine Schultertasche und reichte Juliane die Mappe mit den Ausdrucken. Eine Menge Namen, Adressen und Telefonnummern.

Flink blätterte Juliane durch die Unterlagen. »Wir brauchen zuerst eine Dolmetscherin. Mein Russisch wird für unsere Zwecke vermutlich nicht ausreichen.«

Ich hustete. »Du sprichst Russisch?«, brachte ich heraus.

»Nur miserabel. Ich kann die Schrift lesen und komme so halbwegs zurecht. Ist ewig her, dass ich einen Kurs gemacht habe.«

»An der Volkshochschule in Ohlkirchen?«

»Nein. In Prag. Damals. 1968. Bevor es losging.«

»Das hat den Tschechen bestimmt nicht gefallen, dass du Russisch gelernt hast.«

»Unsinn. Das war an der Universität, ein stinknormaler Sprachkurs für Akademiker. Egal.«

»Aber wir sind in Georgien«, wandte ich ein. »Die sprechen nicht Russisch.«

»Die ältere Generation durchaus«, widersprach Juliane. »Denk daran, dass Russisch in der Sowjetunion Umgangssprache war. Und manche Jüngeren lernen sogar heute die Sprache des großen Nachbarn, obwohl die beiden Länder ja nicht gerade dicke Kumpels sind.«

»Wer hat eigentlich den Krieg angefangen vor knapp zwei Jahren?« So stümperhaft war ich noch nie vorgegangen. Ich reise in ein fremdes Land, ohne mich über die grundlegensten Dinge zu informieren.

»Darüber herrscht naturgemäß Uneinigkeit.« Juliane drückte ihre Kippe aus. Sofort schoss der Kellner an unseren Tisch und wechselte den Aschenbecher aus. »Gmadlobt«, sagte Juliane.

»Ist das Russisch?«

»Georgisch. Bedeutet danke.«

»Wäre ich jetzt nicht draufgekommen«, uzte ich.

Juliane warf mir ein Küsschen zu. »Georgien hat massive Probleme mit zwei separatistischen Gebieten, Abchasien am Schwarzen Meer und Südossetien, hoch oben in den Bergen. Die Demarkationslinie zu dieser Region ist kaum 50 Kilometer von Tbilissi entfernt.«

Ich nahm einen großen Schluck Wein. Wahrscheinlich überstand ich diese Reise nur mit einem gewissen Quantum an Alkohol und Zigaretten. Das würde mich nicht allzu teuer kommen, beides war im Vergleich zu Deutschland unverschämt preisgünstig.

»Schon Stalin hat die rebellischen Abchasen und Osseten gewinnbringend eingesetzt, um Georgien der Sowjetunion einzuverleiben. Es wurden ein paar Scharmützel angezettelt, und ruckzuck flüchtete sich Georgien unter den Schutzmantel des sowjetischen Reiches.« Sie hob ihr Weinglas. »So ähnlich jedenfalls. Ein alter Trick. Bezahle ein paar Leute, die Randale machen, destabilisiere eine Region, und dann mische mit.«

»Du meinst, das ist die Absicht Russlands?«

Juliane sah mich über den Rand ihres Glases hinweg an. »Sag mal, schaust du jemals Nachrichten oder liest du eine vernünftige Zeitung?«

Ich zuckte die Achseln. Ehrlich gesagt hatten mich meine letzten Ghostwriting-Projekte ziemlich mit Beschlag belegt. Ich war gerade noch dazugekommen, im Netz zu twittern. Mehr auch nicht. Beschämt legte ich den Zettel, den ich in Miras Sachen gefunden hatte, auf den Tisch. »Das war in Miras Jeans.«

»Und sonst nichts Schriftliches? Keine Notizen?«

Ich schüttelte den Kopf. »Auch keine Kamera. Ungewöhnlich für eine Journalistin.«

»Hat sie dem Hotelmenschen gesagt, wo sie hinwollte?«

»Der kann sich an einen blauen Opel Astra erinnern, mit dem Mira abgeholt wurde.«

»Immerhin etwas.«

»Das Kennzeichen hat Beso sich garantiert nicht gemerkt.«

»Hast du ihn danach gefragt?« Juliane sah mich schief an. »Egal. Nehmen wir an, sie will einfach losdallern. Sich was anschauen, recherchieren. Schließlich hat sie einen Artikel abzuliefern. Sie mietet für einen Tag einen Fahrer und zieht los. Mit Kamera, mit Notebook, mit all ihren Sachen. Dann baut sie einen Unfall.«

»Bei dem Verkehr hier nicht ganz unwahrscheinlich«, steuerte ich meine Meinung bei. »Ein Unfall müsste irgendwo registriert sein. Mira hatte ihren Pass dabei, jedenfalls waren keine Dokumente unter ihren Sachen. Und bei einer Ausländerin würde die Polizei sicher nachforschen.«

»Ich finde, du solltest Miras Pläne abhaken und dich auf deine Arbeit konzentrieren. Schreib die Reportage aus deinem Blickwinkel, nicht aus ihrem.«

»Das habe ich vor.« In irgendeine unausgegorene Geschichte hineingezogen zu werden, war das letzte, was ich beabsichtigte.

»Also: Das wird eine Reportagereise. Abgemacht?«

Ich runzelte die Stirn. »Was hast du denn erwartet?«

»Nichts. Gar nichts.« Juliane sah in die Ferne und drehte ihr Weinglas in den Händen.

7

Nie hat mich jemand wirklich geliebt. Außer meiner Großmutter. Aber die habe ich verloren. Manche sagen, man müsse nur loslassen, ausgediente Denkmuster austauschen gegen neue. Wenn das so einfach wäre! Ich habe zu vieles verloren. Eigentlich nichts besessen, selbst das Wenige abgeben müssen. Wahrscheinlich fällt mir das Loslassen deshalb so schwer.

Ich muss arbeiten. So hart arbeiten. Ich habe nie auch

nur einen Tag frei. Das können sich die anderen gar nicht vorstellen. Die sehen alle nur das aufregende Äußere. Eine Oberfläche aus Glanz und Abenteuer.

Es war Zufall, dass ich diese Amerikanerin im ›Old House‹ am Mtkwari getroffen habe. Ich bin essen gegangen. Allein, wie so oft. Diesmal war es gut. Denn Kristin saß auch allein, wir haben uns zusammengesetzt und unterhalten, und sie erzählte, dass sie Kurse in autobiografischem Schreiben gibt. Um Leuten zu helfen, sich über ihr Leben klar zu werden, und zwar mithilfe eines Tagebuchs. Sie leitet ein eigenes Institut dafür. Ich fühle mich jetzt, wo ich angefangen habe, mein Leben aufzuschreiben, ziemlich unbeholfen. Kristin meinte, ich sollte gar nicht auf den Stil achten, nicht auf die Rechtschreibung. Wenn Schreiben eine Katharsis sein soll, musst du einfach loslegen, alles rauslassen, ohne deine Gedanken zu kontrollieren. Behauptete Kristin. Das fällt mir schwer. Ich habe immer alles unter Kontrolle. Ich muss alles unter Kontrolle haben, sonst entgleitet mir die Perfektion, und dann werde ich zum Niemand.

Wie das Spaß machte! Endlich mal wieder im Restaurant zu sitzen und zu quatschen, ohne auf die Uhr zu sehen. Zwei Gläser Wein zu trinken, ohne ein schlechtes Gewissen zu haben. Zuzuhören, wie jemand von einem Job erzählt, den ich tausend Mal unterhaltsamer finde als meinen. Kristin kommt wirklich nah an die Leute heran, die an ihren Kursen teilnehmen. Das hat sie mir selbst erzählt. An den Abenden, wenn die Leute dasitzen und in ihren Tagebüchern schreiben, wenn Kristin ihnen Tipps gibt und Anregungen, dann geht es ans Eingemachte. Dann packen viele aus. Kristin sagt, es ist nicht zu glauben, was alles unter den Deckeln der guten Miene gärt.

Ich habe mich immer gescheut, anzufangen. Nur mein Terminkalender konserviert, wo ich wann war und was auf meiner Agenda stand. Doch laut Kristin ist das Tage-

buch nicht als Erinnerungskonserve zu verstehen, in der wir pflichtschuldig unsere Erlebnisse ablegen. Sie hält das Tagebuch für ein psychologisches Werkzeug, mit dem wir uns, geschützt von den Angriffen der Welt, unseren Gefühlen und Intentionen widmen können, ohne dass jemand kommt und uns verurteilt. Dabei hat die Amerikanerin mich angeschaut, über den Rand ihres Weinglases, und ihre grauen Augen sahen plötzlich aus wie Krater, in denen tief unten Nebel wabert. Konnte sie ahnen, wie stark mein Drang ist, mich und andere zu beurteilen? Ich will es nicht tun, doch zugleich muss ich es tun.

Fast wollte ich mich an jenem Abend im ›Old House‹ gegen Kristins Vorschlag wehren, es mit dem Schreiben eines Tagebuchs zu versuchen. Ich guckte den Tanzvorführungen zu. Als die swanetischen Tänzer mit ihren Schwertern fochten und über die Bühne wirbelten, sprühten die Funken, und Kristin jubelte vor Freude über die tollen Bilder, die sie mit ihrer Digitalkamera schoss.

Wie ich denn anfangen sollte, fragte ich Kristin, als wir uns zum Abschluss des Abends jede eine Tasse türkischen Kaffee bestellten. Ich spürte diese schleichende Traurigkeit, die ich als Kind empfunden hatte, wenn ein Theaterstück zur Hälfte vorbei, ein Buch zur Hälfte gelesen war. Ich wollte diesen Abend nicht hergeben.

Indem ich mir eine Kladde kaufte und anfinge, schlug Kristin vor.

Aber: Womit?

Kristin schwenkte sacht die Tasse mit ihrem Kaffee. Sie hatte sie fast leergetrunken, bloß ein wenig Wasser musste bleiben, um den Satz flüssig zu halten. Mit einer geschickten Bewegung kippte sie den sämigen Kaffeesatz auf ihre Untertasse und stellte die Tasse daneben, auf eine Papierserviette. Genauso hatte meine Großmutter das immer gemacht, und eine Welle von Trauer durchfuhr mich. So plötzlich, dass ich auf meinem Stuhl zu schwanken begann und froh war, als vorne auf der Bühne ein neues Lied angestimmt wurde. Meine Ohren litten zwar an dem übersteuerten Krach, aber der Gesang und das Kreischen der Mikros passte in dieses Restaurant, zu den kasachischen Geschäftsleuten am Nebentisch, die vermutlich gerade den Abschluss eines lukrativen Gasgeschäftes feierten. Es passte zu meiner Stimmung. Weil ich das Gefühl habe, an einem Wendepunkt meines Lebens angekommen zu sein. Weil ich spüre, ich muss etwas ändern, etwas Neues ausprobieren.

Ich sollte über alles schreiben, was mir in den Sinn kommt, schlug Kristin vor, während sie sich interessiert die Muster in ihrer Tasse besah. Konnte eine Amerikanerin die Zukunft lesen? Großmutter konnte das. Wie schlimm der Schmerz des Verlustes war! Nach Jahren! Ich war ein Kind gewesen, als ich sie verlassen hatte. Von ihrem Verschwinden hatte ich in Deutschland erfahren, und damals gab es keine Möglichkeit, nach Georgien zu reisen, um … um was? Was hätte irgendjemand tun können? Sie hatte die Berge geliebt, und meine Tanten und Cousinen waren der Auffassung, Großmutter sei in die Berge gefahren, vielleicht um Kräuter zu sammeln. Sie brauchte für ihre Tränke, die sie einmal im Jahr braute, viele Kräuter, die nur im Kaukasus wachsen. Dort sei sie gestürzt und gestorben. In der Einsamkeit eines Tales oder einer Felsspalte. Niemand würde sie dort je finden, in diesen unwirtlichen Regionen in Tuschetien oder Swanetien. Das war die Erklärung, die die Familie sich irgendwann zurechtschnitzte. Deine Großmutter war ja immer so selbstständig, winselten die Tanten, ließ sich nie helfen, und alt wurde sie auch, da konnte sie schon in den Bergen verloren gehen.

Beginne mit einem Bild, unterbrach Kristin meine Gedanken und nickte versonnen beim Anblick ihrer Zukunft in einer Kaffeetasse. Verbinde den Augenblick, in dem du zu schreiben beginnst, direkt mit einem Bild. Wo bist du? Was empfindest du? Was fürchtest du? Wer oder was ist dir wichtig? Was verändert dein Leben? Welche Bedeutung hat dieser Moment für dich?

Nun sitze ich da, im Marriott an der Rustaweli-Avenue, und schaue auf die billige Kladde, die ich einer armseligen Alten an der Straße abgekauft habe, zusammen mit einem Beutel Zitronen. Die habe ich nur gekauft, damit sie ein Geschäft macht. Zitronen aus Adscharien, hat sie gesagt und gelacht, vom Schwarzen Meer, weißt du, wo das liegt, Gogo*? Sie hat eine Unterhaltung gesucht und ich spürte in diesem Augenblick, dass unsere Leben nicht weit auseinanderlagen. Zwischen Erfolg und Misserfolg, zwischen einem Leben, von dem die Zeitungen berichten, und einem, das du auf einem Campinghocker gehüllt in Abgasschwaden verbringst, um Zitronen vom Schwarzen Meer zu verkaufen – letztlich ist alles nur eine schmale Brücke, die über einen reißenden Fluss führt.

Guga Gelaschwili legte das Notizbuch weg und goss sich einen Kognak ein. Die Frau war ja völlig durchgeknallt. Nur eine Frau konnte so einen Blödsinn verzapfen. Er trank den Kognak in einem Schluck aus. Das Lesen in der fremden Sprache ermüdete ihn. In Deutsch war er mal sehr gut gewesen, immerhin hatte er einen deutschen Kindergarten besucht. Seine Mutter hatte darauf bestanden. Die Deutschen können was, hatte sie behauptet, die schaffen es sogar, aus einem Hänfling wie dir einen Menschen zu machen! Guga grinste schief. Er war das siebte Kind gewesen und hatte seine Mutter emotional völlig überfordert. Sie hatte ihr Desinteresse an ihm nicht einmal zu verbergen versucht. Aber was spielte das heute noch für eine Rolle?

---

* Gogo heißt ›Mädchen‹.

Er war Polizist geworden, und er würde sich weiter hocharbeiten. Ab und zu hatte er auch nichts dagegen, wenn er eine ruhige Kugel schieben durfte. Das Leben war anstrengend genug.

Er ging zu Bett, löschte die Öllampe, der Strom war seit Tagen abgestellt, keiner wusste, warum, und rollte sich wie eine Schlange unter seiner Decke zusammen. Wie kam das Tagebuch unter den Brombeerbusch? Hatte die Frau, der es gehörte, in dem Unfallwagen gesessen? War sie gefahren? Und wovor war die Frau davongelaufen?

Guga hatte etliche Tote gesehen. Vor allem Verkehrstote. Sein Revier war die M 5 von Sagaredscho nach Sighnaghi. Ab und zu hatte er mit aserbaidschanischen Autoschmugglern zu tun, die mit der Konkurrenz nicht zimperlich umgingen, und einmal war er in ein Feuergefecht geraten.

Schlimmer als Tote waren Verwundete. Leute, die sich in den Wald schleppten und an ihren Verletzungen starben. Die man erst Monate später entdeckte. Die stinkenden, verwesten Leichen verfolgten Guga oft monatelang in seinen Träumen.

Es könnte um Drogen gehen. Wenn nur endlich der Spezialhund das havarierte Fahrzeug absuchen könnte! Das würde die Sache weiter eingrenzen. Guga ahnte, was aus diesem Fall werden würde: In spätestens einer Woche gab es neue Unfälle, wahrscheinlich sogar Tote, wenn das Wetter sich nicht besserte. Tote konnten vom Unfallort nicht weglaufen. Solche Fälle sind einfacher zu klären, würde sein Vorgesetzter ihm sagen. Das Opelwrack, über das er sich jetzt den Kopf zerbrach, würde in der Schrottpresse landen, nachdem findige Typen das letzte nützliche Material herausgerissen hatten. So standen die Dinge.

Guga überlegte, ob er es schaffen könnte, in der Hauptstadt bei der Kriminalpolizei zu arbeiten. Er würde Leute einladen und bewirten müssen, damit er sein Anliegen im richtigen Rahmen vorbringen konnte. Dazu brauchte er eine Frau. Die Alte heute hatte recht gehabt. Er brauchte dringend eine Frau.

8

Irgendwie hatten wir uns durchgefragt. Nachdem ich alle Dolmetscher auf Lynns Liste abtelefoniert hatte, war klar, dass wir mit deren Diensten nicht rechnen konnten: Sie waren alle ausgebucht. Juliane hatte schließlich die glorreiche Idee, eine fähige Studentin einer der Tbilisser Universitäten als Dolmetscherin anzuheuern. Kurzerhand hielt sie ein Taxi an. Wie sie da am Rand der völlig überfüllten Avenue stand und die Hand ausstreckte, mit ihrem roten Häkelmützchen und den blitzenden Kreolen, sah sie aus, als sei sie von einem glitzernden Planeten gefallen. Wir gerieten an einen Taxifahrer, der gut Deutsch sprach, weil sein Vater in zweiter Ehe mit einer Freiburgerin verheiratet war. Er fuhr uns in die Ilia-Tschawtschawadse-Avenue und hielt vor einem weißen Gebäude, das etwas zurückgesetzt hinter Bäumen und parkenden Autos stand. Auf den Stufen saß eine alte Frau und verkaufte Sonnenblumenkerne.

»Hier, das ist das fünfte Gebäude der Staatsuniversität. Die Germanistik finden Sie im ersten Stock.«

»Danke.« Juliane zahlte vier Lari und wir schälten uns aus dem Opel. Mit einem Mal schlug das Fremdheitsgefühl wieder zu. Ein Strudel aus Panik und Schwärze packte mich. Mir kam das uralte Wissen abhanden, wie man überlebt. Rasch presste ich meine Schultertasche an mich und verschränkte die Arme darüber. Man konnte nie wissen.

Wir liefen an der Alten mit den Sonnenblumenkernen vorbei, die uns zahnlos zulächelte. Sie hockte vornübergebeugt auf einem alten Karton, der aussah, als würde er in den nächsten Sekunden zerbröseln.

Zwei Sicherheitstypen bewachten die Eingangstür. In der Halle begrüßten uns ein Flachbildschirm und eine Pinnwand mit einem Plakat, das für das Studium der französischen Sprache warb. Eine breite Treppe führte in den ersten Stock.

»Alles kalte Pracht«, sagte Juliane.

Ich nickte. Dieses Gebäude, in dem es nach Kalk und Urin roch, nach Staub und nach vielen Menschen, hatte bessere Zeiten gesehen. Große Zeiten, in denen hier alles in Ordnung gewesen war. Aber dann war dieses kleine Land in den frühen 90ern aus der Sowjetunion ausgeschert, durch einen Bürgerkrieg geschlittert, war dem Boden gleichgemacht worden, hatte sich mühsam aus dem Morast gekämpft, war gegen Energieknappheit und Korruption ins Feld gezogen, wieder in einen Krieg gerutscht, warum auch immer, und hatte mittlerweile nur noch die Grandezza von einst zu bieten.

»Man muss mit den kleinen Schritten zufrieden sein«, erläuterte Juliane, während sie die Treppe hinaufschritt. Als hätte sie meine Gedanken gelesen.

Vor einem Vorlesungsraum fragten wir ein paar Studenten nach dem Lehrstuhl für Germanistik. Sie führten uns über einen ausgetretenen Parkettboden, in dem das eine oder andere Stück fehlte. ›Deutsche Philologie‹ stand auf Deutsch und Georgisch an einer Tür. Wir klopften. Als niemand antwortete, drückte Juliane die Klinke herunter und trat ein.

An einem niedrigen Schreibtisch, der in die Ecke

gequetscht neben der Tür stand, saß ein Mädchen mit langen, schwarzen Locken und tippte konzentriert auf einer Tastatur.

»Tag«, sagte Juliane lapidar.

Ich stand wie ein tumbes Kamel hinter ihr und kriegte den Mund nicht auf.

»Entschuldigen Sie, dass wir hier einfach so reinplatzen. Wir suchen eine Dolmetscherin.«

Endlich hob das Mädchen den Kopf. Sie hatte hohe Wangenknochen und eine Haut, die aussah, als wäre sie mit Gold bestäubt worden. Ihre schwarzen Augen blitzten fröhlich.

Ich sah mich in dem Raum um. Regale säumten die Wände, in denen ein deutsches Buch neben dem anderen stand. Ich erkannte die bunten Duden-Bände, die ich auch besaß, ein großes Fremdwörterbuch und die altbekannten Buchrücken der wichtigsten Grammatiken. Hinter dem Mädchen hing eine riesige Deutschlandkarte, gegenüber, direkt zwischen zwei hohen, komplett vergitterten Fenstern, wackelte eine Leinwand auf einem viel zu schmalen Ständer. Davor ein runder Konferenztisch, ein Sofa, auf dem es sich ein Beamer und ein Laptop bequem gemacht hatten.

»Kein Problem.«

»Wir wissen noch nicht, für wie lange.« Juliane stieß mir ihren knochigen Ellenbogen in die Rippen. »Steuerst du jetzt auch mal was bei?«, zischte sie.

»Ich bin Reisejournalistin und schreibe eine Reportage über Georgien«, fasste ich zusammen. »Da unsere Reise ziemlich spontan zustande gekommen ist, haben wir bisher ...«

»Wie gesagt, kein Problem.« Die Tür ging auf und eine Gruppe schnatternder Studentinnen ergoss sich in den Raum. Sie musterten uns neugierig, setzten sich an den

Tisch und begannen, Handys, Notizbücher und Stifte auszupacken.

Die Schwarzlockige wurde nervös. »Hier findet jetzt eine Unterrichtsstunde statt. Geben Sie mir Ihre Telefonnummer. Ich rufe Sie an.«

Ich schrieb meine Handynummer auf einen Zettel und die Anschrift unseres Hotels. »Es wäre wirklich dringend.«

»Kein Problem«, sagte das Mädchen zum dritten Mal, fuhr den Rechner herunter und nickte uns zu. »Ich melde mich.«

9

Gute zwei Stunden später trafen wir Sopo am Eingang der U-Bahn-Station Rustaweli-Avenue wieder. So hieß das Mädchen, dessen Teint ich bewundert hatte. Sofia. Abgekürzt Sopo.

»Ich arbeite als Tutorin am Lehrstuhl«, erklärte sie und strich selbstbewusst die langen Locken aus ihrer Stirn. »Deswegen durfte ich den Unterricht nicht verpassen.«

»Klar«, nickte ich und stand da wie ein Albatros auf einer Radrennbahn. Meine Weltgewandtheit, meine Fähigkeit, mit kuriosen Situationen umzugehen, war wie weggepustet. Dieses eigenartige Land zwischen Europa und Asien machte etwas mit mir. Es wühlte mein Unterstes zuoberst.

Wie das geschah, verstand ich selbst nicht. Ich sah nur

Unmengen von Menschen, die meisten dunkelhaarig dunkeläugig, schwarz gekleidet. Lärm. Enge. Ein Gefühl, als wenn die Erde heiß atmete. Selbst durch den Asphalt.

Wenigstens hatte ich Juliane dabei. Sie verwickelte Sopo in ein Gespräch, während ich auf das Gewusel um mich starrte, als hätte man mich nicht 4.000, sondern 400.000 Kilometer von München entfernt in der Milchstraße geparkt.

»Meine Freundin schreibt eine Reportage über Georgien«, erläuterte Juliane gerade. »Wir brauchen eine Dolmetscherin, die uns, sagen wir, für zwei oder knapp drei Wochen begleitet.«

Sopo nickte. »Das lässt sich einrichten. Ab morgen kann ich mich freimachen. Geht das in Ordnung?«

»Na, was ist!« Juliane stieß mich an.

»Ab morgen ist wunderbar«, antwortete ich überschwänglich. Ich meinte, in Sopos Gesicht etwas Erstauntes, Fragendes zu lesen. Wahrscheinlich hielt sie die Ausländerin vor sich für völlig abgespaced. Ich musste grauenvoll aussehen, von Übermüdung, Kulturschock und Jetlag gepeinigt. »Vielleicht könnten Sie heute schon etwas für uns tun. Es dauert nicht lang!«

Sopo hob entspannt die Achseln. Sie trug ein enges, schwarzes Top, einen ebenso engen Jeansrock und hochhackige Schuhe mit Korksohle, auf denen sie permanent das Gleichgewicht zu halten suchte.

»Meine Kollegin Mira Berglund«, fing ich an und suchte in dem Krach des Straßenverkehrs, dem Rattern der in die Tiefe rasenden Rolltreppen und dem Gewimmel der vielen Menschen die Konzentration zu wahren, »ist aus ihrem Auftrag, sagen wir mal, ausgeschert. Sie hat mir leider keine Kontaktadressen oder Notizen hinterlassen, an denen ich mich orientieren könnte. Nur diese Telefonnummer von einer gewissen Tamara.« Ich kramte den Zettel aus meiner Hosentasche. Ich trug Jeans, rote

Chucks und ein weißes T-Shirt. Mein Haar war zu einem Pferdeschwanz gebunden. In Deutschland hätte ich mich optimal ausgestattet gefühlt. In Georgien kam ich mir vor, als hätte ich die vergangenen drei Jahre in der Mülltonne gelebt. »Würden Sie dort anrufen und nachfragen, wer diese Tamara ist? Eventuell könnte Tamara uns auch sagen, wo Mira abgeblieben ist.« Ich fühlte Julianes scharfen Blick auf mir. Hoffentlich konnte ich ihr beweisen, dass ich ganz die Alte war. Nicht ausgetickt, kein Psychowrack. Verdammt, solche Situationen hatte ich viele Jahre lang durchgemacht. Ich hatte die argentinische Pampa durchquert und eine Reportage über Umweltschutz in Singapur geschrieben. Ich war kein dummes kleines Mädchen, das vom nächstbesten Windhauch der weiten Welt umgeweht wurde. Ich reichte Sopo mein Handy, und sie wählte die Nummer. Es entbrannte ein angeregtes Gespräch von ungefähr zehn Minuten.

»Also«, Sopo gab mir mein Telefon zurück, »Tamara kennt keine Mira Berglund. Sie hat überhaupt nichts mit einer Reisejournalistin zu tun. Allerdings erwartete sie in der vergangenen Woche den Besuch ihrer Freundin, einer deutschen Opernsängerin. Sie wollte Tamara in Sighnaghi besuchen.«

»Aber?«, hakte Juliane nach. »Wo ist das Problem?«

»Die Freundin kam nicht. Sie hat auch kein Handy. Clara Cleveland heißt sie.«

»Wie bitte?«, stieß ich hervor. Juliane und ich sahen uns an. »Sollte diese Clara wie auch immer nicht heute Abend in der Oper auftreten?«

»In der Oper bestimmt nicht«, sagte Sopo. »Die wird gerade renoviert. Das Konzert, von dem Sie sprechen, müsste im Konservatorium stattfinden.«

»Fragen Sie nach«, bat Juliane und reichte ihr ihren Flyer.

Sopo wählte wieder eine Nummer, sprach kurz und legte dann auf. »Das Konzert fällt aus, weil Clara Cleveland nicht auffindbar ist. Wenn Sie schon ein Ticket haben, bekommen Sie den Eintrittspreis zurück.«

»Nicht nötig«, sagte ich langsam und steckte das Handy in meine Hosentasche. »Danke.«

10

Der Krieg hatte alles geändert. Kasbegi war nicht direkt betroffen gewesen; dennoch weckte die unmittelbare Nähe zu Russland Ängste. Medea hatte sich angewöhnt, einen inneren Dialog nicht nur mit Menschen, sondern auch mit Ereignissen zu führen. Sie redete ein Ereignis, das sie sehr beschäftigte, einfach an – und bekam Antwort. Natürlich hörte sie keine Stimmen. So rational war sie eingestellt. Aber sie wusste auch, dass Intuition und Vorstellungskraft die eigentlichen Landkarten des Lebens waren. Allein mit der Vernunft kam man nicht weit. Sie half auf keinen Fall, plötzliche Krankheiten, den Verlust eines Kindes, einen Krieg oder ein Erdbeben zu bestehen. In solchen Katastrophenzeiten musste schnell entschieden werden. Medea hatte im Sommer vor zwei Jahren ihren dritten Krieg durchgemacht, denn den Putsch von 1992 bezeichnete sie als Krieg. Sie hatte eine Tochter verloren. Und die Kleine, ihr größtes Glück. Als sie in Gomi gelebt hatte, war ihr während eines Erdbebens das Haus über dem Kopf zusammengestürzt. Sie hatte fast 48 Stunden unter den Trümmern verbracht, bevor ein Knirps sie mit bloßen Händen ausgegraben hatte. Vernunft hatte ihr nicht geholfen, als sie halb wahnsinnig vor Durst, Mund und Nase voller Staub, verkrümmt dagelegen hatte. Der Glaube? Medea hatte die Erfahrung gemacht, dass Religion nur eine Art verlängerter Arm der Intuition war. Eine autorisierte Fassung, die der Mensch an die Kirche abgeben konnte, um sich nicht allzu sehr zu ängstigen vor den Kräften, über die er verfügte. Es war einfacher, an eine alles lenkende Schicksalsmacht zu glauben als an Millionen winziger Zufälle.

Der Krieg mit Russland vor zwei Jahren hatte alles zum Einsturz gebracht. Sie verräumte die Hoffnung, irgendwann zu ihrem alten Leben zurückkehren zu können, tief in ihrem Innersten. Die politische Situation im Land war explosiv, die Oppositionsparteien boten sich unklaren Interessen feil, Prostitution auf höchster Ebene, fand Medea, und was vom derzeitigen Staatspräsidenten zu halten war, das entzog sich selbst ihren feinen Antennen. Irgendwie mochte sie ihn, seine jugendliche Art, sein Lächeln, seine Effektivität, mit der er die korrupten Geschäftemacher ausgebremst hatte. Dass er für die Rentner kaum etwas tun konnte, lag nicht an ihm allein. Medea wäre alt genug für eine vernünftige Rente und einen ruhigen Lebensabend. Die landesübliche Allgemeinrente betrug um die 80 Lari, und davon konnte man in der Stadt maximal zwei Tage überleben. In Kasbegi etwas länger. Medea strich der Ziege über den Kopf. Sie streifte die Gummistiefel ab, schob die Tür zu ihrem kleinen Holzhaus auf, die sie noch nie abgeschlossen hatte, trat ein und legte ein paar Scheite in den Ofen. Das Häuschen schmiegte sich an das Ufer des Terek, nur von einem breiten Wiesenstreifen von dem schäumenden Fluss getrennt. Medea liebte es, des Nachts das Wasser rauschen zu hören. Oft gab sie dem Fluss mit, was sie zu erzählen hatte, und der spülte es fort. Den Schmerz, die Fremdheit, die Geldsorgen, manchmal auch den Hunger. Ihr Zuhause war ärmlich, aber ein Platz, an dem sie sich geborgen fühlte.

Doch die beiden Frauenköpfe in der Kaffeetasse jagten ihr Furcht ein. Medea wusste sehr genau, dass es so etwas wie Sicherheit in einem Menschenleben nicht gab. Sie schloss die Augen und begann ein Gespräch. Halblaut, denn nur die Ziege und der Fluss lauschten, und von beiden drohte keine Gefahr.

11

»Also, hör mal!«, regte Juliane sich auf.

Wir saßen an der Hotelbar, es war halb elf nachts, und ich sehnte mich nach meinem Bett. Gleichzeitig war ich aufgedreht, vollgesogen mit Eindrücken wie ein Schwamm.

»Wenn du mich besuchen willst und du tauchst nach zwei Stunden nicht auf, sehe ich zu, dass ich herausfinde, wo du abgeblieben bist.« Juliane hob ihr Bierglas. ›Natachtari‹ stand darauf. Ein spritziges, goldgelbes georgisches Bier. »Diese Tamara macht große Augen, weil ihre Freundin nicht aufkreuzt, und geht ihren Geschäften nach.«

»Sie waren vielleicht nicht besonders gut befreundet«, vermutete ich und griff in die Schüssel mit den Oliven.

»Das ist eine ganz schöne Strecke, von Tbilissi nach Sighnaghi!« Juliane entfaltete eine Straßenkarte. »Du kannst die hiesigen Straßenverhältnisse nicht mit denen in Deutschland vergleichen.«

»Klingt, als wärst du schon oft in Georgien unterwegs gewesen.«

Juliane achtete nicht auf meine Spitzen. »Zwei Stunden wird man sicher brauchen. Ratterst du so eine Strecke weg, um jemanden zu besuchen, der dir eigentlich nicht wichtig ist? Was mich zudem wundert: Hat diese Clara Cleveland keine Bezugspersonen in Tbilissi? Einen Agenten, Manager, irgendwelche Kontakte, die vielleicht mal bemerken könnten, dass die Operndiva verlustig gegangen ist?«

Ich klappte mein Notebook auf und suchte mir eine drahtlose Verbindung ins Internet. »Lass uns gucken, ob Clara noch ein anderes Konzert hat platzen lassen.«

Kurz darauf hatte ich die Webseite von info-tbilisi.com auf dem Schirm und damit einen ausgeklügelten Plan zu den kulturellen Veranstaltungen in der Hauptstadt.

»Sieh einer an«, murmelte ich. »Ihr letztes Konzert war am 28.3. in der Philharmonie, zusammen mit dem Kinderchor ›tschweni sakartwelo‹, was auch immer das bedeutet.« Ich winkte der jungen Frau, die mit neonblond gebleichter Mähne hinter der Theke stand und lustlos Gläser polierte.

»Es heißt ›Unser Georgien‹«, übersetzte sie gleichgültig. »Möchten Sie noch Oliven?«

Ich nickte abgelenkt. »Und danach – Pause. Erst für heute Abend ist wieder ein Konzert angesetzt. Wie Sopo sagte, im Konservatorium. Mit Opernarien aus La Traviata, Norma und Tosca. Dass das Konzert abgesagt ist, hat bisher niemand ins Netz gestellt.«

»Also hatte Clara knapp zwei Wochen Pause. Seltsam. Eine Konzertreise ist eigentlich immer sehr dicht besetzt. Ein Termin jagt den anderen, bis die Sängerinnen ihre Stimme dermaßen überstrapaziert haben, dass nichts mehr geht«, wandte Juliane ein.

»Mag sein, dass das der Grund ist. Schonung der Stimmbänder«, überlegte ich. »Hier: Clara ist bei der Konzertagentur ›Cologne Concertos‹ unter Vertrag. Hauptsitz in Köln, Ableger in München.« Ich klickte herum. »Am 23. April steht ein Opernabend in Baku in Aserbaidschan auf dem Programm.«

»Vielleicht ist die Cleveland früher als geplant nach Baku abgereist.«

»Und hat ein Konzert platzen lassen? Ich würde mal sagen, die Agentur sollte davon wissen, wenn eine Künstlerin nicht zum Auftritt erscheint.« Ich sah auf die Uhr. Es war kurz vor elf. Kurz vor neun in Deutschland. Zu spät, um jemanden anzurufen. Ich speicherte die Nummer von Cologne Concertos in meinem Handy. »Mira ist am 26.3. nach Georgien geflogen. Mit dem Flugzeug aus München um 21.20. Sie kam also am 27.3. morgens hier an. Das war ein Samstag. Meinst du, sie hat das Konzert in der Philharmonie besucht?«

Juliane zuckte die Achseln und bestellte sich ein zweites Bier.

»Sie ist genau eine Woche nach Abflug von der Bildfläche verschwunden.«

»Warum beschäftigen wir uns damit, Kea? Du hast eine Reportage zu schreiben. Stell dir endlich eine Route durch Georgien zusammen. Lass uns ans Schwarze Meer fahren, dort ist es bestimmt traumhaft.«

»Weil eins klar ist: Tamaras Telefonnummer habe ich in Miras Jeans gefunden. Also gibt es eine Verbindung zwischen Mira, Tamara und Clara. Weil Tamara auf Clara wartete, nicht auf Mira.« Ich orderte ebenfalls noch ein Bier, kaute Oliven und dachte nach. Nein, die Sucht der ersten Jahre als Reisejournalistin hatte mich nicht mehr am Wickel. Damals war ich schier panisch vor Aufregung, etwas zu verpassen. Ich arbeitete akribische Reisepläne aus, strukturierte pedantisch die Tage, damit auch nicht eine

Minute ungenutzt verstrich. Heute verspürte ich nur den Drang, mich treiben zu lassen. Und etwas über Miras Verbleib herauszufinden. Denn eine Reporterin verschwand nicht einfach so – unsereins hinterließ Spuren.

12

Sopo holte uns am nächsten Morgen um zehn im Hotel ab. Sie wartete in der Lobby, die Beine übereinandergeschlagen, ganz in Schwarz, bis auf eine golddurchwirkte Weste, die sie über ihrem Top trug. Als wir aus dem Frühstücksraum traten, stand sie auf und wankte uns auf ihren hohen Absätzen entgegen.

In der Nacht war mir aufgegangen, dass zwei Frauen fehlten – Clara und Mira. Ob das ein Zufall war? Waren beide womöglich an denselben Ort aufgebrochen, aber nicht angekommen? Wenn ja, was war das für ein Ort? Sighnaghi?

»Sopo, eine Frage«, begann ich. »Sighnaghi – ist das ein Ort, den man gesehen haben muss?«

»Unbedingt!« Sopo schürzte die Lippen. »Sighnaghi liegt mitten im Weinland Kachetien, hoch über der Alasani-Ebene. Es steht auf dem Hang wie ein Schiff, dessen Bug weit über den Ozean ragt. In den letzten Jahren hat man das Städtchen wunderschön hergerichtet und die sowjetischen Altlasten beseitigt.«

»Also lohnt es sich hinzufahren?«, insistierte ich.

»Sicher! Haben Sie einen Fahrer an der Hand oder soll ich das organisieren?« Sie hielt schon ein Handy in der Hand.

»Ich denke, das wird unsere Aufgabe für den heutigen Vormittag«, sagte Juliane. »Ein Reiseprogramm zusammenzustellen.«

Ich hatte Lynns Unterlagen zum x-ten Mal durchgelesen und eine Liste der sehenswertesten Orte zusammengestellt, die ich Sopo nun reichte.

»Höhlenkloster Wardsia«, murmelte sie, »Kasbegi und die Trinitätskirche. Gori – was wollen Sie denn in Gori, um Himmels willen?«

»Stalin wurde dort geboren«, sagte Juliane.

Sopo schnaubte nur. »Höhlenstadt Uplistsiche, na gut. Und Batumi am Schwarzen Meer! Da müssen Sie wirklich unbedingt hin. Ich habe eine Tante dort. Ich kann alles organisieren.«

In diesem Land lebten, so kam es mir vor, die besten Organisatoren der Welt. Jeder kannte irgendwo jemanden, der weiterhelfen konnte. Wir setzten uns in ein Café nicht weit vom Hotel entfernt, und binnen einer Stunde besaßen wir bereits einen zeitlich großzügigen Plan, wann in den folgenden knapp drei Wochen wir welche Sehenswürdigkeit des kleinen Kaukasuslandes ansehen und wo wir übernachten würden.

»Und Bakuriani. Sie müssen unbedingt nach Bakuriani. Wobei das im Winter ja viel interessanter ist«, erzählte Sopo, während sie, die Beine locker übereinandergelegt, mit dem Fuß wippte und ihre rotlackierten Nägel einer strengen Prüfung unterzog. »Die Berge dort sind ein Traum.«

»Ich schreibe keinen Reiseführer«, gab ich zu bedenken. »Meine Aufgabe sehe ich darin, ein Motto zu finden, das eine solche Reise lenkt, und dem Artikel, den ich schreibe, eine innere Struktur gibt. Das Schwierige ist nur: Ich muss die Reise erst machen, damit ich verstehe, von welcher Kraft sie angetrieben wird.«

Juliane grinste und prostete mir mit ihrem frisch gepressten Orangensaft zu. Keine Ahnung, was es da zu lachen gab.

»Also nicht das übliche Touristenprogramm.«

»Nein. Haben Sie Ihr gutes Deutsch eigentlich in Georgien gelernt?«

»Ja, in der Schule und später an der Universität. Im letzten Jahr war ich ein paar Monate an unserer Partneruni in Düsseldorf.« Sopo wirkte nervös.

Ich glaubte zu verstehen, warum. Unaufgefordert reichte ich ihr einen Umschlag. »Das ist die Anzahlung. Wie ausgemacht. Den Rest am Ende dieser Woche.«

Auf Sopos Gesicht ging die Sonne auf. Gestern hatten wir an der überfüllten U-Bahn-Station auch das Geschäftliche abgesprochen. Wenigstens war ich soweit auf der Höhe der Zeit, dass ich das nicht vergessen hatte. Als Ghostwriterin kämpfte ich oft genug um mein Honorar. Wir hatten einen großzügigen Preis vereinbart. Dafür würde Sopo uns rund um die Uhr zu Verfügung stehen. Soweit schien alles ganz einfach.

»Wie sieht es mit dem kulturellen Leben in Tbilissi aus?«, hakte ich nach. »Und bitte, nicht das typische Programm. Wo sind interessante, kleine Projekte, unbekannte Künstler, ungewöhnliche Mäzene?«

»Sie müssen unbedingt die Galerien in der Chardin Straße und rund um die Sioni-Kirche besuchen«, schwärmte Sopo.

»Was uns brennend interessiert«, schaltete Juliane sich ein. »Kennen Sie den Kinderchor ›tschweni sakartwelo‹?« Sie sprach die zungenbrechenden Silben so gekonnt aus, als hätte sie seit Tagen nichts anderes geübt.

»Sicher. Der Chor ist ziemlich bekannt.« Sopo überlegte. »Soweit ich weiß, kommt er aus Balnuri. Ein ehemals deutsches Dorf.«

»Wie kommt ein deutsches Dorf nach Georgien?«, fragte ich.

»Kennen Sie die Geschichte nicht?« Sopo klang vorwurfsvoll. »Im 18. Jahrhundert hatte Katharina II. ihr Riesenreich in den Süden des Kaukasus ausgedehnt. Sie brauchte Leute, die sich dort ansiedelten, um mit dem Land etwas anzufangen.«

»Ja, und dann kamen eine Menge deutsche Forschungsreisende, Professoren, Lehrer, Winzer und Wissenschaftler hierher«, knüpfte Juliane an. »Vor allem Württemberger. Sie hatten zu Hause irgendwelche weltanschaulichen Probleme mit ihrer Regierung. Aus dieser Zeit stammen die deutschen oder vielmehr schwäbischen Dörfer.«

Ich war baff. Dass ich kein Crack in Geschichte war, damit konnte ich leben, aber dass Juliane mich rechts überholte? Wahrscheinlich ging es mit der Bildung tatsächlich von Generation zu Generation bergab.

»Nach dem Einmarsch Hitlers in die Sowjetunion 1941 wurden die Deutschen nach Kasachstan oder Sibirien deportiert«, machte meine Ersatzmutter weiter. »Viele überlebten den Exodus und die grauenvollen Strapazen nicht. Erst nachdem 1955 die Sowjetunion den Kriegszustand mit Deutschland offiziell für beendet erklärt hatte, konnten die Überlebenden in ihre Heimat Georgien zurückkehren.«

»Auch in anderen Ortschaften Georgiens leben noch ein paar versprengte Deutsche. Hier in Tbilissi gibt es eine deutsche protestantische Gemeinde mit eigener Kirche und Gemeindezentrum, und soweit ich weiß, haben sie Ableger in ein paar anderen Städten«, beendete Sopo die Lehrstunde.

»Also: ›Tschweni sakartwelo‹ – der Chor ist berühmt?«

»Sie sind erst vor Kurzem aufgetreten. Mit Clara Cleveland.«

»Die bei ihrer Freundin Tamara nicht angekommen ist.«

Alle drei sahen wir uns an.

»Clara Cleveland stammt auch aus Georgien«, sagte Sopo.

»Sie ist eine Nachfahrin der eingewanderten Deutschen. Kam in Balnuri zur Welt und siedelte als Kind nach Deutschland aus, nachdem Gorbatschow an die Macht gekommen war, und es einfacher wurde, das Land zu verlassen.«

»Sie ist in München ein Star!« Juliane richtete sich auf. Sie sah aus wie Sopos Negativ: weißes Haar, eine weiße Bluse und weiße Jeans. Ich selbst hatte beim Packen offenbar nicht mitgedacht. Außer Jeans, einer leichten Sommerhose und ein paar T-Shirts hatte ich nichts zu bieten.

»Aber Clara Cleveland ist eine sehr bescheidene Frau. Sie hat nie vergessen, woher sie stammt. Das rechnen ihr die Menschen hier hoch an. Sie verzichtet während dieser Georgientour auf ihre Gage. Mit dem Geld unterstützt sie musikalisch begabte Kinder aus armen Familien. Sie finanziert ihre Ausbildung, damit die Talentiertesten ein Studium der Musik aufnehmen können, wenn sie die Regelschule beendet haben.«

»Dazu wird die Gage einer Konzertreise nicht ausreichen«, entgegnete ich. Mir fiel wieder ein, dass ich bei ›Cologne Concertos‹ anrufen wollte, um nach Clara zu fragen.

»Seit sie berühmt ist, investiert Clara in Musikprojekte. Sie treibt Sponsoren auf, die Patenschaften für einzelne Kinder übernehmen und ihnen das Musikstudium bezahlen. Die meisten Familien könnten sich das nie leisten.«

»Wer leitet den Kinderchor?«, erkundigte sich Juliane in ihrer praktischen Art.

Sopo hängte sich ans Telefon.

Ich tat dasselbe. Bei Cologne Concertos in München meldete sich nur ein Anrufbeantworter. Weil ich keinen Plan hatte, was ich sagen sollte, legte ich auf. In Köln antwortete eine muntere Dame.

»Cologne Concertos, Asmus, was kann ich für Sie tun?«

»Sie haben doch Clara Cleveland unter Vertrag. Richtig?«

»Das ist korrekt.«

»Gestern fiel in Tbilissi ein Konzert mit ihr aus. Meine Mutter und ich«, ich feixte zu Juliane hinüber, »sind ausgesprochene Fans der Cleveland. Gibt es einen Ersatztermin?«

»Darüber bin ich nicht informiert.« Frau Asmus' Stimme tirilierte eine halbe Oktave höher. »Wo, sagen Sie, sollte das Konzert stattfinden?«

»Tbilissi. Georgien.«

»Meinen Sie vielleicht Tiflis?«

So viel hatte ich schon mitbekommen, dass es den Georgiern nicht gefiel, wenn ihre Hauptstadt mit dem russifizierten Namen bezeichnet wurde.

»Tbilissi, Tiflis. Egal.«

»Mir ist nichts darüber bekannt, dass ein Konzert ausfallen musste.« Ich hörte das Klicken einer Tastatur. »Der Veranstalter sollte Ihnen da besser Auskunft geben können.« Die Sekretärin legte stimmlich noch eine Quart zu. »Das ist, Moment bitte, das Saradschischwili State Conservatoire Tiflis in Kooperation mit dem Opernhaus.«

»Vielleicht ist es interessant für Sie zu hören, dass Ihr Opernstarlet seit beinahe zwei Wochen nicht mehr gesehen wurde«, haute ich auf den Putz.

»Bitte? Wer sind Sie überhaupt?«

Ich legte auf. Zwei Minuten später tat Sopo dasselbe.

»Eine gewisse Isolde Weiß leitet den Kinderchor. Sie lebt in Balnuri. Der Chor hat dort seinen Sitz. Aber sie sind alle gerade auf der Fahrt nach Tbilissi. Heute Abend um sieben treten sie im Goethe-Institut auf.«

Triumphierend sah Juliane mich an. »Wir kommen doch noch zu unserem Musikgenuss. Das hören wir uns an!«

13

Bis zum Abend hatte ich mithilfe eines kostenlosen Hotspots in einer Kneipe nahe der Sioni-Kirche im Zentrum des alten Tbilissi nachgelesen, dass Clara Cleveland mit bürgerlichem Namen Clara Müller, den Winter über in allen deutschen Zeitungen als neuer Stern am Opernhimmel gefeiert worden war.

Meine Gedanken rotierten. Wie konnte es sein, dass zwei Frauen verschwanden, ohne dass irgendjemand nach ihnen forschte? Führten sie ein einsames Leben ohne Freunde oder Lebenspartner, die irgendwann mal auf die Idee kommen würden, nach ihnen zu suchen?

Sopo brachte uns zum Mittagessen in ein winziges Lokal. Außer Chatschapuri, Salat und Chinkali, mit Hackfleisch gefüllte Teigbeutel, die an gigantische Tortellini erinnerten, waren keine weiteren Speisen im Angebot. Dafür schmeckte alles so köstlich, dass ich mich um mein Gewicht zu sorgen begann. Sopo bestellte eine zweite Portion von den Teigbeuteln. Man packte sie mit den Fingern, biss hinein und schlürfte die Brühe heraus, um anschließend Hackfleisch und Teig zu verspeisen. Übrig blieben die Zipfel, wo der Teig zusammengedreht wurde, um den Beutel zu schließen. Auf meinem Teller hatten sich zehn Zipfel angesammelt. Ich war am Platzen.

Zwischendurch rief Lynn Digas an, fragte, wie das Geschäft lief und machte mir ziemlich Feuer unterm Hintern. Ihr Drängen kam mir allmählich spanisch vor. Anders als im Tagesjournalismus verdarben Reisenachrichten nicht so schnell. Einen Artikel über Tourismus in Georgien würde sie einen Monat später genauso unterbringen. Meiner Erfahrung nach erschienen die meisten Beiträge selbst in renommierten Magazinen sowieso um einiges später als abgesprochen. Redakteure änderten eben schnell ihre Meinung, wenn es darum ging, welche Themen in einer Ausgabe zusammenpassten und welche nicht.

Ich packte mein Notebook ein und bezahlte die Rechnung. Sollte Lynn für die Spesen bluten. Derweil erkundigte sich Sopo im Konservatorium nach dem ausgefallenen Clevelandkonzert. Niemand wusste Genaues, die Dame am Telefon bot aber sogleich an, den Ticketpreis zu reduzieren. Sopo führte uns aus der verwinkelten Fußgängerzone heraus und stoppte ein Taxi. Das Spesenkonto versprach, proppenvoll zu werden.

Unser Taxi erklomm eine schmale, kopfsteingepflasterte Steigung hinter der Metrostation an der Rustaweli-Avenue.

»Hier, Kea, kannst du dir den gewinnbringenden Einsatz unserer Steuergelder ansehen«, unkte Juliane. Wir hielten vor einem weißen Gebäude in einer engen Straße. In Tbilissi gab es entweder ungeheuerliche Avenuen, auf denen der Verkehr ungebremst und ungeregelt brandete, oder kleine Sträßchen, in denen die Häuser sich gegenseitig auf die Zehen traten, mit Geschäften an allen möglichen und unmöglichen Orten, im Souterrain, an der Ecke, hinter einem Baum. Die Sandukeli-Straße, wo das Goethe-Institut eine Heimat gefunden hatte, leuchtete Grün vom frischen Laub der Bäume. Ein Sicherheitsmann nickte uns zu, als wir das Institut betraten.

»Das Haus ist das ehemalige deutsche Generalkonsulat«, verriet uns Sopo. »Kommen Sie.«

Zwei Stockwerke höher herrschte buntes Treiben. Marineblau gekleidete Kinder zwischen sieben und 16 sausten durch das Foyer, in dem außer stolzen Eltern auch ein paar andere Erwachsene herumstanden. Juliane sah auf die Uhr. »Na, allmählich müssen sie mal in die Gänge kommen.«

Sopo lächelte nachsichtig. »In Georgien fangen wir nicht immer so pünktlich an«, sagte sie.

Weil pünktlich eben ein Begriff ist, den man erstmal interpretieren muss, dachte ich. Ist es pünktlich, auf die Sekunde genau irgendwo reinzuschneien, oder ist es pünktlich, eine Viertelstunde später zu kommen?

»Wer ist die Leiterin?«, fragte ich Sopo. »Könnten Sie mal fragen?« Mir ging es zunehmend auf den Geist, wegen der simpelsten Dinge eine Dolmetscherin zu brauchen. Ich hatte Anglistik studiert und konnte immer noch ziemlich gut Englisch, hatte mir autodidaktisch ein bisschen Spanisch beigebracht. Das nützte mir hier alles nichts. Ich würde damit beginnen müssen, diese runden, kuscheligen Buchstaben zu lernen.

»Frau Weiß ist gerade nicht abkömmlich.« Eine Dame mit blondiertem Haar, einem engen, schwarzen Kostüm und unverschämt hohen Absätzen stöckelte auf mich zu. Das Parkett war ohnehin glatt wie eine Eisbahn. Darauf in High Heels zu balancieren, stellte eine akrobatische Glanzleistung dar. »Vielleicht kann ich Ihnen helfen? Ich bin Thea Wasadse, die Sekretärin von Frau Weiß.«

»Kea Laverde, Reisejournalistin.« Ich sah, wie Juliane unsere Dolmetscherin beiseitenahm und mit ihr im Festsaal verschwand. »Eine ... Freundin hat mir vom Kinderchor ›Unser Georgien‹ erzählt. Können Sie mir dazu ...«

Ich brauchte gar nicht weitersprechen. In perfektem Deutsch legte Thea los. »Man nimmt uns in Deutschland doch einmal wahr, wie schön!« Sie lächelte verkniffen. Unter der dicken Schicht Make-up sah ich tief eingegrabene Fältchen um Augen und Mund. Das toupierte Haar wirkte glanzlos. Thea Wasadse tat alles, um superschick auszusehen. Hinter der Fassade wirkte sie wie eine Baustelle, auf der vergeblich gegen den Verfall anrestauriert wurde.

»Was meinen Sie?«

»Es war erst kürzlich eine Journalistin hier. Eine gewisse Mira, glaube ich. Eine mit kurzen, blonden Locken. Aus Deutschland. Nach unserem letzten Konzert in Tbilissi gingen wir zum Feiern in ein Restaurant, und Isolde lud Mira spontan ein, mitzukommen.«

Mir wurde warm. Endlich eine Spur. Wo sollte ich weitermachen? Jemand trieb die Kinder in den Saal, aus dem inzwischen Klavierkadenzen zu hören waren. Ich hoffte, Juliane würde mir einen Platz besetzen.

»Der Chor«, begann ich.

»›Unser Georgien‹ wurde 1921 als deutscher Kinderchor gegründet«, legte Thea los. »Eine deutsche Musikprofessorin namens Helene Adelsdorfer gründete ein Vokalensemble, das in Georgien schnell Furore machte. Zunächst bestehend aus 12 Sängerinnen, hatte es sich zum Ziel gesetzt, deutsches Liedgut zu pflegen. Volkslieder, aber genauso klassische Stücke. Helene Adelsdorfer starb 1939, und das war ihr Glück, denn zwei Jahre später fielen die Deutschen in der Sowjetunion leider in Ungnade. Deswegen benannte ihre Nachfolgerin den Chor um. In ›tschweni sakartwelo‹. Sie studierten weiter Kunstlieder ein, nahmen auch georgische Volksmusik ins Programm auf. Ab den 50ern reisten sie durch die ganze Sowjetunion, traten in Leningrad, Moskau und Odessa auf, auch in Mittelasien. Hier in Tbilissi hatten sie allerdings das stolzeste Publikum.«

Mir fehlte jegliche Inspiration, wie ich weiterfragen sollte. Der Chor interessierte mich nicht, ich wollte auf Mira kommen. Die Zeit wurde knapp, das Foyer leerte sich.

»Wir freuen uns, dass Sie heute Abend kommen konnten«, nickte Thea mir freundlich zu. Beim Lächeln entblößte sie graue Zähne, die angelegentlich in ihrem Mund herumstanden. Rasch schloss sie die Lippen wieder.

»Ich habe gehört, dass Clara Cleveland den Chor sehr unterstützt.«

»Sicher.« Thea kramte in einem riesigen Lederbeutel, den sie über der Schulter trug. »Ich gebe Ihnen unseren Prospekt mit.« Sie reichte mir einen Flyer. »Clara Cleveland hat uns in den letzten Jahren sehr unterstützt. Finanziell und ideell, durch ihre Aufenthalte in Georgien. Sie wissen, dass sie hier geboren wurde?«

Ich nickte. Thea schob mich auf den Festsaal zu. Wir waren die letzten im Foyer. Aus dem Saal hörte ich lautes Stimmengemurmel. »Sie kommt jedes Frühjahr und studiert ein kleines Extraprogramm mit unseren Kindern ein. Ihnen bedeutet das sehr viel. Ein Gast, von so weit her! Wissen Sie«, ihr Mund war nun nah an meinem Ohr, wir betraten den Saal, »Isolde ist eine gute Musikerin und hingebungsvolle Chorleiterin. Aber Clara ist«, sie senkte die Stimme noch etwas mehr und ich spürte ihren warmen Atem an meinem Haar, »herausragend. Wunderbar. Sie ist einfach wunderbar. Nicht nur eine großartige Sängerin. Nein, sie ist vor allem ein großartiger Mensch.«

Damit schloss sie die Tür zum Saal. Ich wollte fragen, wo die außerordentliche Clara Cleveland abgeblieben war. Doch Thea presste die Lippen zusammen und stöckelte zu ihrem Stuhl in der ersten Reihe.

Ich entdeckte Juliane irgendwo hinten und quetschte mich, »sorry« murmelnd, durch das Publikum, um zu dem freien Platz neben ihr zu gelangen.

Während die Kinder ›Komm, lieber Mai, und mache‹ sangen, befasste ich mich mit Theas Faltblatt. Es war in astreinem Deutsch verfasst. Aus einem zwölfköpfigen Vokalensemble war ein stattlicher Chor mit 40 Kindern geworden. In einem Kasten ganz unten wurden die bisherigen Chorleiterinnen namentlich genannt. Alles Frauen. Ob das Absicht war? Ich musste Thea fragen. Clara Clevelands Beitrag bestand offenbar in sehr großzügigen Finanzspritzen, denn ihr war beinahe der ganze Text gewidmet. Dass sie seit September ein Engagement an der Münchner Staatsoper hatte, wurde besonders hervorgehoben. Offenbar war man hier sehr stolz auf die Sängerin aus Balnuri, die es außerhalb Georgiens so weit geschafft hatte.

14

Unter lauten Jubelrufen und fröhlichem Applaus verließ der Chor in Reih und Glied den Festsaal.

»Wunderschön«, schwärmte Juliane.

»Das können wir zu Hause keinem erzählen, dass wir ›Komm, lieber Mai, und mache‹ gehört haben. Live«, witzelte ich, während wir uns in all dem Gewusel ins Foyer drängten.

»Quatschtüte.« Juliane wollte zu einer umfangreichen Gegenrede ansetzen, als Sopo mich am Ärmel zupfte.

»Hier kommt Frau Weiß, die Chorleiterin.«

Eine Frau, stattlich und die erste Geschlechtsgenossin in flachen Schuhen, die ich in Georgien sah, kam auf mich zu. Ihr Haar war kurz geschnitten und kastanienbraun gefärbt.

»Guten Tag. Thea sagte mir, dass Sie mich sprechen wollen. Hat Ihnen die Aufführung gefallen?«

»Traumhaft«, schwärmte Juliane los und erlöste mich von der Pflicht, das Konzert in den höchsten Tönen zu loben. Nicht, dass es mir nicht gefallen hätte. Die Kinder waren bestens ausgebildet, stimmlich war da nichts zu beanstanden. Aber ich hatte es nicht so mit deutschem Liedgut, und ich begann darüber nachzudenken, warum eigentlich nicht. Vermutlich, weil ich mich nicht in der deutschtümelnden Ecke wiederfinden wollte. Meiner Generation hatte man diesbezüglich die allersensibelsten Antennen verpasst.

»Ich habe Thea gebeten, uns einen Kaffee zu bringen.« Isolde Weiß nahm Juliane und mich beim Arm. »Leider habe ich nicht viel Zeit. Sie möchten etwas über unseren Chor wissen? In Georgien sind wir bekannt, jetzt würden wir so gerne nach Deutschland eingeladen werden. Womöglich war es keine gute Idee, den Chor damals in ›Unser Georgien‹ umzubenennen. Die Deutschen fühlen sich davon nicht angesprochen. Wenn Sie natürlich etwas schreiben würden!« Eifrig, fast unterwürfig sah sie mich an.

Wir setzten uns ans Fenster und schlürften türkischen Kaffee, während Isolde erzählte. Das meiste wusste ich bereits von Thea und aus dem Faltblatt, dennoch hielt ich Stift und Notizbuch bereit. Einerseits, um professionell zu wirken, andererseits aus Gewohnheit. Und dann, weil ich spürte, wie mich die gewohnte Arbeitshaltung erdete. Als hätte ich nach den vergangenen Tagen, in denen mein Selbst umhergewirbelt worden war wie eine Socke in einer Waschmaschine, endlich wieder Boden unter den Füßen. Indem ich etwas schrieb, auch nur ein paar Stichpunkte formulierte, kehrte ich zurück in mein normales Leben.

»Mir ist aufgefallen«, unterbrach ich Isoldes Redeschwall, »dass ausschließlich Frauen den Chor leiteten.«

»Das hat mit Helene Adelsdorfers Vermächtnis zu tun«, erklärte Isolde. »Sie war unverheiratet, müssen Sie wissen. Eine energische Dame, sehr gebildet, sehr höflich und sehr, nun, überzeugt davon, zu wissen, was richtig und falsch ist.«

»Und sehr streng«, mischte sich Thea Wasadse ein. »Ihre Strenge war legendär.«

Isolde machte eine ungeduldige Handbewegung. »Das tut nur gut, wenn man einen Chor leitet.«

Ich sah, wie Thea die Lippen aufeinanderpresste. Offenbar stand es zwischen Leitung und Sekretariat nicht zum Besten. Sopo langweilte sich. Sie schwenkte ihre Kaffeetasse, goss das restliche Wasser auf die Untertasse und blickte gelangweilt aus dem Fenster. Ein kleiner Junge kam zu uns gerannt, mit blassen Wangen und völlig übermüdet. Isolde sagte ein paar harsche Worte. Thea drehte den Kleinen an den Schultern um und schickte ihn mit einem Klaps auf den Hintern wieder weg.

»Ihr Name verrät ja, dass Helene eine Deutsche war. Die direkte Nachfahrin einer Professorenfamilie aus Ulm. Helene Adelsdorfer lebte in Balnuri, gleich neben der Kirche. Sie hatte eine Zugehfrau, eine Georgierin, eine sehr nette, mütterliche Person. Deren Mann war dem Alkohol zugetan. Er schlug seine Frau bei jedem nichtigen Anlass. Jedenfalls klagte die Zugehfrau oft über ihren brutalen Ehemann, der das ganze Geld, das sie bei Leuten wie Helene verdiente, in Wodka umsetzte. Helene versuchte, ihre Putzfrau aus dem Dilemma herauszuholen, bezahlte ihr sogar einen Anwalt, damit sie sich scheiden ließ, doch die gute Seele blieb bei ihrem Gatten und er erschlug sie im Suff mit einem Spaten.«

Juliane grinste, was Isolde sichtlich irritierte.

»Helene Adelsdorfer war daraufhin mehr als je zuvor von der Nichtsnutzigkeit der Männer überzeugt und verfügte in ihrem Testament, dass der Chor ausschließlich von Frauen geleitet werden sollte, die einen ordentlichen und tugendhaften Lebenswandel führten«, fuhr sie fort.

Sopo nahm ihre Tasse auf und starrte hinein, als könne sie dort die neuesten Nachrichten von Twitter rezipieren. Wahrscheinlich versuchte sie nur, ein ungebührliches Lachen zu unterdrücken.

»Testament?«, fragte ich nach. »Hat sie dem Chor ihr Vermögen hinterlassen?«

»Sie war sehr begütert und hatte keine Erben. In der Sowjetzeit war das nicht so einfach. Meine Vorgängerinnen hatten zunächst damit zu tun, den Kulturbonzen klarzumachen, dass sie mit dem Chor wertvolle Arbeit im Sinne der Ideologie leisteten. Sie mussten das Programm umstellen. Georgisches Liedgut, italienische und französische Kunstlieder ins Repertoire aufnehmen. Dann, lange nach dem Krieg, wagten wir vorsichtige Annäherungen an unser erstes und wichtigstes Ziel: unser deutsches Erbe hochzuhalten.«

Ich sah, wie Sopo die Stirn runzelte und ihre Tasse wegstellte.

»Mittlerweile ist das alles kein Problem mehr«, schloss Isolde. »Schon in den 70ern trauten wir uns wieder, auf unsere Wurzeln hinzuweisen. Ich habe einen Georgier geheiratet und seinen Namen angenommen, hieß Isolde Schotadse und war den deutschen Nachnamen los, der damals ein Stigma war. 1993 habe ich ihn wieder angenommen. Ich trage ihn mit Stolz!«

Um unser Eck entstand Unruhe. Eifrige Mütter wollten mit Isolde sprechen und wurden von Thea hingehalten.

»Und Clara? Sie ist wichtig für den Chor, oder?«, fragte ich und wies auf das Faltblatt. Irgendwie musste ich zum Punkt kommen.

Isolde räusperte sich. »Das ist sie. Wirklich.«

»Halten Sie Kontakt mit ihr? Ich hätte sie gerne interviewt.«

Thea kam wieder zu uns. »Das hat Mira auch tun wollen, aber dann tauchte sie einfach nicht mehr auf.«

»Ja, eine ziemlich unzuverlässige Person.« Isoldes Redelust schien erstickt. »Entschuldigen Sie, ich muss mich um die Eltern kümmern. Außerdem fahren wir bald nach Balnuri zurück. Die Kinder sind müde.«

»Können Sie mir einen Kontakt zu Clara herstellen?«, bohrte ich. Isolde war schon aufgestanden und diskutierte mit ein paar Frauen. Auf Georgisch. Ich war wieder ganz im fremden Land.

»Clara wird in Kürze in Aserbaidschan erwartet«, sagte Thea. »Sie können sich gerne bei mir melden, die Handynummer finden Sie hier auf dem Faltblatt.« Ein rotlackierter Zeigefinger klopfte auf das Papier. »Wir würden uns wirklich freuen, wenn Sie in Deutschland etwas über uns bringen würden.«

»Mir schwebt eine Schlagzeile vor: Das musikalische Georgien. Oder so ähnlich.« Stolz auf meine spontane Idee suchte ich Julianes Blick.

»In welchem Hotel wohnen Sie?«, fragte Thea.

»Hotel Mari.« Ich gab ihr meine Mobilnummer.

»Hervorragend. Dann finden wir einander.« Thea Wasadse nickte mir zu und tänzelte davon.

15

Als ich mit Kristin im Restaurant saß, nannte sie mich ›Miss Perfect‹. Mag sie auch ein großes Institut leiten: Vom Leben hat sie wirklich keine Ahnung. Als Amerikanerin hängt sie der Auffassung an, dass alles ganz leicht ist. Du musst nur wissen, was du willst, dann führt dich das Leben genau dorthin. Wie ein Taxi.

Ich habe andere Erfahrungen gemacht.
Natürlich spielt die Perfektion eine große Rolle in meinem Leben. Wenn nicht die Hauptrolle. Denn ohne Perfektion bin ich nichts. Das versuche ich auch, an andere weiterzugeben. Ich sage immer, gib so viel, wie du kannst, und dann noch ein bisschen mehr. Sei so gut, wie du es gerade schaffst, und dann noch ein bisschen besser. Kristin hat über diese Philosophie gelacht. Für sie ist Perfektionismus ungesund. Sie meint, es ist entscheidend, sich zu akzeptieren, wie man eben ist. Ich denke dagegen, es ist entscheidend, etwas aus sich zu machen. Kristin findet, der Mensch habe die Aufgabe, sich wertzuschätzen, egal wie gut oder schlecht er seine Pflichten erledigt. Ich denke das Gegenteil: Wir haben alle die Pflicht, besser zu werden, die Messlatte ein Stück höher zu hängen. Kristin zufolge sind die meisten Menschen nicht imstande, etwas zu delegieren. Sie wollen alles alleine meistern, damit sie die Kontrolle über das Ergebnis nicht abgeben müssen.
Der Abend im Restaurant endete irgendwie unbefriedigend. Ich bin danach lange am Fluss spazieren gegangen. Heute kann man das wieder tun. Nicht so wie vor ein paar Jahren, als man sich im Dunkeln besser nicht auf die Straße traute. In Tbilissi hat sich einiges getan, und bestimmt nicht, weil die Menschen hier einfach Ja zu ihren Schwächen gesagt haben, liebe Kristin. Manchmal jedoch möchte ich mit dem Gedanken experimentieren, jemand ganz anderes zu sein. Was wäre, wenn ich zu Großmutter zurückkehren könnte? Falls sie noch lebt. Wenn ich so sein könnte wie damals, als ich noch Vertrauen ins Leben hatte? Aber ich will dieser Sehnsucht nicht nachhängen. Weil es weh tut, die Möglichkeit einzukalkulieren, dass sie am Leben ist, und wir all die Jahre dreingegeben haben. Und weitaus schlimmer ist die Option, dass sie tot ist. Großmutter war neben der Musik der einzige Halt in meinem Leben.

Guga gähnte ausgiebig. Die Nachforschungen über den Unfallwagen hatten nichts ergeben, und es war ihm nach wie vor nicht gelungen, Zeugen aufzutreiben, die den Unfall beobachtet hatten. Falls es ein Unfall war.

Der Drogenspürhund hatte nichts gefunden. Nicht das kleinste Flöckchen Koks.

Seinem Chef gefiel nicht, wie Guga sich in diesem Fall vergrub. Keine Toten, keine Verletzten, keine Schuldigen. So dachte sein Vorgesetzter. Mit Schrecken stellte Guga fest, dass er sich in den Worten der Durchgeknallten wiederentdeckte.

16

»Entweder wissen die nichts, oder sie wollen nichts sagen«, ereiferte sich Juliane, als wir an der Hotelbar saßen und unser Natachtari-Bier tranken.

»Was gibt es zu wissen? Das ist die zentrale Frage.« Kein Zweifel, wir hatten einen interessanten Abend verlebt. Was Miras oder Claras Verbleib anging, waren wir kein bisschen weitergekommen. Ich fragte mich zunehmend, was mich das anging. Lynn hatte im Hotel eine Nachricht hinterlassen und um meinen Rückruf gebeten, aber wir waren zu spät zurückgekommen. Hatten die Rustaweli-Avenue bei Nacht genossen, waren lange durch die schmalen Seitenstraßen gestromert, um schließlich in einem kleinen Lokal mithilfe von Julianes Russischkenntnissen ein delikates spätes Abendessen einzunehmen. Sopo war längst nach

Hause gegangen. Lynn konnte mich mal mit ihrer Drängelei.

»Und morgen? Solltest du mit der verbleibenden Zeit nicht sorgsamer umgehen?«, erkundigte sich Juliane. »Was wird aus dieser Reise? Eine Suche nach Mira? Ein Artikel über das musikalische Georgien? Oder vielleicht ein Beitrag im Sinne deiner Agentin, die sich für den Tourismus nach dem Augustkrieg interessiert?«

Ich schnaubte. »Keine Ahnung, Juliane. So war das meistens auf meinen Reisen. Ich flog mit einer klaren Idee im Kopf los und war, kaum angekommen, völlig verwirrt. Bis sich gegen Ende der Reise wie von selbst ein neues Gerüst für den Artikel aufbaute.«

»Tu, was du nicht lassen kannst. Ich hau mich in die Koje. Bis morgen, Herzchen.« Sie beugte sich zu mir und küsste mich auf die Wange. Perplex saß ich einige Minuten allein da. Schließlich fiel mir ein, dass ich Nero noch nicht angerufen hatte. Außer einer kurzen SMS, ›Sind gut angekommen‹, war unsere Kommunikation auf minus Null geschrumpft.

Ich ging auf mein Zimmer, warf mich aufs Bett und wählte Neros Mobilnummer. Er antwortete nicht. Obwohl es in Deutschland erst neun Uhr abends war. Ich wusste ohnehin nicht, wie ich auf seine Stimme reagieren würde. Durchdrehen, weil ich ihn verdammt noch mal vermisste? Oder würde ich feststellen, dass ich ihn eigentlich gar nicht vermisste? Weil es Spaß machte, mit Juliane durch die Welt zu ziehen? Es war das pure Vergnügen! Ich hatte meine anfängliche Panik überwunden, glaubte ich zumindest, und begonnen, dieses merkwürdige Land, diesen klaffenden Spalt zwischen Europa und Asien, zu lieben.

Ich hatte keine Lust, ins Bett zu gehen. Wach war ich, wie aufgedreht.

Ich zog mir einen Pullover über und verließ das Hotel.

Zuerst wollte ich zur Rustaweli-Avenue hinuntergehen. Doch ich nahm die andere Richtung und verlor mich im Stadtteil Vere. Die Luft war so mild, dass ich nach kurzer Zeit ins Schwitzen geriet. Ich kam an winzigen Läden vorbei, in denen selbst mitten in der Nacht Lebensmittel verkauft wurden. Sofort beneidete ich Georgien um seine liberalen Gesetze. Wo man einkaufen durfte, wann immer man wollte, und die Stadtviertel nicht per Dekret ab spätestens 20 Uhr menschenleer dalagen. Ich kaufte mir eine Schachtel Zigaretten.

Tbilissi war eine Großstadt nach meinem Geschmack. Eben genau das: groß, mit allen kulturellen und sonstigen Möglichkeiten. Dennoch herrschte abseits der Prachtstraßen eine gewisse Entspanntheit. Hier war Platz für Katzen, die ihren Affären nachgingen, Leute mit Bauchläden und verbeulte Mopeds. Ich kam an kleinen Restaurants vorbei und passierte verwinkelte Ecken, die mich an Neapel erinnerten. Doch während Italien mit seiner Heiterkeit und der guten Laune seiner Bewohner punktete, wirkte Georgien trotz des südlichen Lebensgefühls zurückgezogen und verschlossen.

Links über mir erhob sich der Mtatsminda, auf dessen Gipfel der kitschige Fernsehturm glitzerte. Mir war warm. Ich zog meinen Pullover aus. Ich stand in einer schmalen Straße, in der es außer mir kein menschliches Leben zu geben schien. Unter meinen Füßen war der Asphalt aufgerissen. Wieder durchdrang mich dieses Gefühl, den Atem der Erde zu spüren.

Die Häuser waren durch große Holztore verschlossen. Wein rankte über die Bretter. Man sah Licht, hörte Zankereien, Lachen, das Klappern von Geschirr. Alles lauter als in Deutschland, näher, energischer. Ich mochte es.

Kein Zweifel: In diesem Viertel konnte man sich verfransen, verloren gehen eher nicht. Die Orientierung am

Fernsehturm und an dem immer steiler werdenden Hang Richtung Mtatsminda war einfach. Ich hörte genau, wo die großen Avenuen verliefen. Motorengeheul, quietschende Bremsen, Sirenen, erbostes Jaulen, fantasievolles Hupen – man musste taub sein, um sich hier nicht zurechtzufinden.

Tbilissi liegt zwischen zwei Bergketten wie zwischen den Schenkeln einer Frau, hatte Sopo erklärt und lachend angemerkt: Wir Georgier lieben erotische Anspielungen. Ich nahm mir vor, bei Tag auf den Mtatsminda zu fahren, um den Blick von oben zu genießen. Dabei fiel mir gerade jetzt auf, wie schön die Stadt in der Nacht war. Am Tag, unter dem unbarmherzigen Licht der Sonne, hatte sie kaum Chancen, ihre Narben, Schäbigkeiten und schwärenden Wunden zu verbergen. Architektonische Ungeheuerlichkeiten aus der Sowjetzeit, neue, blitzende, beinahe unwirkliche Glasgebäude und zerfallende Betonblocks drängten sich in den Vordergrund und bildeten zusammen mit dem im steten Wind umherwirbelnden Staub, den blauen Abgasschwaden und dem nicht endenden Lärm eine bröckelnde Make-up-Schicht auf dem verlebten Antlitz der Stadt. In der Nacht aber, im Gewand der Finsternis, machte Tbilissi sich zurecht. Wie eine Frau vor dem Liebesakt die sanften japanischen Papierlampen brennen lässt und alle grellen Beleuchtungen abschaltet, um Cellulitis und Fältchen unsichtbar zu machen, bevor sie ihren Liebhaber zu sich ins Zimmer ließ. Im Zauber der südlichen Nacht, in der alles anders ist als in der nordischen Kälte, ging die Hauptstadt in Samt und Seide. Ich glaubte, einen Hauch ihrer einstigen Eleganz zu ahnen.

Der Duft von blühenden Kastanienbäumen hing in der Luft. Ich kam an einem abchasischen Restaurant vorbei. Hatte den Eindruck, die Straße zu kennen, war mir nicht sicher.

Ich ging und ging. Stolperte über Löcher im Boden und

trat auf ein Fellknäuel, das mit einem Fiepen davonstob, und von dem ich nicht wusste, ob es Katze oder Ratte war.

Irgendwann ließ ich mich den Hang hinuntertreiben und gelangte auf eine breite Straße, die sich in der Mitte zu einem Kreisel verdickte. Direkt vor mir lag die Philharmonie. Passenderweise hatte sich Elvis Presley dort häuslich eingerichtet: Im Parterre und ersten Stock strahlten die grell erleuchteten Fenster eines amerikanisches Schnellrestaurants. Ich hatte Appetit, rannte zwischen den hupenden Jeeps und klappernden Ladas hindurch und stieß die Tür auf.

Am Tresen beäugte ich misstrauisch die auf georgisch und englisch verfasste Speisekarte. Ein Wein wäre nicht schlecht. Der georgische Wein war, so hatte Sopo berichtet, unglaublich gut, fruchtig, samtig, getränkt von Sonne und teils enorm hohen Hanglagen. Wir würden morgen ins Weingebiet Kachetien fahren, also sollte ich mich einstimmen.

»Hi. Auch Ausländerin?«, fragte mich ein junger Mann mit einem Weinglas in der Hand.

»Und selbst? Woher kommst du?« Wir sprachen englisch. Die leidige Du-Sie-Frage war von vornherein geklärt.

»Tel Aviv. Israel.«

»München. Deutschland.«

Er zuckte die Achseln. »Tolles Land. Ich war erst letztes Jahr auf dem Oktoberfest. Schon mal dort gewesen?«

Oh, durchaus, dachte ich und nickte nur. Mein Oktoberfestabenteuer im letzten Herbst hatte mich einiges an Nerven gekostet. Kaum zu glauben, zu welchem Hass Menschen fähig waren. Und zu welchen Fehlern. Aber das wollte ich Thomas, wie er sich vorstellte, nicht zumuten. Ein junger Typ, vielleicht 30, wenn überhaupt. Funkelnde schwarze Augen in einem ebenmäßigen Gesicht. Der Mann hatte noch etwas vor sich.

»Wie wär's mit einem Glas Saperavi? Eine georgische Rebsorte, vollmundig.«

Ich nickte. Er war mindestens zehn Jahre jünger als ich.

Er erzählte, dass Elvis Presley ein israelisches Restaurant sei, dessen Eigentümer weiter in der Welt expandierten.

»Wie kommt ein Israeli nach Georgien?«, fragte ich.

»Im Vergleich zu uns ist es hier ruhig. Vielleicht seht ihr Deutschen das anders.«

Da sagte er etwas Wahres.

»Falls du mit klassischer Musik was anfangen kannst: Ab morgen finden hier in der Philharmonie Kammerkonzertabende statt. Ich könnte Karten besorgen.«

Ein Teller Chips parkte vor meiner Nase. Der Rotwein entspannte mich, die Chips waren genau die Sorte, die ich mir zu Hause aus Kaloriengründen verwehrte, ich unterhielt mich mit einem gut aussehenden Mann. Exakt die Mischung, die, seit ich mit Nero zusammen war, nicht mehr sein durfte.

Thomas hatte schwarze Haare und einen tollen Body, der sich unter einem schwarzen Shirt mit Elvis-Aufdruck abzeichnete. Die weiße Jeans dazu machte sich so richtig gut. Kein Cordjackett, wie Nero es trug, wenn ich diese modische Entgleisung nicht rechtzeitig verhinderte.

Ich ahnte, wo ich heute Nacht landen würde, wenn ich nicht sofort in die Bremsen stieg. Das tat ich am besten, indem ich das Thema in die Unterhaltung einflocht, das mich momentan am meisten beschäftigte: Clara Cleveland, die verschwundene Diva.

»Ich mag lieber Chöre. Gibt es da auch was zur Zeit?«

»Der große Chorabend mit ›tschweni sakartwelo‹ lief schon. Vor zwei Wochen. Mit dieser enorm gut aussehenden Cleveland.« Aus der Gesäßtasche seiner Jeans förderte er ein iPhone zutage. »Hier.« Das Foto, das er mir zeigte, war kein offizielles, wie ich sie im Internet eingehend studiert hatte. Nein – Thomas hatte die Diva neben einer der Elvis-Plastikpuppen abgelichtet, die dekorativ im Restaurant herumstanden. Elvis und seine Gitarre. Und die Cleveland. Ihr Lächeln signalisierte: Hier gefällt's mir.

»Sie ist unheimlich nett.« Thomas zauberte weitere Fotos auf den Bildschirm. Clara Cleveland mit einem Bierglas, mit einem ulkigen Hut auf dem Kopf, der wie eine Perücke aus weißer Wolle aussah, und schließlich Clara Cleveland Arm in Arm mit ihm selbst. Soviel zu dieser Bekanntschaft.

»Ich habe sie in der Nacht nach ihrem Auftritt hier getroffen. Sie war ziemlich k. o., tauchte ganz spät auf. Zuerst hätte ich sie fast nicht erkannt, aber die Plakate mit ihrem Konterfei hingen ja seit Wochen in Tbilissi. Deshalb fiel sie mir auf.« Thomas bestellte sich ein zweites Glas Wein. »Sie war richtig elegant. Enger Rock, Pumps, tolles Seidentuch.«

Danke, dachte ich und betrachtete meine All Stars und die Jeans, die an den Säumen schon ausgefranst waren. Ich musste dringend shoppen gehen. Warum auch nicht, andere jetteten zum Einkaufen nach New York und London. Vielleicht wurde Tbilissi in den nächsten Jahren zum letzten Schrei der Modewelt, dann wäre ich eine der Ersten gewesen.

»Denk nicht, dass mir die Klamotten einer Frau was bedeuten.« Er musterte mich ein bisschen zu aufmerksam. »Sie wollte irgendwo was trinken gehen. Sie war mit einem Kinderchor aufgetreten. Dabei muss es irgendeinen Ärger gegeben haben.«

»Was denn für Ärger?«

»Unter Künstlern halt. Die sind alle zart besaitet.« Er lachte. »Wir hingen hier ziemlich lange rum, bis nach Mitternacht, bis irgendwann so eine Tussi auftauchte. Die machte Clara eine Riesenszene. Auf Deutsch.«

»Da ging es bestimmt auch um etwas Musikalisches«, versuchte ich meine Aufregung zu dämpfen.

Thomas hob die Achseln. »Keine Ahnung, ich spreche kein Deutsch.«

»Wie sah sie aus?«

»Die Frau, die Stunk angefangen hat? Alt. Irgendwie uralt. So rotbraun gefärbte Haare. Künstlich von oben bis unten.« Wieder zückte er sein iPhone. »Hier. Hab sie abgelichtet, als sie und Clara schließlich gingen.«

»Sie gingen gemeinsam?«, hakte ich nach, nachdem ich einen Blick auf Isoldes verkniffenes Lächeln geworfen hatte. Ob Thomas mit Clara in die Kiste gesprungen war, schien mir nicht ganz unwichtig. Ich war so frei und betrachtete den Rest der Nacht als Recherchearbeit.

»Die Alte hat sich aufgeführt wie ein Anstandswauwau.«

Wieder musterte ich meine Schuhe. Es stand zu hoffen, dass die Schweißtreter sich nicht als Erotikblocker erwiesen.

»Arbeitest du in Tbilissi?«

»Für ein kasachisches Gaskonsortium. Und du?«

»Journalistin.« Ich pausierte zwei Sekunden. Nicht länger. »Hast du vielleicht mal eine Reporterin kennengelernt? Eine gewisse Mira Berglund, auch aus Deutschland?«

»Ich bin fast jeden Abend hier. Da lernst du Leute kennen. Aber Mira? Sagt mir nichts. Nicht so einfach in Georgien, wenn du die Sprache nicht kannst. Wo willst du hingehen, am Abend, wenn dich deine leere Wohnung angähnt? Du stößt automatisch immer auf andere Ausländer. Ob du willst oder nicht. Die auch alle einsam sind und die Privatstunden mit ihren Georgischlehrern geschwänzt haben.« Er lachte breit.

Anderthalb Stunden später hielt Thomas auf der Straße ein Taxi an. Wir fuhren zu ihm. Das Taxi kutschierte uns auf die andere Seite des Mtkwari. Auf dem Hügel gegenüber des Mtatsminda sah ich ein riesiges beleuchtetes Osterei aus Glas.

»Der neue Präsidentenpalast«, erklärte Thomas.

Bevor wir aus dem Taxi stiegen, schickte ich eine kurze SMS an Juliane. ›Don't worry, important affairs!‹ Dann schaltete ich mein Handy aus.

17

Als ich am nächsten Morgen um kurz nach zehn ins Hotel stürmte, saß Juliane in der Lobby und grinste mich an. »Na, bist du wieder normal?«

»Ich muss kurz duschen.«

»Frühstück ist schon vorbei. Sopo schlägt gleich auf.«

»Ich hatte Kaffee, das reicht. Außerdem fängt in Georgien alles später an als verabredet.« Mir wurde auf einmal klar, wie viel Stress von mir abfiel, weil ich mich nicht akribisch an Uhrzeiten halten musste.

»War er nett?«

»Er war umwerfend.«

»Georgier?«

»Israeli.«

»Du gehst ja ran.«

»Er ist im Gasgeschäft.«

»Das erklärt natürlich alles.«

Ich streckte Juliane die Zunge raus und tanzte auf mein Zimmer. Kaum war ich, ganz im Hochgefühl der vergangenen Nacht, auf mein Bett gesunken, klingelte das Telefon.

»Hallo?«

»Beso hier. Von der Rezeption. Gestern spät nachts hat jemand für Sie angerufen und mich gebeten, Ihnen eine Notiz zu übergeben. Ich habe sie unter der Tür durchgeschoben. Haben Sie sie gefunden?«

Verwirrt richtete ich mich auf. Tatsächlich lag ein weißer Briefbogen mit der Anschrift des Hotels auf dem Boden.

»Ich glaube schon«, sagte ich, legte auf und griff nach dem Blatt.

›Sie sollten sehr, sehr vorsichtig sein.‹

Aha. Ich rieb meine Stirn und dankte dem Wein der

vergangenen Nacht, der die Wirklichkeit nur gedämpft zu mir durchließ.

Nach einer Minute rief ich die Rezeption zurück.

»Beso? Haben Sie diese Mitteilung auf Deutsch bekommen?«

»Nein, auf Georgisch. Ich habe sie übersetzt.«

»Hat eine Frau oder ein Mann angerufen?«

»Eine Frau. Ist alles in Ordnung?«

»Absolut!« Blöde Frage. Solche Mitteilungen waren der Beginn von Schwierigkeiten. Eigentlich steckte ich bereits mittendrin. Ich schob das Blatt unter mein Bettlaken, verschloss sorgfältig die Tür und ging unter die Dusche.

Die Landschaft erstrahlte von Kilometer zu Kilometer in einem tieferen Grün. Die kargen Berghänge, die die Umgebung der Hauptstadt dominierten, wichen zarten, bewaldeten Hügeln. Sopo war mit einem Typen namens Wano aufgetaucht, der sich als unser Fahrer für heute vorstellte. Er hatte dickes, halblanges Haar, durchwirkt von ersten Silberfäden im tiefen Schwarz, trug Jeans und ein einwandfrei gebügeltes, hellrotes Hemd. In gebrochen Englisch parlierend, rauchte er wie ein Fabrikschornstein und unterbrach Sopo ohne Unterlass, um Geschichten von Touristen loszuwerden, die er auf Tour mitgenommen hatte.

»Die wollten unbedingt an die aserbaidschanische Grenze gebracht werden«, sagte er gerade. »Was gibt es da zu sehen? Bis ich kapierte, die wollen nach David Garedschi. Als hätten wir keine anderen Höhlenstädte. Statt dass sie sagen, wir wollen genau da und da hin, verlangen sie, dass ich sie an die aserbaidschanische Grenze bringe.« Er spuckte aus dem offenen Fenster. Juliane hatte sich sicherheitshalber in einen dicken, roten Schal eingewickelt und eine Sonnenbrille aufgesetzt, um dem Fahrtwind standzuhalten. Ich fröstelte.

»Was haben Sie in Sighnaghi vor? Wollen Sie nicht auch

nach Zinandali? Die haben da gerade eine Ausstellung. Salvador Dalí. Verrückte Type, dieser Dalí.«

Während Sopo und Wano in eine temperamentvolle Unterhaltung auf Georgisch verfielen und Juliane hingegeben die Landschaft bewunderte, die kleinen Dörfer, die wir in unvermindertem Tempo durchfuhren, die Frauen, die am Straßenrand Käse, Brot, Obst und allerlei Kleinkram verkauften, brütete ich über der Mitteilung, die Beso pflichtbewusst entgegengenommen hatte. Wem war ich in den wenigen Tagen in Tbilissi dermaßen auf die Zehen getreten, dass er, besser gesagt sie, sich gestört fühlte? Die Frauen vom Chor? Bestimmt nicht. Die waren begeistert über die Aussicht gewesen, in meinem Artikel erwähnt zu werden und auf diese Weise ihren Bekanntheitsgrad in Deutschland zu steigern. Thomas konnte kein Georgisch. Außerdem hatte er keinen Grund, mich zur Vorsicht zu mahnen. Als Beso die Nachricht diktiert wurde, war ich mit ihm zusammen gewesen. Und er war definitiv ein Mann.

Womöglich gab es da eine Freundin, die seinen Seitensprung beobachtet hatte. Das wäre logisch. Eine Frau, die auf Thomas ernsthaft scharf war, und davon gab es bestimmt eine ganze Menge, konnte es kaum dulden, wenn sich eine andere an ihn heranmachte. Für mich war Thomas nicht mehr als eine Verabredung für eine Nacht. Im Augenblick war mir nicht einmal klar, ob ich Lust hatte, ihn wiederzusehen. Solche fliegenden Wechsel waren mein Lebensstil für etliche Jahre gewesen. Ich stellte fest, dass mich ihr Reiz neuerlich beflügelte. Ich musste Thomas nicht lieben, mich nicht nach ihm richten und keine Rücksicht auf seine Launen nehmen. Ich genoss einfach, was er zu bieten hatte. Befreiend! Mochte er so viele Ladys am Start haben, wie er wollte, ich hatte meinen Anteil am Vergnügen bekommen. Ich beschloss, Juliane nichts von der seltsamen Warnung zu sagen und sie unter ›Eifersucht‹ zu verbuchen.

Als mein Handy klingelte, war ich ganz dankbar für die Ablenkung. Allerdings hatte ich nicht mit Lynn gerechnet.

»Kea? Wie läuft's?«

»Im grünen Bereich.«

»Hör mal, ich muss deine Frist verkürzen. Die Amerikaner wollen den Beitrag früher bringen, und wir müssen ihn noch übersetzen lassen. Spätestens am 30.4. brauche ich deine Dateien.«

Wenn Lynn Druck machte, begannen ihre Sätze mit ›hör mal, ich muss‹.

»Deine Tricks kenne ich.« Ich erwiderte Julianes Seitenblick mit Augenrollen. »Aber ...«

»Du hast noch 19 Tage. Das sollte reichen. Kea, wenn jemand unter Druck schreiben kann, dann du.«

Das konnte ich allerdings. Oft besser, als wenn mir alle Zeit der Welt blieb.

»Ist dir klar, wie langsam man sich in diesem Land fortbewegt?«, fragte ich, während Wano gerade an einer Verkaufsbude an der Straße stehen blieb, damit Sopo für uns ein paar Flaschen Mineralwasser erstehen konnte.

»Leg einen Zahn zu!« Lynns Stimme wurde leiser. »Ich rufe dich morgen wieder an.«

»Na, je häufiger die Störungen, desto länger dauert's«, sagte ich. Sie hatte schon aufgelegt.

Tamara empfing uns auf einer Talbrücke mitten in Sighnaghi vor einem Supermarkt. In der Hand hielt sie einen Plastikbeutel mit frischem Kuchen. Ich war erstaunt, eine ältere Dame mit Haarknoten, Kostüm, teigigem Gesicht und dicken Beinen zu sehen. Um ehrlich zu sein, ich hatte eine Frau in meinem Alter erwartet.

»Wo ich wohne, das ist ziemlich verwinkelt«, sagte sie auf Deutsch und lächelte sofort entschuldigend. »Mein Deutsch ist ziemlich rostig geworden. Ich habe hier wenig Möglichkeiten, es zu benutzen, sodass ...« Wano hupte und jagte davon.

»Er besucht einen Cousin und seine Familie«, erklärte Sopo gleichgültig. Dass ihre Dolmetschdienste nicht lebensnotwendig gebraucht wurden, stimmte sie verdrießlich.

Tamara wohnte in einem alten Holzhaus, dem die Farbe von der Fassade krümelte. Vom Balkon im ersten Stock aus genossen wir einen atemberaubenden Blick auf die Alasani-Ebene. Sopo hatte nicht übertrieben: Sighnaghi ragte wie ein Ozeandampfer weit ins Leere hinaus. Knappe 50 Kilometer weiter sahen wir die Hänge des Kaukasus im Dunst; seine Gipfel verbargen sich hochmütig hinter Wolken. Der Sonnenschein schwamm durch das Alasani-Tal wie ein Schwarm goldener Fische. Ein kühler Wind wehte uns um die Nase.

»Waren Sie in Lagodechi?«, fragte Tamara. »Es ist wunderschön um diese Jahreszeit. Ja, und Sighnaghi ist wirklich hervorragend hergerichtet worden. Trinken Sie Tee?«

In der Ecke ihrer peinlich aufgeräumten guten Stube blubberte ein Samowar. Tamara machte sich an einer Teekanne zu schaffen, sich unaufhörlich dafür entschuldigend, dass sie bislang nicht dazugekommen war, unseren Besuch perfekt vorzubereiten. »Ich hatte Privatschüler. Selbst an Sonntagen kommen sie zu mir. Meine einzige Chance, mich über Wasser zu halten.«

»Das machen viele hier«, erläuterte Sopo. »Musiker, Philologen – jeder nimmt Privatschüler. Wer keinen Job hat, bekommt überhaupt keine Unterstützung vom Staat, und auch für die Rentner sieht es düster aus. Knappe 100 Lari Rente im Monat, das sind nicht mal 50 Euro, davon kann kein Mensch leben.«

Ich versuchte Tamaras Alter zu schätzen. Vielleicht war sie 60, allenfalls 65.

»Ich habe bis vor einem Jahr als Pianistin am Tbilisser Konservatorium gearbeitet. Bei den Aufnahmeprüfungen habe ich die Sänger begleitet. Vor einigen Jahren kam Clara aus Deutschland, um Stipendiaten auszuwählen. Sie sollten die Chance bekommen, ein Jahr lang an der Musikhochschule in Hamburg zu studieren. Dort hatte auch Clara ihre Ausbildung gemacht.«

»So lernten Sie sich kennen?«, fragte Juliane interessiert und legte endlich den Schal und die Sonnenbrille ab.

Wir nahmen am gedeckten Tisch Platz. Auf einer Spitzentischdecke, wie sie meiner Oma Laverde gefallen hätte, wartete hauchdünnes Porzellangeschirr auf uns. Als wollten uns Tassen und Teller sagen: Seht her, so etwas wie uns gibt es noch!

»Genau.« Tamara füllte Teesud aus einer kleinen gusseisernen Kanne in unsere Tassen und goss ihn mit heißem Wasser aus dem Samowar auf. »Clara hatte kein Engagement und hielt sich mit einem Lehrauftrag an der Hamburger Musikhochschule über Wasser. Es gab da einen Mäzen, der von seinem Geld etwas Nützliches tun wollte, nämlich junge georgische Sänger nach Deutschland zur Meisterklasse einladen. Clara wohnte den Prüfungen in Tbilissi bei, und ich spielte.« Sie verteilte Kuchen auf die Teller. »Bitte, essen Sie doch!«

Mit meiner winzigen Silbergabel rückte ich der Torte zu Leibe. Georgien war nicht das richtige Land, um abzunehmen.

»Wir sind in Verbindung geblieben. Telefonieren viel. Clara hat keine Mutter mehr, und so scheint es mir fast, dass ich ihr zum Mutterersatz geworden bin. Vor jedem Konzert, jeder Premiere ruft sie mich an und bittet mich, ihr die Daumen zu drücken. Sie ist sehr anhänglich.«

»Sie kommt ja ab und zu nach Georgien. Treffen Sie sich dann?«

»Sofern es möglich ist.« Tamara überprüfte mit einem schnellen Blick, ob wir ausreichend Tee und Kuchen hatten. »Ich hatte mich so gefreut, sie zu sehen, es ist über ein Jahr her, dass sie das letzte Mal zu Besuch zu mir kam. Aber nach dem Konzert in der Philharmonie war sie so verschlossen. Sie rief mich in der Nacht an und sagte: »Tamara, hast du Zeit, ich möchte unbedingt zu dir kommen.«

»Wie wollte sie nach Sighnaghi fahren?«, erkundigte ich mich.

»Normalerweise nimmt sie das Sammeltaxi. Marschrutka nennen wir diese Minibusse, sind Sie schon mal Marschrutka gefahren?«

»Das müssen wir noch machen!«, bestimmte Sopo mit einem heimtückischen Grinsen auf den schönen Lippen.

»Dieses Mal«, fuhr Tamara fort, »hatte Clara es eilig und sie sagte mir am Telefon, sie würde sich einen Fahrer nehmen.«

Wir schwiegen eine Weile. Nur das leise Kratzen der Tortengabeln auf den Tellern und das Gluckern des Samowars waren zu hören.

Den Rest der Geschichte kannten wir. Clara war nicht gekommen.

»Haben Sie nicht die Polizei angerufen?«, fragte ich schließlich. »Sie müssen sich doch Sorgen gemacht haben!«

»Ich habe die Polizei angerufen!« Tamara rang die Hände. »Man sagte, es gäbe keine Anhaltspunkte, und schließlich sei Clara erwachsen und könne gehen, wohin sie wolle.« Sie goss uns Tee nach. »Kurz darauf habe ich ihre Verwandten in Balnuri ausfindig gemacht. Da sind nicht mehr viele: zwei Tanten, Cousinen und deren Familien. Und die wollen nichts mit ihr zu tun haben. Sie denken, Clara lebe im Westen in Saus und Braus bei all dem internationalen Ruhm, und sie sind gelb vor Neid. Welche Qualen, welche

Arbeit hinter all dem Erfolg stecken, können sie sich überhaupt nicht vorstellen. Sie sehen nur Glitzer, Glamour und Geld.«

»Könnte Clara einfach früher abgereist sein?«, fragte Juliane. »Zurück nach Deutschland, zum Beispiel. Das Konzert im Konservatorium ist ausgefallen. Ihre Agentur weiß von nichts.«

Tamara tupfte sich mit einem karierten Stofftaschentuch die Tränen vom Gesicht. »Ich habe alle Bekannten aus dem Konservatorium, die in der Tbilisser Musikszene Bescheid wissen, angerufen. Clara ist wie vom Erdboden verschluckt. Ich weiß gar nicht, was ich tun soll, außer herumzutelefonieren und mich in der Nacht schlaflos in den Kissen zu wälzen.«

»Könnten Sie uns die Namen und Adressen von Claras Verwandten in Balnuri geben?«, bat ich.

Schweigend kramte Tamara ein zerfleddertes Notizbuch aus einer alten Kommode. Sopo übernahm es, die Anschriften und Telefonnummern abzuschreiben.

»Hat Clara Ihnen von einer Reisejournalistin erzählt? Mira Berglund, aus Deutschland?«

»Mira Berglund? Eine Mira Berglund hat mich am 30. abends angerufen. An dem Tag, an dem Clara kommen wollte.«

Aufgeregt reckte ich den Kopf. Mir tat der Nacken weh. Wahrscheinlich von dem Durchzug im Auto.

Tamara nickte konzentriert. »So hieß die Dame. Sie sagte, Clara habe ihr meine Nummer gegeben. Ich konnte ihr nur sagen, dass Clara noch nicht hier war. Mein Gott, ich mache mir wirklich Sorgen.« Feine Schweißperlen benetzten Tamaras Gesicht, als habe jemand sie mit einer Handbrause besprüht.

»Hat sie gesagt, weshalb sie anruft?«

»Sie hat Clara wohl um ein Interview gebeten.« Tamara

dachte nach. »Allerdings wirkte sie plötzlich auch sehr aufgeregt; als ... ich kann das nicht ausdrücken.« Es folgte ein Wortschwall auf Georgisch, den Sopo einsog wie einen Joint.

»Sie wurde auf einmal nervös«, ließ sich unsere Dolmetscherin schließlich zu einer Übersetzung herab. »Als hätte sie eine Eingebung oder Vision.«

»Vision?« Juliane und ich sahen einander an. »Was heißt das denn!«

»Ich kann es nicht besser erklären«, entschuldigte sich Tamara. Ihre Lider begannen zu flattern. Die oberflächliche Ausgeglichenheit dieser Frau, die ich für Abgeklärtheit gehalten hatte, war lediglich ein Korsett, das sie zusammenhielt, damit sie funktionierte und sich nicht von ihren Sorgen verrückt machen ließ.

»Von wo hat sie denn angerufen?«, machte ich auf stabilerem Grund weiter.

»Aus Tbilissi.«

»Und von wo da? Hat sie von einem Handy aus angerufen oder von einem Festnetztelefon?«

»Ach, das zeigt mein Telefon nicht an.« Tamara wies auf einen weißen Apparat, wie sie in den amerikanischen Vorabendserien der 80er der letzte Schrei gewesen waren. »Ich hatte den Eindruck, sie sei in einem Restaurant. Es war ziemlich laut im Hintergrund, Leute sprachen, ich hörte Gelächter und Musik.«

»Live? Oder vom Band.«

»Ich glaube vom Band. Wissen Sie: Wenn Clara nach Georgien kommt, stehen Zeitungen und Magazine, Radio- und Fernsehsender Schlange. Wir interessieren uns sehr für unsere Landsleute, die es im Ausland zu etwas gebracht haben.«

»Clara ist doch Deutsche«, sagte ich.

»Sie kann Deutsche sein und ebenso eine von uns. Sie

vergisst nie, woher sie stammt. Sie tut so viel Gutes für begabte Kinder.« Es folgte eine Lobeshymne, die mir die gute Clara Cleveland ein wenig unheimlich werden ließ. »Clara hatte es nie leicht. Sie feierte zwar schnelle und nachhaltige Erfolge in Deutschland, als Sängerin, meine ich, aber das bedeutet ja nicht, dass ihr alles einfach so zugeflogen wäre. Sie muss immer noch hart kämpfen. Wenn sie mir manchmal erzählt, wie es an der Oper zugeht, wie man sich da gegenseitig behakt und sich den Erfolg neidet, um die Zuneigung des Publikums buhlt, dann bin ich jedes Mal ganz froh, hier in meiner kleinen Wohnung zu sitzen und mit meinen Schülern Tonleitern zu üben.«

»Warum ist sie eigentlich nach Deutschland ausgereist?«

»Ihre Mutter wollte unbedingt weg. Ihr Mann war früh gestorben, und sie hatte nur diese eine Tochter. Ihr einziges Kind sollte eine gute Zukunft haben. Claras Talent war früh entdeckt worden. Für Clara war es sehr hart, ihre Heimat zu verlassen. Sie liebte ihre Großmutter unendlich, die wollte oder konnte jedoch nicht mit nach Deutschland. In den ersten Jahren, nachdem sie Georgien verlassen hatte, litt Clara extrem unter der Trennung. Wir hatten die Sowjetunion, wir konnten nicht einfach so irgendwo hinfahren! Claras Mutter starb sechs Jahre, nachdem sie ausgesiedelt waren. Ein Verkehrsunfall, ganz tragisch. Clara war gerade 18 geworden. Sie blieb bei einem entfernten Verwandten, studierte und ...« Tamaras Blick verlor sich auf einem kleinen Tellerchen mit frisch aufgeschnittenen Zitronenscheiben. »Nehmen sie keine Zitrone zum Tee?«

»Und Claras Großmutter – lebt sie noch?«, fragte ich.

»Das weiß niemand«, sagte Tamara. »Sie ist eines Tages spurlos verschwunden.«

18

Sopo führte uns durch Sighnaghi und ich schoss ein paar Fotos. Halbherzig, denn in Gedanken war ich woanders.

»Was, wenn Clara von all den Auftritten, dem Ruhm, der Öffentlichkeit die Nase voll hatte und einfach ausgestiegen ist?«, raunte ich Juliane zu, während wir im gleißenden Sonnenschein vor einem Brunnen stehen blieben und den Fontänen beim Sprudeln zusahen.

»Ausgestiegen?«

»Einfach raus aus allem. Der Fluchtinstinkt, der uns alle mal überfällt.«

»Sie wirkt extrem pflichtbewusst«, konterte Juliane. »Engagement in München, Talentpflege in Georgien, Konzerttournee durch den Kaukasus.«

»Eben! Das hält kein Mensch auf Dauer durch.«

»Vielleicht kam ihr auch die Stimme abhanden«, schlug Sopo vor und drapierte ihre Schönheit auf dem Rand des Beckens.

Ich fotografierte sie. Sie lächelte in die Linse wie ein Model, das seit Jahren nichts anderes tat.

»Sie ist sehr jung«, pflichtete Juliane ihr bei. »Eine Opernstimme muss auch mal geschont werden. Die ständigen Auftritte verlangen ihr alles ab. Viele Sängerinnen merken irgendwann, dass es höchste Eisenbahn ist, eine Pause einzulegen, wenn sie noch ein paar Jahre weitersingen wollen.«

Wir sahen einander ratlos an, bis Sopo kurz entschlossen die Notizen mit den Telefonnummern herauskramte und in Balnuri bei Claras Verwandten anrief. 20 Minuten später, in denen sie wie ein Kreisel den Brunnen umrundet hatte, erstattete sie Bericht.

»Das war Claras Tante Ruth. Wie soll ich sagen … auf die berühmte Sopranistin ist man nicht so gut zu sprechen.«

»Weshalb nicht? Sind die Tanten nicht stolz auf sie?« Juliane dirigierte uns zu einem Café, wo wir uns in den Schatten setzten und unschlüssig die Getränkekarte betrachteten.

»Tamara hat die Situation richtig erfasst: Man ist neidisch auf Clara.«

»Ich weiß nicht«, wandte ich ein, während Sopo Granatapfelsaft für alle bestellte. »Wenn Clara wirklich so viel für den Chor tut, wie alle behaupten, müssen sie nicht nur stolz auf die berühmte Sängerin sein. Sondern auch dankbar. Oder sie müssen wenigstens so tun.«

»Ich habe versucht, nachzufragen, aber die Tante blockte ab.«

»Und die verschwundene Großmutter?«, hakte Juliane nach.

»Als ich sie erwähnte, wurde die Dame noch unzugänglicher.« Sopo nahm Spiegel und Lippenstift aus ihrer Handtasche und restaurierte ihr Make-up.

Während ich an dem dunkelroten Saft nippte, sortierte ich meine Gedanken. Isolde, Thea, Tamara: Alle unterstrichen, wie großartig und menschenfreundlich Clara sich verhielt. Nur ihre eigenen Verwandten schienen anders zu denken. Das war ja nichts Neues. Verletzungen, Geschwüre, Schikanen. »Familie, die Keimzelle des Terrors«, wurde ich einen meiner Lieblingssätze los.

Juliane sah durch mich hindurch. »Wie ist das, Sopo: Claras Vater ist deutschstämmig, richtig?«

»Ja. Die Müllers haben eine direkte Linie zu den ersten württembergischen Einwanderern.«

»Und ihre Mutter?«

»Auch deren Vater war Deutscher. Zur Hälfte. Die Mutter der Mutter war Georgierin. Also Claras Großmutter. Deren Mutter wiederum war Tschetschenin.«

»Woher wissen Sie das so genau?«, fragte ich argwöhnisch.

»Recherche?« Sopo lächelte spöttisch. »Nein, im Ernst, ich habe vor, meine Magisterarbeit über die Deutschen in Georgien zu schreiben. Ich war schon einige Male in Balnuri.«

»Sagen Sie«, Juliane legte die Hand auf Sopos Arm, und ich spürte ein Brennen in der Kehle, »die verschwundene Großmutter: Welche ist das?«

»Die Mutter der Mutter. Medea Kwantaliani. Elfriede Müller starb vor Claras Geburt.«

»Wenn ich richtig rechne, ist die Großmutter zu Sowjetzeiten in der Versenkung verschwunden. Korrekt?«

Auf Sopos schöner Stirn bildete sich eine steile Falte. Sie setzte eine Sonnenbrille auf, die einen Eber unsichtbar gemacht hätte, und nickte.

»Ging das so einfach?«

»Georgien ist ein gebirgiges Land. Viele Täler sind unzugänglich. Da verirrt sich niemand hin. Im Winter sind ganze Gebiete für Monate von der Welt abgeschnitten. Kann sein, dass Medea auch gleich nach Russland rübergegangen ist. Nach Tschetschenien, wo ihre Mutter herkam.«

»Kein allzu heimeliger Ort«, warf ich ein.

»Heute nicht mehr. Als wir die UdSSR hatten, sah das anders aus.«

Zu Sowjetzeiten musste Sopo ein Kleinkind gewesen sein. Ich spürte, wie ich aggressiv wurde. Wogegen begehrte ich auf? Gegen ihre Jugend? Ihre geradezu übernatürliche Schönheit? Ihre coole Selbstsicherheit? Und warum klammerte ich mich eigentlich an die Lebensgeschichte einer Operndiva, von deren Existenz ich bis vor ein paar Tagen nichts gewusst hatte?

»Wano hat zwei Tage Zeit, bevor er eine Gruppe Touristen ans Schwarze Meer bringt«, unterbrach Sopo unsere Grübeleien. »Wenn Sie Lust haben, fahren wir morgen nach Bordschomi, die alte Kurstadt, in der auch die Zaren in der Sommerfrische waren. Wir übernachten dort, fahren dann übermorgen zum Höhlenkloster Wardsia, das ist sehr bekannt und uralt, das müssen Sie sehen, und kehren am Abend zurück nach Tbilissi.«

Ich dachte an den Reiseplan, den wir erst gestern mühevoll ausgeklügelt hatten, und freute mich an der Zwanglosigkeit, mit der der Plan obsolet wurde. Mit Clara kamen wir nicht weiter, mit Mira sowieso nicht, und mit einem klassischen Touri-Trip könnte ich wenigstens Lynns dauerndem Drängen etwas entgegensetzen.

»Wir fahren haarscharf an der Demarkationslinie nach Südossetien vorbei«, bemerkte Sopo in entspanntem Ton. Wir hatten Tbilissi gerade mal eine knappe Stunde hinter uns gelassen, waren auf einer ordentlich ausgebauten vierspurigen Autobahn direkt nach Westen unterwegs. Kurz hinter der Hauptstadt hatten wir kilometerlange Reihen winziger, völlig identischer Häuser gesehen, in denen die Flüchtlinge aus dem Augustkrieg von 2008 Unterschlupf gefunden hatten.

»Demarkationslinie?«, fragte ich alarmiert.

»Südossetien ist verbotenes Gebiet. De facto haben die Russen es annektiert, selbst wenn kein vernünftiger Staat dieser Welt die neuen Zustände anerkennt.«

»Und die Grenze verläuft hier?« Ungläubig blickte ich nach rechts. Das Wetter war klar, wir sahen die Kaukasuskette in der Ferne. Kühe standen auf dem Standstreifen herum und genossen den kühlen Fahrtwind, den die Autos entfachten.

»Ganz knapp neben der Autobahn«, nickte Sopo. »In Südossetien leben angeblich gerade noch 20.000 Menschen. Alle anderen sind geflohen.«

Juliane murmelte etwas, das ich nicht verstand.

»Wer hat eigentlich mit dem Krieg angefangen?«, fragte ich.

Sopo seufzte. »Das kann man so nicht beantworten.«
»Warum nicht? Einer muss zuerst geschossen haben!«
»Nein. Ich meine, es hat all die Jahre zuvor Probleme gegeben. Provokationen, ethnischen Hass auf beiden Seiten.« Sie stülpte die Sonnenbrille über ihr Gesicht.
»Was denn für Provokationen?«
»Lass sie in Frieden«, raunte Juliane. »Sie will nicht darüber sprechen. Merkst du das nicht?«
Ich dachte an meine Agentin und ihren Hunger nach politischen Dimensionen in Reiseartikeln.
»Mit uns war ein EU-Diplomat im Flugzeug«, sagte Juliane. »Ich habe seine Mailadresse. Frag den.«
Ich glotzte, als sei soeben Prometheus vor mir von seinem Felsen gestiegen.
»EU-Diplomat?«
»Du warst auf dem Flug ja völlig neben der Mütze. Ein netter Kerl, seit Jahren im Auftrag der Europäischen Union als Sondergesandter für Georgien unterwegs.«
»Das heißt ...«
»Ja, das bedeutet, dass die EU sich dafür interessiert, was hier in diesem Land passiert, und das ist verdammt noch mal wirklich notwendig. Stell dir vor, sie brechen uns Rheinland-Pfalz aus der Landkarte. Oder das Ruhrgebiet.«
Ich konnte mir nicht vorstellen, dass mich das in die Depression stürzen würde. Politik interessierte mich nicht, aber diese Aussage würde Juliane fuchtig machen, und nach Zank stand mir nicht der Sinn. »Dann hätten wir einfach ein paar Meckerliesen weniger«, murmelte ich. Bei dem Fahrtwind konnte ich mich selbst kaum hören.
»Gleich sind wir in Gori«, meldete sich Sopo zurück. Der angespannte Ausdruck auf ihrem Gesicht war verblasst. »Die Russen haben die Stadt im August 2008 eingenommen und einige Wochen besetzt. Sie haben gehaust wie ... ich erspare Ihnen Details. Eine Freundin von mir

wohnt in Gori. Sie ist mit ihrer ganzen Familie im Auto nach Tbilissi geflüchtet. Bis die Russen weg waren, haben sie bei mir und meiner Mutter gewohnt. Sie wussten nicht, was sie bei ihrer Rückkehr vorfinden würden.«
»Und?«, fragte ich gespannt.
Sopo zuckte nur die Achseln. »Die Russen haben Waschbecken, Armaturen und sogar die Kloschüssel mitgehen lassen. Sehen Sie? Hier sind die Straßenarbeiten gerade fertig geworden. Die russische Armee hat die Autobahn zerstört und die Brücken gesprengt.«
»Na, klasse!« Ich hörte im Geiste meine Oma Laverde. Sie stammt aus Ostpreußen, war weltanschaulich nicht ganz in der neuen Zeitrechnung angekommen, und ihr ganzes Leben lang hatte sie diese Warnung auf den Lippen gehabt: Wenn die Russen kommen ...
Ich war mit ihren Ängsten aufgewachsen, ohne mir unter ›die Russen kommen‹ etwas vorstellen zu können. Oma Laverde war da praktischer veranlagt: Sie besaß einen alten Armeerucksack, in dem sie ihre Papiere und Dokumente aufbewahrte, ein paar Fotos von ihrem Gut in Ostpreußen, ihren Kindern, meinem Opa. Der Rucksack wartete griffbereit in ihrem Schlafzimmer, nur für den Fall. Nach ihrem Tod hatte ich den Rucksack durchstöbert und unter anderem ein funkelnagelneues Taschenwörterbuch ›Russisch – Deutsch‹ entdeckt.
Wir ließen Gori rechts liegen. Die Gegend wurde zunehmend gebirgiger, die Temperaturen kühler. Juliane verkroch sich in ihrer Regenjacke, weil Wano keine Anstalten machte, die Fenster zu schließen. Sein halblanges Haar flatterte im Fahrtwind und er rauchte ununterbrochen. Sopo verschanzte sich hinter ihrer Sonnenbrille, und ich war mit meinen Gedanken allein. Aber nicht lange. Mein Handy klingelte.
»Ich bin Thea, die Sekretärin von Isolde Weiß.«

»Guten Tag.«

»Wissen Sie, wir haben eben neue Werbematerialien aus der Druckerei geholt, in denen unsere pädagogische Arbeit präsentiert wird. Ich möchte Ihnen einen Satz Unterlagen vorbeibringen. Wo kann ich Sie treffen?«

»Ich bin für zwei Tage nicht in Tbilissi«, sagte ich.

»Schade.«

»Sie können die Sachen im Hotel für mich hinterlegen.«

»Ich hätte Ihnen gerne alles erklärt, und morgen reisen Isolde und ich wieder ab. Die Kinder sind schon zurück in Balnuri.«

»Ich wollte ohnehin nach Balnuri fahren«, sagte ich cool. »Ich rufe Sie an, wenn ich weiß, wann das sein wird. Dann treffen wir uns dort.«

Thea bedankte sich überschwänglich.

Die Straße wurde immer schmaler, die Sonne tauchte hinter Wolken ab. Ich zerrte einen Pullover aus dem Gepäck und war zum ersten Mal zufrieden mit meinen Klamotten. Wano erbarmte sich und schloss das Fenster zur Hälfte. Die Berge um uns wurden steiler, die Talfalten enger. Nebel klebte zwischen den Hängen. Rechts und links der Straße erstreckten sich Dörfer, deren Anfang und Ende nicht absehbar schienen. Kühe und Schweine spazierten auf der Straße umher und bequemten sich erst dazu, auszuweichen, wenn Wano mit voller Geschwindigkeit auf sie zuhielt und wütend hupte. Wir überholten Pferdefuhrwerke und vollgestopfte Sammeltaxis. Ich kam mir außerirdisch vor.

»Na, das ist doch mal was!« Enthusiastisch lehnte Juliane sich vor.

»Was meinst du?«

»Tbilissi ist mir zu westlich. Das hier ist das echte Georgien.«

»Spinnst du? Zu westlich?«
»Siehst du hier irgendeine englische Aufschrift?«
Ich schüttelte stumm den Kopf.
»Eben. In Tbilissi meinen sie, sich beweisen müssen, dass sie die Anbindung an Europa längst geschafft haben. Hier dagegen weißt du, wo du bist. In Eurasien.«
Ich schielte zu Sopo. Sie schien zu schlafen. Ihr Kopf dotzte von Zeit zu Zeit gegen den Seitenholm, ohne dass ihr das etwas ausmachte.
»Ehrlich gesagt finde ich es ziemlich beruhigend, dass Georgien nach Westen strebt.«
»Ich meine es nicht politisch. Ich meine es kulturell.«
»Gibt es da einen Unterschied?«
Juliane hob die Schultern. »Muss. Oder nicht?«
Ich wusste nicht weiter. Meine Vorstellung von den Schubladen in der Weltkommode war ziemlich durcheinander geraten. Ich war in Georgien, und die meisten Georgier betrachteten sich als Europäer. Menschen wie Thea oder Tamara schienen übriggeblieben aus einer großbürgerlichen Zeit, wie es sie in Deutschland zuletzt in den frühen 30ern des vergangenen Jahrhunderts gegeben hatte. Ich fühlte mich in diesem Land wie im Orient. Politisch suchten viele den Anschluss an NATO und EU, jedoch wirkte das Benehmen der Parteien und Funktionsträger, das ich seit einigen Tagen im Internet nachzuvollziehen versuchte, auf mich ziemlich anarchisch. Wie ein hitzköpfiger Streit um das Wechselgeld auf einem Basar und nicht wie Politik in einem Parlament.

Wir kamen nach Bordschomi, wo uns Nieselregen und kühle zwölf Grad empfingen, und ich grübelte ununterbrochen.

Wenig später checkten wir in einem kleinen Hotel am Hang ein. Die Fahrt hatte mich ermüdet. Außerdem fühlte ich eine Erkältung aufziehen. Der Spaziergang zum Zarenschloss konnte mich auch nicht aufheitern. Windböen sausten von den Gipfeln herab und trieben uns die Tränen in die Augen. Ich nahm Sopos Erklärungen auf meinem Diktiergerät auf. Mit dickem Kopf und schmerzendem Hals kam mir die Konzentration abhanden.

Bordschomi deprimierte mich. Das noch zaghafte Grün, das enge Tal, die Nebelfetzen, der schäumende Fluss – alles drückte mir aufs Gemüt. Ich bat Sopo, in einer Apotheke nach Nasentropfen und Halstabletten zu fragen. Sie kam mit einer Tüte zurück, die zwei in kyrillischen Buchstaben beschriftete Schachteln enthielt.

»Geh ins Hotel zurück!«, bestimmte Juliane, »leg dich trocken und kuriere dich aus!«

Ich blickte mürrisch auf meine durchweichten All Stars. Etwas anderes blieb mir nicht übrig.

Als ich gegen vier am Nachmittag in mein Zimmer zurückkam, schlug das offene Fenster im Wind. Ich knallte es zu, sank auf mein Bett, kuschelte mich unter klamme Laken und schlief sofort ein. Mein letzter Gedanke, der kurz in meinem Kopf aufblitzte, enthielt eine große Portion Sehnsucht nach dem warmen Tbilissi.

Ich wachte auf, weil jemand an meine Tür pochte.

»Kea, mach auf!«

Juliane!

Ich drehte den Schlüssel, produzierte dabei ein lautes KLACK und ließ sie herein.

Sie hielt einen dampfenden Chatschapuri auf einem Pappteller in der einen und eine Tüte in der anderen Hand.

»Mach schnell, ich verbrenne mir die Finger.«

»Wo hast du das Essen her?«

»Habe ich mit Sopo an einem Imbiss gekauft.« Juliane

richtete auf meinem Nachttisch ein kleines Menü an. »Wie geht's dir?«

Ich hustete prüfend. »Geht schon wieder.«

»Das ist alles psychisch.«

»Unsinn. Das war Wano mit seinem Frischluftwahn. Wo steckt der überhaupt?«

Juliane zuckte die Achseln. »Keine Ahnung. Das ist geräucherter Käse, hier wären Birnen, Äpfel und heiße Milch mit Honig aus der Hotelküche.«

»Merci, Maman, chérie.«

»Quatsch nicht rum, iss. Du musst zu Kräften kommen. Morgen wollen wir in die Berge.«

Ich schnaubte. »Kaum habe ich mich in Tbilissi eingelebt, schleppt ihr mich in die Pampa.«

»Nonsense. Du fühlst dich wie dreimal durch den Fleischwolf gedreht. Den Kaukasus kann niemand bereisen, ohne zwischendurch mal durchzudrehen.«

»Ach nee. Und du? Drehst du auch durch?«

Juliane setzte sich auf meine Bettkante.

»Pass mal auf, Herzchen. Ich bin 78 Jahre alt, und nicht mehr lang, dann haut mir das Universum ein Jährchen mehr auf die Rippen. Ich habe also einen gewissen Vorsprung an Lebenserfahrung.«

»Nee, ist klar.« Ich biss in den Chatschapuri. »Hm! Köstlich!«

»Und ich war schon mal hier.«

»Du – was?«

Juliane nickte mit gesenktem Blick.

»Wann? In einem früheren Leben?«, wollte ich wissen.

»1988.«

»Du fantasierst!«

»Nein, im Ernst. Ich habe damals mit meiner Schwester eine Reise nach Georgien, Armenien und Aserbaidschan gemacht. Durch den ganzen Transkaukasus. Dolly ist am Anfang ausgerastet, ich am Ende.«

»Was bedeutet ausgerastet?«, fragte ich neugierig und machte mich über den geräucherten Käse her.

»Ich war wie durcheinandergewirbelt. Alles war anders, als ich es mir vorgestellt hatte. Von der Gastfreundschaft der Menschen war ich am meisten gefesselt. Und von dieser heißblütigen Art, das Leben verändern zu wollen.«

»Wer wollte denn was verändern?«

»Entschuldige, ich vergesse ja immer, dass du in der Gummizelle lebst. Mäuselchen, 1988. Tickt da etwas bei dir? Am 9.4.1989 haben die Georgier in Demonstrationen gegen die Sowjetbesatzung aufbegehrt. Die gefürchteten OMON-Truppen rückten an und setzten chemische Kampfstoffe gegen die Demonstranten ein. Etliche starben, andere überlebten mit den schlimmsten körperlichen und geistigen Beeinträchtigungen. Denkst du, die Proteste sind aus dem Nichts gekommen?«

»Haben sie dich ins Land gelassen, weil sie deine Schwäche für den Kommunismus erkannten?«, fragte ich, da mich der Gedanke an politische Unwägbarkeiten in meinem elenden Zustand ängstigte. Ich brauchte sicheres Terrain.

»Ich bin Sozialistin, nicht Kommunistin«, sagte Juliane geduldig. »Kommunismus ist ein Verbrechen. An dieser Erkenntnis führt kein Weg mehr vorbei.« Sie begann unvermittelt zu weinen. Ich hörte auf zu kauen, so entsetzt war ich. Juliane fluchte, schimpfte, tobte oder zotete – aber sie weinte nicht, zumindest nicht vor anderen Menschen. Auch nicht, wenn diese Kea Laverde hießen.

»Juliane«, flüsterte ich und berührte sanft ihren Arm. Doch ich brauchte sie nicht fragen, was los war: Auf eine andere Weise als mich warf das fremde Land sie aus den Socken. Da war die Erinnerung an Zeiten, in denen sie Ideale gehabt hatte. Schließlich die Erkenntnis, einer Illusion aufgesessen zu sein. Da war die Trauer um ihre Schwester. Die Bestürzung der letzten Jahre, in denen die Demenz Dollys Gehirn aufgefressen hatte. Ihr Tod bedeutete Erlösung, aber Juliane schien auch eine diffuse Schuld zu fühlen. Ich kannte ihre Angewohnheit, sich in unausgegorenen Emotionen zu verlieren und daraufhin auszuflippen.

Eine Weile saßen wir einander gegenüber auf meinem Bett. Plötzlich sprang Juliane auf und rannte hinaus. Am Ende des Korridors hörte ich sie die Tür zu ihrem Zimmer aufschließen.

Ich aß alles auf, was sie mir mitgebracht hatte, schnappte mir die Tüte mit den Arzneimitteln und ging ihr nach.

Sie öffnete mir, ließ mich ohne Kommentar ein. Wir kuschelten uns zu zweit in ihr Bett. Der Regen klatschte gegen das Fenster. Ich schlief schnell ein.

19

Ich hätte den Einbruch verschlafen, wenn meine verschnupfte Nase und eine taube Hand mich nicht geweckt hätten. Missmutig massierte ich mit der linken meinen Nacken, während meine kribbelnde rechte nach dem Nasenspray tastete. Draußen trommelte der Regen aufs Fensterbrett. Ein tropischer Schauer, der sich anhörte, als stürze eine Wasserwand senkrecht zur Erde.

Ich gähnte, schniefte und versuchte, neben Juliane einen bequemen Platz zu finden, als es knackte. Laut und deutlich. So wie das Schloss an meiner Zimmertür. Ich fuhr hoch, tappte in Socken zur Tür und lauschte. Sacht drehte ich den Schlüssel und wankte auf den Korridor. Die Tür zu meinem Zimmer schwankte im Wind leicht hin und her und wurde behutsam von innen geschlossen.

»Scheiße«, flüsterte ich. Mir schlug das Herz bis zum Hals. Außer Julianes und meiner Tür gab es nur noch eine auf diesem Gang, auf der in georgischen und kyrillischen Buchstaben etwas stand, das ich mit ›privat‹ übersetzte. Ich atmete flach, tastete mich ins Zimmer zurück und rüttelte Juliane.

Sie schlief so still wie eine Katze. Zusammengerollt auf der Seite liegend. Ich konnte sie nicht mal atmen hören.

»Juliane, wach auf. In meinem Zimmer ist jemand!«

Sie schoss hoch und sah mich verwirrt an. Das kurze Haar stand in alle Richtungen. »Was sagst du?«

»In meinem Zimmer ist einer.«

In ihrem Blick lag etwas Zweifelndes.

Ich ging wieder zur Tür und dachte: Jetzt spielt Frau Laverde die Heldin der Nacht. Obwohl ich mich fühlte wie ein trockenes Lorbeerblatt. Bereit, zu Staub zu zerfallen. »Kommst du mit?«

Sie kam mir barfuß nach, in einem Pyjama mit viel zu langen Armen und Beinen. Darüber konnte ich nachdenken. Aber nicht über den Kerl in meinem Zimmer. Juliane hielt ein Buch in der Hand. Hardcover. Wir standen vor der Tür. Sie hob das Buch. Ich legte die Hand auf die Klinke. Vielleicht hatte ich mich getäuscht. Da war nichts. Nichts und niemand in meinem Zimmer. Halluzinationen im Halbschlaf kamen schon mal vor.

Wir verständigten uns mit einem Augenzwinkern. Dann stieß ich die Tür auf.

Ein Typ stand über mein Notebook gebeugt. Ich sah ein Kabel, das eine externe Festplatte mit meinem Rechner verband. Er fuhr herum. Ein Mann, glatt rasiert, mit zwei Schnitten in der rechten Wange. Mehr fiel mir nicht auf. Haarfarbe? Keine Ahnung. Ich achtete nicht einmal darauf, ob er Haare hatte.

Er sah uns an, ebenso erschrocken wie wir. Dann riss er das Kabel aus dem Rechner, richtete sich vor uns auf, nicht besonders groß, durchschnittlich eben, drückte uns mit beiden Händen zur Seite. Eine nach rechts, die andere nach links. Juliane ließ das Hardcoverbuch auf seine Schulter krachen. Er trug eine Lederjacke. Es klatschte, als der Band auf dem Leder aufkam. Ich roch Schweiß. Er rannte den Gang entlang, die Treppe hinunter. Unten hörte ich eine Tür klappen. Juliane lief drei Schritte, dann drehte sie sich um, ratlos. »Ich gehe runter!«, verkündete sie.

Im Hotel blieb es mäuschenstill. Unser Überraschungsangriff war vollkommen leise erfolgt. Mein Pass, meine Scheckkarten, mein Geld waren noch da. Ich klickte auf dem Bildschirm herum.

»Hat er Daten gelöscht?«, fragte Juliane, als sie nach wenigen Minuten wiederkam.

»Nein, es fehlt nichts.« Wir flüsterten wie Teenager, die das erste Mal in der Fremde übernachteten. Ich war froh, vor meiner Abreise die meisten Projekte auf eine zweite Festplatte gezogen und vom Notebook gelöscht zu haben. Nur meine Adressdatei und meine Sammlungen zur Reportage für Lynn waren auf dem Rechner. Und ein paar private Dinge. »Er hat wohl eher was kopiert als gelöscht.«

»Kannst du feststellen, was?«

»Wenn wir ihn zu früh gestört haben, hat er nicht viel mitgehen lassen können. Oder er war schon fast fertig.« Ein Computercrack konnte das vielleicht feststellen. Ich sah mich im Zimmer um. Seit einigen Monaten speicherte ich meine Daten nicht mehr auf Sticks, sondern online. Zu Hause achtete ich darauf, nach Neros Anweisung jede Woche ein Back-up zu machen. Nero, verdammt! Wie oft hatte er mir gepredigt, meinen Rechner durch ein Passwort zu schützen?

Juliane ließ sich aufs Bett sinken. »Und jetzt? An der Rezeption ist niemand. Nicht mal ein Nachtportier.«

»Sollen wir Sopo ...«, begann ich, gab mir jedoch gleich selbst die Antwort. »Nein.«

»Nimm an, einer vom Hotel hat den Typen gesehen. Der wäre nicht so schnell wieder in die Koje gehüpft«, sagte Juliane. »Es sei denn ...«

»Ich weiß, worauf du hinauswillst. Es sei denn, das hier ist ein abgekartetes Spiel.«

»Ein paar Scheine sind über den Tresen gewandert, und der Nachtportier hat Brechdurchfall oder Ischiasschmerzen und liegt blind und taub auf dem Canapé.«

»Was ist mit der Tür da draußen? Steht da ›privat‹ drauf?« Ich wies auf den Gang.

»Ist abgeschlossen. Kann ich mal?«

Ich schob ihr das Notebook hin.

»Sieh an, das Hotel hat WLAN. Ungesichert. Wer hätte das gedacht.«

»Was hast du vor? Online Schuhe kaufen?«, spielte ich den Witzbold.

»Mira Berglund. Die ganze Zeit kam mir der Name bekannt vor. Ich kann dir nicht sagen, weshalb. Jetzt schließen sich ein paar Scharniere in meinem Hirn. Man wird wirklich alt.«

Ich war bislang einfach nicht draufgekommen, nach Mira Berglund zu googlen. Gebannt sah ich über Julianes Schulter. Nach einer guten Viertelstunde konzentrierten Schweigens, in der wir Webseiten durchforsteten, sagte sie: »Mira Berglund. Reporterin, Bloggerin, Aktivistin, Juristin. Hat eine Doktorarbeit über den Einfluss Russlands auf die transkaukasischen Staaten geschrieben. Artikel über den Tschetschenienkrieg, den Georgienkrieg und diverse

ethnische Konflikte im Kaukasus in renommierten Magazinen. Konflikte gibt es ja etliche.«
»Lynn! Na, der geige ich die Meinung.«
»Mach die Pferde nicht scheu. Reportagereise nach Georgien, Thema Tourismus: Das war entweder ein Fake, eine Tarnung, um ihre wahren Absichten zu verschleiern – oder sie hatte ganz klar einen politischen Auftrag.«
»Lynns Agentur hat mit Politik nichts am Hut«, protestierte ich lahm.
»Mira kann Lynn ja dazu überredet haben, sie unter dem Deckmantel einer Reportagereise nach Georgien zu schicken. Aus welchen Gründen auch immer. Vielleicht ist es nicht so ganz einfach, als investigative, politische Journalistin in Georgien zu arbeiten. Erst letztes Jahr gab es über drei Monate lang Proteste gegen den Präsidenten, Straßenblockaden und eine Menge Aufruhr. Die regierende Partei ist genauso dünnhäutig wie die Opposition. Die Russen mischen eifrig mit.«

Ich sah Juliane zweifelnd an. Die überzeugte Sozialistin, die Russland Imperialismus unterstellte?

»Georgien ist nach wie vor russisches Interessengebiet«, erläuterte Juliane. »Sie haben das Baltikum verloren, die Ukraine. Sie wollen nicht auch noch den Kaukasus verlieren. Es bröckelt an allen Ecken und Enden. Vorsicht war schon immer die Mutter der Porzellankiste.«

Ich schluckte. Wenigstens hatte der Schock meine Erkältung weggeblasen.

»Schau mal, ob Mira ein Twitter-Account hat.«
»Hat sie.« Juliane klickte ein paar Mal. »Schau: Der letzte Tweet stammt vom 25.3. Am 26. flog sie nach Tbilissi.«

Wir überflogen die Tweets. Mira äußerte sich zu allem Möglichen, was mit Politik zu tun hatte, zwitscherte fremde Tweets zum Thema weiter und reagierte auf die Äußerungen anderer Leute aus dem Netz.

»Ihre Reise nach Georgien hat sie mit keinem Wort erwähnt«, sagte ich.

»Man schreibt im Netz besser nicht, dass man Mann und Kinder allein in der Wohnung in der Soundsostraße lässt, während man selbst durch die Welt tourt.«

»Warum ausgerechnet mein Rechner? Ich bin definitiv keine politische Aktivistin.«

»Das ist easy, Kea: Du bist Miras Nachfolgerin.«

»Wer konnte das wissen?«

»Du hast es selbst herumerzählt.«

»Na, Sopo weiß es, Wano vielleicht, Thomas.«

»Der Israeli?«

Ich nickte und fasste einen Entschluss. »Juliane, da ist noch was. Beso hat letzte Nacht pflichtschuldig einen Anruf entgegengenommen und mir eine Notiz geschrieben. Ich soll vorsichtig sein.«

Juliane rieb sich das Stoppelhaar. »Aha.«

»Das war ein One-Night-Stand.«

»Mir brauchst du das nicht zu erklären. Aber irgendwem bist du auf die Zehen getreten.«

»Definitiv nicht einem Typen, der in Gas macht. Außerdem hat eine Frau im Hotel in Tbilissi angerufen und ihre Duftnote hinterlassen. Kein Mann. Ich habe an eine Eifersüchtelei gedacht. Kann doch sein, dass dieser Thomas eine Freundin hat.«

»Da siehst du mal: Treue ist weit weniger stressig als eine Affäre.«

Ich musste lachen. »Du spinnst.«

»Ist aber so. Wärst du mit Nero nach Wiesbaden gefahren und hättest im Hotel deine Biografien geschrieben, während er im BKA dozierte, wäre das alles nicht passiert. Klammern wir die Telefondrohung mal aus. Und sonst?«

»Wir sind erst vor vier Tagen angekommen! Bisher hatten wir nur mit Sopo, Tamara und den Frauen vom Chor Kontakt.«

»Also, Tamara können wir streichen, schätze ich«, seufzte Juliane und kuschelte sich in mein Bett.

Ich ging ins Bad, füllte mein Zahnputzglas mit Leitungswasser. Das wäre die Schau gewesen: Nero auf seinen Dozentenreisen zu begleiten und im Hotel auf ihn zu warten. Bei aller Liebe – da hockte ich lieber in Bordschomi. Während ich gierig mein Wasser trank, war mir klar, dass hier der Trotz eine gewisse Rolle spielte. Der immer funktionsfähige Schutz vor der Unbill der Welt: die Trauben nicht zu mögen, die zu hoch hängen. »Juliane, was meinst du«, fragte ich und setzte mich neben sie, »warum sich Mira für Clara interessiert hat?«

»Naja, nachdem sie nicht auf der Kulturschiene läuft, war das entweder auch Tarnung ...«

» ... oder ...« Ich schwieg ein paar Sekunden. »Könnte Clara auch politische Aktivistin sein?«

»Klingt verdammt unlogisch«, gab Juliane zu. »Vielleicht haben die beiden sich einfach nur gut verstanden. Wollten sich mal auf einen Kaffee treffen. Man kann sich nicht ständig mit desolaten Sachen wie Politik beschäftigen.«

»Thomas sagte mir, er hätte mit Clara was getrunken. Im Elvis Presley. Und zwar am 28.3., nach Claras Auftritt in der Philharmonie.«

»Das fällt dir natürlich erst jetzt wieder ein.«

Ich stopfte mir ein Kissen in den Rücken. Mein Nacken wurde langsam total steif. »Dann wäre eine Frau aufgekreuzt, ziemlich spät, und hätte Clara eine Szene gemacht. Diese Frau, halt dich fest, war Isolde.«

Juliane runzelte die Stirn. »Zwei Tage später fährt Clara nach Sighnaghi, zu einer alten Freundin, bei der sie es dringend macht. Kommt nie an. Ist seitdem unauffindbar. Weitere drei Tage später verlässt Mira das Hotel und taucht nicht wieder auf.«

»Gefühlsmäßig hängt beides zusammen«, gab ich zum Besten. »Weißt du was?« Ich hatte meine Entscheidung getroffen. Ich stand auf, riss das Fenster auf und ließ die kühle feuchte Luft ins Zimmer. Es hatte aufgehört zu regnen, aber von den Bäumen troff immer noch Wasser. »Ich rufe Lynn an. Gleich morgen früh. Ich will wissen, was da los ist. Ich lasse mich nicht verarschen.«

»Warum sie dich wohl hierher geschickt hat?«

»Vielleicht, damit die Tarnung nicht auffliegt.« Das kam mir selbst unwahrscheinlich vor. »Oder, weil sie wirklich einen Kunden hat, der diese Tourismusgeschichte haben will. Und Mira sollte das nebenbei abliefern. War vielleicht einfach eine nützliche Geldquelle für sie.«

»Who knows«, sagte Juliane kryptisch.

»Egal, was Lynns Absichten sind«, knurrte ich wütend und sah in die Nacht hinaus. Die Berge lehnten sich nachlässig an den heller werdenden Himmel. Ich hörte den Fluss Geschichten erzählen. »Sie hat uns damit in eine ziemlich unschöne Situation bugsiert. Es muss ihr doch klar sein: Wenn Mira was passiert ist, wird es für uns auch nicht allzu gemütlich werden.«

»Habe mich sowieso gewundert, warum sie so bereitwillig zwei Tickets sponsert.«

»Genau!« Ich nickte. »Weißt du, was Beso gesagt hat? Sie hat schon am 6. April, genau an dem Tag, als er sie von Miras Verschwinden benachrichtigte, das Zimmer auf meinen Namen weiterreserviert. Obwohl sie mich erst einen Tag später gefragt hat, ob ich fliegen will. Am 7.« Ich erschrak, weil mir einfiel, dass der 7. April für Juliane immer der Tag sein würde, an dem sie ihre Schwester beerdigen musste. Sie schien das locker zu nehmen.

»Also war sie sich sicher, dass du nicht absagen würdest.«

»Diese Schlampe!«

»Häng es nicht so hoch. Irgendwen hätte sie sicher gefunden, der ihr diese Reportage schreibt.«

Ich fühlte mich dumpf vor Müdigkeit. »So schnell? Von einem Tag auf den anderen? Als hätte sie gerochen, dass ich Ja sage!«

»Setz dich mal her. Ich massiere dir deinen Nacken.«

»Kannst du hellsehen? Woher weißt du, dass mir der Nacken wehtut?«

»So schief, wie du deinen Kopf hältst ...«

Sie begann, mit ihren knochigen Fingern mein Genick zu kneten. Ich japste.

»Hab dich nicht so. Also: Was machen wir? Nach Mira forschen?«

»Vielleicht ist Mira längst in einem anderen Land. Der Boden könnte ihr zu heiß geworden sein. Da ist sie abgehauen.«

Juliane summte leise vor sich hin. Ich fing an, mich zu entspannen. Vielleicht schlug auch nur die Müdigkeit zu.

»Lass uns ein paar Stunden schlafen«, bat ich. »Mir fällt nichts mehr ein.«

Wie ein altes Ehepaar rollten wir uns Seite an Seite zusammen. Ich schloss die Augen. Im Halbschlaf hörte ich mein Notebook aufseufzen. Der Akku soff ab. Ich schlief sofort ein.

20

Beim Frühstück erklärten wir Sopo unser Anliegen. Ob sie eine Möglichkeit sähe, herauszufinden, ob Mira in Georgien war oder das Land verlassen hatte. Ich versuchte, mir den Globus vorzustellen. Aus Georgien kam man nur nach Armenien und Aserbaidschan, im Westen in die Türkei. Im Norden lag Russland, und die Beziehungen standen schlecht.

»Ich kenne jemanden bei der Ausländerbehörde«, sagte Sopo. Sie sah verkatert aus. Die Schminke klebte wie eine Maske auf ihrem schönen Gesicht. Es war kalt in Bordschomi. Sie fror, hatte sich in ein dickes Schultertuch gekuschelt.

Während Sopo telefonierte, probierte Juliane es bei Cologne Concertos. Halb zehn in Georgien hieß halb acht in Deutschland, aber dort fing ja der frühe Vogel den Wurm. Frau Asmus war am Platz.

»Clara Cleveland residiert in Tbilissi im Marriott, an der Rustaweli-Avenue. Beste Lage und vermutlich unbezahlbar«, berichtete Juliane zufrieden.

Ich nahm ihr das Handy ab und rief im Marriott an. Stellte mich als Journalistin vor, die ein Interview mit der Diva machen wollte.

»Wir haben jede Menge Anfragen von der Presse«, sagte die Rezeptionistin. »Hinterlassen Sie Ihre Nummer. Frau Cleveland meldet sich, wenn sie Zeit hat.« Ich diktierte meine Handynummer und fragte weiter. Nein, Clara Cleveland sei seit dem 30. März nicht mehr im Hotel gewesen. Was kein Problem darstellte, das Zimmer sei ohnehin bis 22. April reserviert und im Voraus bezahlt. »Vermutlich besucht sie ihre Verwandten in Balnuri.«

»Danke.« Ich hängte ein. »Clara Cleveland steigt immer

im Marriott ab, wenn sie nach Georgien kommt«, berichtete ich Juliane, während Sopo in der anderen Ecke des Frühstücksraumes am Handy schäkerte. »Sie ist eine alte und gute Kundin und niemand hinterfragt, wann sie kommt und geht.«

»Das ist der Nachteil der Anonymität«, sagte Juliane. Wir sahen uns grinsend an.

Wano tauchte auf und klapperte mit den Autoschlüsseln. Man sah ihm an, dass er Touristen gewöhnt war, die früh am Morgen aufbrachen.

Sopo tänzelte zu uns herüber. Ich sah Falten um ihre schönen Lippen, kleine, senkrechte Kerben. »Jemand ruft mich zurück«, tat sie geheimnisvoll. Sie hatte Mundgeruch. Als habe sie gestern Nacht eine Flasche Rotwein allein ausgetrunken.

Gute drei Stunden später krabbelten wir den steilen Felsenweg zum Höhlenkloster hinauf. In unseren bunten Allwetterjacken mussten Juliane und ich von oben aussehen wie exotische Riesenkäfer. Wir befanden uns in einem kargen Tal, das wir von Bordschomi aus über verschneite Bergsträßchen entlang zerklüfteter Hänge erreicht hatten. Außer ein paar Bauern mit ihren Fuhrwerken hatten wir ab Achaltsiche, der letzten Stadt auf unserer Tour, kaum jemanden auf der Straße gesehen. Kein Wunder. So hoch oben lag noch Schnee, Eisplatten machten die Fahrt zu einer Hatz. Wieder fühlte ich den verwirrenden Eindruck, die Erde unter meinen Füßen atmen zu hören.

»Verdammt«, murrte ich. »In Tbilissi ist beinahe Sommer, und hier ...«

Sopo hatte ihre High Heels gegen Wanderschuhe ausgetauscht, die drei Nummern zu groß wirkten. Sie kletterte vor uns den rutschigen Hang hoch. An einigen Stellen blieb uns nichts anderes übrig, als über dicke Eisflächen zu schlittern.

Trotz der Beschwernisse genoss ich die kurze Wanderung zum Höhlenkloster. Die Höhlen sahen aus, als hätte ein Riesenfinger sie in den Stein gedrückt. Sie waren in luftiger Höhe über mehrere Etagen verteilt in die senkrechte Felswand getrieben worden und über Treppen, Terrassen und Galerien miteinander verbunden. Der schmale Weg vom Parkplatz hinauf war an einigen Stellen von Handläufen gesichert. Trotzdem musste man höllisch aufpassen, wo man hintrat. Der Dauerregen hatte sich verabschiedet. Hier im Gebirge, hoch über der Baumgrenze, schien die Sonne von einem blauen Himmel. Ein eisiger Wind pfiff uns um die Ohren und befreite meinen Kopf vom Schnupfen und von der frustrierenden Erinnerung an unser verregnetes Quartier in Bordschomi.

Während wir hinter Sopo in die erste Höhle stapften und ich meine Kamera aus der Tasche zog, blubberten tausend unausgegorene Fragen durch meinen Kopf. Wer konnte überhaupt von unserem Ausflug nach Bordschomi und weiter nach Wardsia wissen? Niemand. Ich twitterte meinen Aufenthaltsort nie. Seit wir in Georgien waren, hatte ich überhaupt nicht mehr getwittert.

Nur halbherzig hörte ich Sopos Erklärungen zu. Von unserer Dolmetscherin war sie zur Reiseführerin mutiert, eine Aufgabe, die ihr sichtlich keinen Spaß machte. Ihre herablassende, huldvolle Art ging mir zunehmend auf den Keks.

»Früher waren die Höhlen von außen überhaupt nicht zu sehen«, sagte Sopo. »Die Türken sind hier eingefallen, aber die Mönche waren in den Höhlen in Sicherheit, weil die Eingänge von einer riesigen Steinplatte geschützt waren. Erst durch ein Erdbeben Anfang des 19. Jahrhunderts hat sich die äußere Platte gelöst und seither sieht man die Höhlen im Berg.«

Das Kloster strahlte Feindseligkeit und Bitternis aus. Hier schienen Gäste nicht willkommen. Der Mönch, der auf einer der Terrassen hoch über der Schlucht stand, sah uns griesgrämig entgegen. Sopo rief ihm etwas zu. Er antwortete mürrisch.

»Er zeigt uns die Kirche«, übersetzte Sopo.

Der Mönch bestand darauf, dass wir unsere Köpfe mit einem Tuch bedeckten, und wies auf eine Nische, in der Leihkopftücher auf Besucherinnen warteten. Sopo nahm ihren eigenen Schal. Ich konnte es ihr nicht verdenken.

»Wardsia konnte bis zu 50.000 Menschen aufnehmen«, dolmetschte Sopo, während der Mönch mehr mit dem Fußboden sprach als mit uns. »Zur Blütezeit unter Königin Tamara, um 1200, lebten hier 800 Mönche. Es gab ein ausgeklügeltes Rohrsystem für die Wasserversorgung und Windkanäle, die die Höhlenstadt mit Frischluft versorgten.«

Ich besah mir die Fresken in der kleinen Kirche genauer. Trotz der Dunkelheit, die nur von flackernden Kerzen erträglich gemacht wurde, besaßen die Farben eine ungewöhnliche Strahlkraft. Ich fragte, ob ich fotografieren dürfte.

»No problem«, sagte der Mönch.

Kurz darauf führte er uns durch ein paar Höhlengänge auf eine höher gelegene Terrasse. »Sehen Sie, dort oben«, sagte er in passablem Englisch. »Das war früher die Apotheke des Klosters.« Ich erspähte eine inzwischen offen am Felshang liegende Höhle, deren Rückwand wie ein Regal in unzählige kleine Fächer eingeteilt war. »Leider sind die Rezepturen verloren gegangen.«

Juliane lehnte sich vorsichtig gegen das wacklige Geländer und ließ den Blick hinunter in den Canyon schweifen. Dabei ließ sie das Kopftuch von ihrem Haar gleiten und schickte es mit dem Wind hinab in die Tiefe. Ich grinste.

Wir klebten wie die Schwalben ein paar hundert Meter über dem schäumenden Mtkwari. Über unseren Köpfen schwebten zwei Glocken. »Ziemlich unwirtliche Gegend«, murmelte sie. »Was dagegen, wenn ich rauche?«

Der Mönch schüttelte den Kopf und sah gierig auf die Schachtel, die Juliane aus ihrer Jackentasche zog.

»Möchten Sie?«

Er nahm eine Zigarette. »Keine Touristen um diese Zeit.« Er inhalierte tief. Das verlorene Kopftuch erwähnte er mit keiner Silbe. »Die Saison fängt später an. Im Juni kriegen wir einen Triathlon. Dann ist alles belebt. Zeltplatz unten im Tal und so.« Fast schien es, als wolle er sich für die Abgeschiedenheit, in der er mit seinen Mitbrüdern ausharrte, entschuldigen.

»Kommt denn manchmal jemand zu Besuch?«, fragte ich. »Sie müssen sich schließlich mit Lebensmitteln versorgen.«

»Wir haben Vorräte. Giorgi aus Nakalakewi bringt uns ab und zu was vorbei.«

»Lesen sie eigentlich Zeitung?«

Er lachte und entblößte basaltschwarze Zähne. »Unsere Zeitung heißt Giorgi aus Nakalakewi. Der Gute bringt Neuigkeiten aus dem Tal, wobei hier ehrlich gesagt nicht viel passiert. Nur neulich«, er ließ den Blick über die Schlucht nach Norden schweifen, »haben sie nicht weit von Wardsia ein Autowrack gefunden. Da ist einer von der Straße abgekommen und gute 100 Meter in den Canyon gekracht. Das kann keiner überleben. Die Leiche war verbrannt. Nichts zu machen. Die wussten nicht mal, ob Mann oder Frau. Wir haben die sterblichen Überreste eingesegnet. Sobald der Boden nicht mehr gefroren ist, wird die Leiche bestattet.«

Sprachlos starrte ich ihn an. »Sie haben – was?«

»Was sollten wir denn machen? Auch unbekannte Unfallopfer brauchen Hilfe auf dem letzten Weg!«

Ich dachte an die verschwundene Clara Cleveland, an

Mira, und ich hielt mich am Geländer fest, um das kalte Metall zwischen meinen Fingern zu spüren und damit eine Bestätigung, dass ich lebte.

»Wer hat den Leichnam entdeckt?«

»Giorgi. Fragen Sie den.«

Er nickte uns zu und verschwand in der Kirche.

»Der ist sauer«, stellte Juliane fest. »Du bist ihm ziemlich auf die Zehen getreten.«

»Womit eigentlich? Seinen Bestand an Kopftüchern hast definitiv du dezimiert.« Die nächste Windbö riss meine Bemerkung in Fetzen.

Wano kutschierte uns nach Nakalakewi. Sopo fragte nach Giorgi. Wenige Minuten später standen wir vor einem niedrigen Bauernhaus aus Beton. Jemand hatte ein weiteres Stockwerk hinzufügen wollen, offensichtlich aber schnell die Lust an den Baumaßnahmen verloren. Außer einer einen halben Meter hohen, aufgesetzten Mauer auf der einen Seite des Hauses gab es nichts. Nicht einmal ein Dach. Vor dem Wetter schützte einzig und allein die Decke des Erdgeschosses.

Der rundgesichtige Giorgi, der beim Lachen drei verbliebene Zähne zeigte, war Imker und lud uns zu Honig und Schnaps ein. Ehe wir es uns versahen, saßen wir in der guten Stube vor Tellern mit Kugeln aus goldgelbem Honig und einem klaren Gebräu aus Kräutern.

»Die Leiche habe ich am Samstag vor Ostern entdeckt«, berichtete Giorgi, während seine Tochter, eine pummelige Kleine mit Zöpfen und einem rosa Jogginganzug, jedem von uns eine dampfende Tasse Tee neben das Schnapsglas stellte. »Das heißt, zuerst habe ich nur das Wrack gesehen. Ich war mit unserem Soso unterwegs, unserem Pferd. Und der hat eine ganz feine Nase. Der Wagen war ausgebrannt, das muss der Soso gerochen haben.«

»Wo war das?«, fragte ich und kippte meinen Schnaps. Unerwartet mild rann er meine Kehle hinunter und hinterließ ein angenehmes Brennen.

»Ihr müsst eben dran vorbeigekommen sein!« Giorgi rieb sich das stachelkurze, schwarze Haar. Er schien mein Alter zu haben. Meine Zielgruppe, schoss es mir durch den Kopf.

»Ich habe ein paar Freunde alarmiert und wir sind runter in die Schlucht geklettert. Auf halbem Weg haben wir gesehen, dass da ein Mensch liegt. Von dem war fast nichts mehr übrig. Keine Hände oder Füße«, er scheuchte seine kleine Tochter mit einem vielsagenden Raunzer aus der Stube. »Nur ein schwarzer Schädel und ein bisschen was vom Rumpf. Wir konnten nicht mal feststellen, ob es ein Mann oder eine Frau war. Da haben wir die Mönche gerufen.«

»Wo ist der Leichnam jetzt?«

»Oben am Berg.« Er holte mit dem Arm aus. »Unser Friedhof liegt höher als das Dorf. Der Boden ist noch gefroren. Nichts zu machen. Wir müssen warten, bis wir den Toten bestatten können.«

»Und das Auto?« Ich schleckte an meinem Honiglöffel. »Was für ein Wagen war das?«

»Ein Minijeep wahrscheinlich. Die Karre liegt noch da unten. Schaut sie euch an, wenn ihr wollt. Ich führe euch in den Canyon.«

Eine Stunde später kletterten wir in Begleitung von fünf weiteren Männern aus dem Dorf in die Schlucht. Mir zitterten die Knie, während ich hinter Sopo auf einem ausgetretenen Pfad die fast senkrechte Wand hinunterschlitterte, mich rechts und links an Felsvorsprüngen und glitschigen Grasbüscheln festhaltend. Der Himmel bezog sich. Es begann zu nieseln.

»Verdammter Schnaps«, murrte Juliane hinter mir.

»Verdammtes Wetter«, schoss ich zurück. Dass Juliane mit ihren 78 wie eine Gämse in die Schlucht kletterte, als hätte sie gerade einen Masterkurs im Freeclimbing absolviert, stellte meine Sportlichkeit ziemlich infrage.

Nach knapp 40 Minuten standen wir ratlos um das Autowrack herum. Wie Giorgi gesagt hatte: Viel zu identifizieren gab es nicht, außer Reste verschmorten Plastiks, ein bisschen schwarzes Blech und Asche. Um eine Fahrgestellnummer zu finden, brauchte man wahrscheinlich das forensische Labor aus einer amerikanischen Krimiserie.

»Sie haben den Wagen am Samstag vor Ostern gesehen«, wandte ich mich an Giorgi. »Was glauben Sie: Wie lange vorher ist der Unfall passiert?«

»Vielleicht einen Tag früher. Am Ostersonntag hat es zu schneien begonnen, und seit Gründonnerstag hatten wir trockenes Wetter. Vorher hat es geregnet. Aber das Wrack war nicht nass, als wir zum ersten Mal hier herunterkamen.«

Folglich zwischen Gründonnerstag und Karsamstag, dachte ich. Ich fotografierte das zerstörte Auto und unser Grüppchen, das so verwirrt wie verfroren darum herumstand. In die bedrückte Stille hinein schnitt das Klingeln von Sopos Handy. Diesmal dauerte das Gespräch nur wenige Minuten.

»Mira Berglund ist nicht ausgereist«, sagte sie auf Deutsch. Die Männer guckten neugierig.

»Denk nach!«, hörte ich Juliane ganz nah an meinem Ohr. »Clara ist am 29.3. nach Sighnaghi aufgebrochen und nicht angekommen.«

»Schon. Doch das war der Montag vor Ostern, also einige Tage zu früh, um hier in die Schlucht gestürzt zu sein«, sagte ich nachdenklich. »Der Hinweis auf das Wetter ist einsichtig. Außerdem liegt Sighnaghi von Tbilissi aus gesehen genau in der anderen Richtung. Östlich. Und wir sind hier fast an der türkischen Grenze.«

Die Männer setzten sich wieder in Bewegung, und auch Sopo sah aus, als wolle sie schnellstmöglich aus dem Canyon verschwinden.

»Keine Einwände«, bestätigte Juliane.

Wir schlossen uns der Karawane an.

»Hat denn niemand hier in der Gegend jemanden vermisst?«, fragte ich. »Oder hat vielleicht einer die Polizei alarmiert?«

Sopo fragte die Männer und bekam einen mehrminütigen Redeschwall zur Antwort.

»Natürlich haben sie den Fall bei der Polizei gemeldet. Allerdings wurde niemand aus Meßcheti vermisst, deshalb konnte man nicht viel tun.«

»Haben die nicht etwas mehr gesagt als diese zwei Sätze?«, wandte ich ein.

»Ja, in Georgien erzählt man immer mehr, man sagt bloß nicht unbedingt mehr«, erwiderte Sopo.

»Der gnädige Tonfall geht mir allmählich auf die Ziffer«, zischte Juliane mir ins Ohr.

21

Das kreative, kunsterfüllte Leben erweist sich als Fessel. Es ist eine Eigen-Knechtschaft. Kristin würde lachen, wenn sie sähe, wie ich neue Wörter erfinde. Das hält sie nämlich für kreativ. Für sie ist Kreativität ein Spiel, ein Experi-

ment, ein beständiges Ausprobieren und Herumblödeln. Dagegen ist Kreativität für mich harte Arbeit. ›Schaffenskraft‹ lautet das deutsche Wort, und darin steckt die Härte, die Anstrengung.

Gut, sehr gut, Weltklasse bist du nur, wenn du arbeitest, an dir feilst und schmirgelst. Nie mit dem zufrieden bist, was du hast. Denn das ist der Stillstand, und auf den wartet die Konkurrenz.

All die Jahre, nachdem Mutter gestorben war, wollte ich, dass sie stolz auf mich sein kann. Sie war zwar tot, aber ihr Arm war lang genug, um mich aufzurichten oder zu verurteilen. Eine Frau, die Entscheidungen treffen musste. Sie hatte einen starken Willen. Sie wusste stets, was richtig und falsch ist. Ich weiß das nie.

Ich habe versucht, Kristin in ihrem Hotel zu erreichen. Sie wohnt in Wake. Den Stadtteil mochte ich schon immer. Wären wir nicht ausgewandert, wären wir in Georgien geblieben, hätte ich gern dort gelebt. Wäre in eine Wohnung hoch oben am Berg gezogen, um in der Nacht die beleuchtete Stadt unter mir anzuschauen. Und in den Zeiten, als wir nie Strom hatten, hätte ich einfach die Stadt schlafen sehen. Wo die Leute Liebe machen und Kinder, weil es in Kälte und Dunkelheit und bei den ganzen Schießereien auf der Straße nichts anderes zu tun gab.

Ich sage ›wir‹. ›Wir‹ hatten keinen Strom. Als wäre ich nie weg gewesen. Oft wird in Zeitungsartikeln über mich geschrieben, dass ich dem kleinen Land im Kaukasus immer noch verbunden sei. Was denn sonst! Kann ich meine Heimat ausradieren?

Nach Mutters Tod fühlte ich das erste Mal den Abgrund. Mein letzter Halt war dahin. Großmutter nicht zu erreichen, abgetaucht, vielleicht ebenfalls nicht mehr am Leben. Endgültigkeit. Der Tod ist eben der Tod. Wie erlösend! Der Tod wäre eine Option, um aus allem rauszukommen. Aus der

Selbstkasteiung, aus dem Käfig, aus dem täglichen Üben. Ich wohne im Marriott, weil man hier meine Übungsstunden, in denen meine Stimme nicht so begeisternd klingt, hinnimmt. Weil man hier – seltsam, in einem anonymen Hotel – stolz auf mich ist. Weil die Anwesenheit der Diva das Hotel aufwertet, etwas für die Corporate Identity tut.

Die Wärme, die ich spürte, wenn ich auf dem Schoß meiner Großmutter saß! Wie weich ihr Körper war. Sie hatte einen birnenförmigen Busen und trug ihre Wolljacken auf der nackten Haut. Die Wolljacken waren mal weich, mal kratzig; mein Kopf hatte dort genau den richtigen Platz. Ich legte die Arme um ihren Hals und blieb sitzen, und sie ließ mich. Sie plauderte weiter mit ihren Freundinnen, sie lasen in der Kaffeetasse und tauschten Neuigkeiten aus, ohne jemals auf mich Rücksicht zu nehmen. Diese Stunden auf dem Schoß meiner Großmutter lehrten mich alles über Sex. Die Frauen hatten ein erfülltes Sexualleben, weil sie nicht lange fackelten. Weil sie Selbstvertrauen hatten und den Männern klarmachten, was sie wollten.

Zu Hause in München habe ich ein Kissen, mit Wollstoff bezogen, und manchmal drücke ich es an mich. Es atmet nicht, wie meine Großmutter atmete, es atmet gar nicht, es duftet nicht nach Seife und Stall und Schweiß und frisch geröstetem Kaffee. Manchmal gehe ich durch die Straßen und murmele ihren Namen, als könnte ich sie herbeirufen von dem Ort, an dem sie sich verschanzt hat.

›Ich wünschte, ich könnte …‹ Kristin hat mir vorgeschlagen, eine Liste anzulegen mit zehn Punkten, die alle mit ›ich wünschte, ich könnte‹ beginnen. Dann soll ich einfach schnell aufschreiben, was mir dazu einfällt. Ohne nachzudenken und mich gleich wieder selbst zu zensieren.

Ich wünschte, ich könnte ohne diese ständige Kritik leben.

Jetzt loben mich die Zeitungen in den Himmel. Sie preisen

meine junge Stimme, meine Einfühlsamkeit und etwas, das sie Esprit nennen und an mir entdeckt haben, ohne dass ich weiß, was das sein soll. Sie nennen mich ›Die Feurige‹, ›Die Wandelbare‹, und Frau Asmus schickt mir pflichtschuldig alle Kritiken zu.

Manchmal, wenn ich auf der Bühne stehe, sehe ich den Kritiker im Publikum sitzen. Nur in meiner Vorstellung natürlich, denn unter den gnadenlosen Scheinwerfern kann ich nichts erkennen. Dann tritt mir der Schweiß auf die Stirn, ich denke, ich schmelze, und der Kritiker schreibt: Die Cleveland gibt alles. Bei jedem Auftritt. Ihr Leben ist Einsatz, ist Verkörperung der Musik.

Ich gebe alles, weil mir nichts anderes übrigbleibt. Und dennoch spüre ich unter meinen Sohlen ein Schwanken wie von einem Dampfer, der langsam immer morscher wird und schließlich nur noch aus ein paar Stücken feuchtem Holz bestehen wird. Heute preisen mich die Kritiker, sie bauen mir eine Trittleiter für die Karriere, das Publikum liebt mich, wenn ich gut bin. Es wird mich eines Tages fallen lassen, denn niemand kann immer gut sein, beeindruckend, schön, geistreich, voller Ausstrahlung.

Es gibt Abende, da würde ich am liebsten nur auf dem Sofa liegen und träumen. Statt mit der Tram in die Oper zu fahren, in die Maske zu gehen und unter Giselas Händen zu einer anderen zu werden. Statt das Raunen des Publikums zu hören, kurz bevor der Dirigent rausgeht und dem Konzertmeister die Hand schüttelt.

Wie sehr hasse ich mich selbst, wenn ich nicht alles gegeben habe. Weil meine Haut unter der Schminke juckt. Weil meine Füße geschwollen sind. Weil mein Hals brennt von der Anstrengung.

Ich wünschte, ich könnte meine Großmutter finden.
Ich wünschte, ich könnte ein Kind bekommen.
Ich wünschte, ich könnte in Georgien leben.

Ich wünschte, ich könnte überhaupt in einem südlichen Land leben.
Ich wünschte, ich könnte entkommen.

22

Unverschämt selbstsicher fläzte die Nacht zwischen den Bergen. Juliane hockte mit Wano im leeren Frühstücksraum. Er hatte auf der Rückfahrt bei einem Bekannten mehrere Ballons Wein gekauft. Die beiden kippten sich ein Glas nach dem anderen hinter die Binde und parlierten Russisch. Sopo war nicht zu sehen. Sie mochte Liebeskummer haben oder Zahnschmerzen oder einfach ihre Launen nicht in den Griff kriegen.

Ich saß in meinem Zimmer und starrte durch das offene Fenster. Das Mondlicht stahl sich herein. Kein Regen mehr. Angenehm milde Luft rieselte durch das Tal. Mein Notebook lagerte unter der Bettdecke. Die Stadt atmete flach, als sei sie darauf bedacht, sich auch bei Trockenheit nicht allzu fröhlich zu geben. Der Mond lugte in mein Zimmer. Er war beinahe voll.

Ich fragte mich, wie Mira ihre einsamen Nächte im Ausland verbrachte. In meinem früheren Leben hatte ich es auf den Reportagereisen darauf angelegt, erträgliche Männer kennenzulernen. Abgelehnt hatte nie einer, wenn ich den ersten Schritt gemacht hatte. Sehr viel seltener war ich mit Frauen in ein schickes Restaurant oder ein Café gegangen. Auch in meinem Gepäck war, wie in Miras Trolley, immer eine elegante Klamotte gewesen – nur für den Fall. Dankbar dachte ich an Juliane. Ganz in der Nähe war jemand, dem ich vertraute. Dieses Gefühl war neu. Ich war nicht mehr auf mich allein angewiesen. Begann, meine Sehnsucht nach einer starken Begleiterin nicht mehr als Versagen zu interpretieren. Juliane gab mir Zuversicht. Keine Sicherheit, die darauf beruhte, dass man statistische Prognosen über die Wahrscheinlichkeit von gefährlichen Vorfällen abfragte. Sondern Vertrauen, das mit der eigenen Fähigkeit, auf Unwägbares zu reagieren, zusammenhing. Weil der Mensch sich die ganze lange Evolution hindurchgewerkelt hatte. Ohne sich vorbereitet, ohne Expertenmeinungen abgefragt, ohne geplant zu haben. Unsere Art hatte einfach überlebt. Demnach standen die Karten für eine gewisse Kea Laverde wohl auch nicht so schlecht. Eine Wolke schickte den Mond ins Bett. Im Zimmer wurde es dunkel.

Ich schaltete das Licht ein, schickte Nero eine SMS und legte mich ins Bett, fühlte das Notebook unter meinen Fersen.

Wir mussten herausfinden, ob die Leiche in der Schlucht Mira war. Oder Clara. Und ich wusste auch schon, wie.

»Du bist nicht gescheit!« Fassungslos starrte ich Juliane an.

»Hast nur du das Recht auf eine Affäre?«, blaffte sie zurück.

Es war früher Nachmittag. Wir waren zurück in Tbilissi, wo der Frühling über dem Fluss schwebte und die belanglose Heiterkeit der Stadt anfachte wie ein Lagerfeuer. Der Lärmpegel war noch höher, die Abgase noch blauer. Wir saßen in Julianes Zimmer. Eigentlich wollten wir unsere weitere Strategie besprechen. Das Fenster stand offen. Der Fernsehturm winkte von seinem Berg zu uns herunter.

»Du hast mit Wano ...?«

»Na und? Ein georgischer Metallarbeiter, jetzt arbeitslos. In diesem Land wird kaum etwas produziert. Also ist er Fahrer. Kann ja nicht jeder einen israelischen Kapitalisten vögeln.«

Ich hatte sie verletzt. Anderenfalls würde sie nicht mit den alten Placebos um sich schlagen.

»Mag sein, dass Wano ein viel interessanteres Leben hat als dein Israeli«, schnauzte Juliane. Die Kreolen zappelten an ihren Ohren wie die Gondeln eines Kettenkarussells. »Der Israeli hat eine Karriere. Wano hat ein Leben. Er war Held des Sports in der Sowjetunion. Ein Ass im Geräteturnen. Als alles zusammenbrach, während des Bürgerkrieges unter dem ersten Präsidenten des unabhängigen Georgien, hat er seine Frau verloren. Sie saß mit einer Freundin in einem Café in der Altstadt, und plötzlich flogen die Granaten. Keiner hatte mit so etwas gerechnet. Der Krieg ist unvermittelt ausgebrochen. Wie ein Virus. Die haben mit Feldartillerie in der Stadt rumgeschossen.«

»Wer?«

»Milizen!« Juliane zog sich vor meinen Augen bis auf die Unterwäsche aus, drehte alles zu einem Knäuel zusammen und stopfte es in die Hotelwäschetüte. »Was glotzt du denn so? Ist alles verschwitzt.« Sie kramte ein frisches Paar Hosen aus dem Schrank. »Es ist einfach so, Kea: Das Leben ist nicht planbar. Entscheidend ist sekundenschnelle Anpassungsfähigkeit. Nur so überlebst du. Mit allem Schmerz und allem anderen. Du lernst, dass es weitergeht. Und selbst im allerdreckigsten Sumpf sagst du dir immer wieder: Es ist nur eine Frage der Zeit. Keine Situation ist wirklich ausweglos.«

»Denkst du an Dolly?« Es war aus mir herausgerutscht. Hilflos warf ich einen Blick auf den Fernsehturm. Er zwinkerte mir zu.

»Natürlich denke ich an Dolly. Sie ist ja meine kleine Schwester, oder?« Juliane wühlte nach einer Bluse. Sie trug einen BH, obwohl sie keinen gebraucht hätte. »Als wir Kinder waren, war sie mein Baby. Ich habe immer Verantwortung für sie übernommen. Bis wir wegen einer Kleinigkeit aneinandergerieten. Und auseinander.«

»Was für eine Kleinigkeit?«

»Nicht wichtig.«

»Nicht wichtig?«

»Jetzt nicht mehr!« Sie knöpfte die Bluse zu. »Zu spät. Nie geklärt. Verdammte Schuld.«

Juliane, die großherzige. Der man von außen nicht ansah, dass sie ihr letztes Hemd für jemanden geben würde, den sie liebte, und dass es Glück für sie bedeuten würde. Man prallte an ihrem ruppigen Benehmen ab. Man bemerkte die Distanz, die sie zu allen hielt, die sie mochte, weil Nähe verwundbar machte. Und weil Nähe und Liebe das Potenzial enthielten, andere zu verwunden, auch wenn man das nicht wollte.

Zwei Stunden später, nachdem wir uns mit einer großen Portion Chinkali in einem Restaurant ein paar Meter unterhalb unseres Hotels gestärkt hatten, fuhren wir mit dem Taxi in die Kostawa-Straße, wo Sopo vor dem Polizeirevier auf uns wartete. Das Gebäude bestand ganz aus Glas. »Sie signalisieren Transparenz«, flüsterte Juliane mir zu. »Der Kampf gegen die Korruption ist zwar längst nicht gewonnen. Aber man ist ein großes Stück weitergekommen.«

Ein bulliger Beamter mit traurigen Augen und dickem, schwarzem Haar, dessen düsterer Gesichtsausdruck mich an einen argentinischen Fußballprofi nach einem verschossenen Elfmeter erinnerte, schäkerte mit Sopo, bevor er uns in ein Büro führte. Dort stellte er sich mit einem knappen »Mischa Kawsadse« vor und bot uns Platz auf Plastikstühlen vor seinem Schreibtisch an. Die Klimaanlage kühlte den Raum auf gefühlte 15 Grad herunter. Sorgenvoll dachte ich an meinen Schnupfen.

»Wir hätten gern Klarheit, ob die Leiche in der Schlucht

in Meßcheti Clara Cleveland oder Mira Berglund ist«, sagte ich, nachdem wir 20 Minuten mit Plänkeleien vom Typ ›Wie gefällt es Ihnen in Tbilissi, was haben Sie schon gesehen, sind Sie zum ersten Mal in Georgien‹ verschwendet hatten. Zum Glück gestaltete Juliane weitgehend das Vorspiel. Meine Aufgabe war es, zum Punkt zu kommen.

»Das wird eine Menge Formalitäten erfordern«, dolmetschte Sopo.

»Das ist uns klar«, sagte Juliane und lächelte ihr Maikäferlächeln. Sie hatte Make-up aufgetragen, dezent, nur die Lippen leuchteten feuerrot. Der Kontrast zu ihrem weißen Haar war umwerfend. »Es würde uns wirklich beruhigen, wenn wir wüssten, dass keine unserer Freundinnen …« Vielsagend rollte sie mit den Augen.

Kawsadse fraß ihr bereits aus der Hand.

»Im Hotel Mari lagern Mira Berglunds Sachen. Die Zahnbürste reicht sicher für eine DNA-Probe.« Ich wollte auch mal was sagen. »Gleiches gilt für Clara Cleveland. Sie wohnt im Marriott.«

Kawsadse brauchte ungefähr fünf Minuten für Ausführungen, die Sopo in dem kurzen Satz: »Leider sind unsere forensischen Möglichkeiten nicht so gut wie Ihre in Deutschland« zusammenfasste. »Aber ich will sehen, was sich tun lässt.« Er beorderte eine Sekretärin herein, die auf mindestens zehn Zentimeter hohen Pumps über den Parkettboden stöckelte. In raubauzigem Tonfall diktierte Kawsadse ein paar Zeilen, die die Sekretärin in einen Rechner tippte. Sie setzte zu einer längeren Erklärung an. Fragend sah ich zu Sopo, die lediglich mit den Achseln zuckte. Kurz darauf führte Kawsadse uns auf den Gang hinaus. »Sie hören von uns. Vielen Dank für Ihren Besuch. Übrigens: Meine Cousine ist in Deutschland verheiratet. In Gelsenkirchen. Kennen Sie Gelsenkirchen?«

Ich verschwieg, dass ich es kannte und furchtbar fand. Uns gegenüber auf einer Sitzgruppe saß ein junger Mann, der sichtlich nervös an einer Aktenmappe zupfte. Auch seine Augen blickten traurig. Das Haar war zu dünn für einen Mann seines Alters. Er trug einen Anzug.

Kawsadse drückte uns der Reihe nach die Hand. Sein Blick ruhte eindeutig länger auf Juliane als auf mir. Ich musste dringend was für mein Outfit tun. In einem Land, in dem die Frauen glitzernd wie Libellen einherschwebten, stapfte ich herum wie ein Guerillakämpfer, der nach mehreren Jahren im Dschungel noch keine Zeit gefunden hatte, sich zu duschen. »Clara Cleveland wird in Georgien sehr geschätzt. Wir freuen uns, dass sie in München nun so viel Erfolg hat«, übersetzte Sopo Kawsadses Abschiedsworte.

23

Sopo führte uns über eine mehrspurige Avenue in den Stadtteil Saburtalo.

»Ein Modegeschäft nach dem anderen«, kommentierte ich müde. Der Lärm war schauerlich. Vor den Boutiquen hockten die Verlorenen und bettelten. Ein Junge schlief auf einer Decke vor einem Schaufenster. Eine Pappschachtel vor seiner Nase bat um milde Gaben. Wer noch auf sich hielt, verkaufte dicke Fliedersträuße und Ringelblumen. Die Wärme wurde beinahe unerträglich. Der Abgasgestank verätzte meine Kehle. Die ständigen Wetterwechsel überforderten mich.

»Nafnaf, Benetton, Tom Tailor. All die bekannten Marken. Wer kann sich das leisten?«, fragte ich.

»Wir georgischen Frauen legen sehr viel Wert auf unser Aussehen«, erklärte Sopo. »Bei Ihnen denkt man eher, Sie legen Wert auf Bequemlichkeit.«

Das saß. Ich sah Juliane an, sie grinste: »Los, Kea, kauf dir was Schnuckeliges. Man verachtet uns hier. Hält uns für modische Kulturbremsen.«

»Nein, ganz und gar nicht«, rief Sopo erschrocken. »Ich wollte sagen, ich bewundere diese Einstellung. Bequeme Kleidung ist … aber ich … wir …«

»Auf geht's!«, bestimmte Juliane und schob uns in den nächstbesten Klamottenladen.

Eine gute Stunde später befanden sich ein Paar Sandaletten mit Absatz und zwei leichte Kleider in meinem Besitz, außerdem eine Bluse und eine Hose aus Leinen. Ich ging ungern Klamotten einkaufen. Bei meiner Figur war es alles andere als ein Vergnügen, sich in engen Kabinen in pervers geschnittene Sachen zu quetschen.

Sopo allerdings erwies sich als perfekte Beraterin. Ohne lange zu fackeln, hatte sie von den Ständern die Modelle genommen, die mir passten. Dabei hatten sie und mehrere Verkäuferinnen ohne Unterlass geredet.

»Ich habe Hunger«, stöhnte Juliane, als wir wieder auf dem Asphalt standen. »Lasst uns irgendwo was essen gehen. Und dann schauen wir mal.«

»Darf ich Ihnen ein Restaurant empfehlen?«

Ein junger Mann im Anzug stand neben uns wie aus dem Boden gewachsen. Sopo quiekte vor Schreck. Er sprach deutsch.

»Habe ich Sie nicht vorhin auf dem Polizeirevier gesehen?«, fragte ich zweifelnd mit Blick auf sein schütteres Haar.

»Haben Sie. Bitte, lassen Sie uns nicht hier reden. Weiter oben, fast am Ende der Pekinistraße ist ein gutes Restaurant. Das ›Steinhaus‹.« Er sah sich rasch um und fügte hinzu: »Es ist dringend.«

Wir trabten ihm nach wie die Schafe.

»Wer ist das?«, raunte Juliane mir zu.

»Irgendein Typ.«

»Ach nee.«

Ich lachte. »Mehr weiß ich auch nicht. Er saß vorhin im Polizeirevier mit seiner Aktentasche auf dem Gang. Als wir aus Kawsadses Büro kamen. Schien nervös.«

»Das ist er jetzt auch noch«, erwiderte Juliane trocken. »Ich brauche dringend so eine Sonnenbrille wie unsere Sopo. Damit mir keiner ansieht, was ich momentan denke.«

»Was denkst du denn?«

Juliane hüllte sich in Schweigen.

Ein paar Minuten später betraten wir das Restaurant ›Stone House‹. Es lag im Souterrain, war fensterlos, und seine Wände bestanden hauptsächlich aus runden, ungeschliffenen Steinen, die direkt auf den Zement geklebt waren. Unser Begleiter grüßte die Kellner, die an der Theke standen und erfreut lächelten. Wir waren die einzigen Gäste.

»Hier ist es kühl. Und man kann nicht beobachtet werden.« Er wies auf einen Tisch. »Setzen wir uns.«

Die Tische waren aus rohem, massivem Holz. Das richtige Möbel für ein bayerisches Wirtshaus, dachte ich. Solche Tische zertrümmert kein Kartler, und wenn er noch so besoffen ist.

»Will urig aussehen, wirkt aber künstlich«, zischte Juliane mir ins Ohr.

»Darf ich Wein bestellen?« Der Mann setzte sich, zupfte an seinem Sakko. Seine großen, dunklen Augen blickten ernst, Traurigkeit hatte darin Einzug gehalten. Der Anzug saß schlecht. Er war andere Kleidung gewöhnt. Ich schob meine Tüten unter den Tisch.

»Klar!«, sagte ich.

»Mein Name ist Guga Gelaschwili und ich arbeite bei der Patrouille in Sagaredscho«, begann er, nachdem ein Kellner unsere umfangreiche und mehrere Minuten diskutierte Bestellung aufgenommen hatte. »Ich hatte heute inoffiziell bei den Kollegen in der Kostawa-Straße zu tun und hörte«, er schob sein Besteck hin und her, »dass Sie mit Kawsadse über Clara Cleveland sprachen.«

Juliane trat mir unter dem Tisch ans Schienbein. Sag nichts!, sollte das heißen. Er wird von allein reden. Als wäre mir mein Gespür von Tausenden Gesprächen als Biografin abhanden gekommen! Menschen erzählten gern von sich. Sie brauchten nur die richtige Bühne, um sich sicher zu fühlen. Und dieser Guga Gelaschwili fühlte sich sicher. Das ulkige Restaurant ohne Gäste mit vier beschäftigungslosen Kellnern, die sich darum stritten, wer uns die Getränke bringen durfte, schien ihm ein Hort der Geborgenheit. Vielleicht lag es an dem engen Gastraum, den steinernen Wänden, die nur ein paar alte Fotografien von Tbilissi zierten. Abgeschiedenheit, ohne Blicke von außen.

»Ich habe vor Kurzem einen Unfall untersucht. An der A 302. Sie führt von Tbilissi nach Kachetien. Direkt nach Osten. Wir hatten miserables Wetter. Schnee, Regen, alles durcheinander. Unfälle sind wir dort draußen gewöhnt, aber mit diesem stimmte etwas nicht.«

Unfälle. Auf der Webseite des Auswärtigen Amtes wurde gewarnt, dass die Wahrscheinlichkeit, in einen Verkehrsunfall zu geraten, in Georgien außerordentlich hoch sei. Wegen der aggressiven Fahrweise und dem schlechten Zustand vieler Straßen. Meiner bisherigen, bescheidenen Erfahrung nach konnte man Letzteres vernachlässigen.

»Was stimmte denn nicht?«, fragte ich, nachdem der Kellner Mineralwasser und Wein auf unserem Tisch abgestellt hatte. Juliane schenkte ein. Guga blinzelte irritiert.

»Es gab keine Spur von einem Fahrer. Das Nummernschild war gefälscht, die Fahrgestellnummer weggefeilt. An einem Baum klebte Blut. Das war der einzige Hinweis, dass jemand verletzt wurde.«

Ein Korb mit Weißbrot gesellte sich zu uns, Auberginen in Walnusssoße, Salat.

»Mein Chef wollte nicht, dass ich mich weiter mit dem Fall beschäftige. Wir dachten zunächst, der Unfall könnte etwas mit Dealern zu tun haben. Drogen sind ein großes Thema bei uns. Aber der Spürhund hat nichts gefunden. Ich schon. Ein Tagebuch.« Er nahm eine Kladde aus der Aktentasche. »Und ich nehme an, dass es Clara Cleveland gehört.«

Ich verschluckte mich am Brot. »Wie kommen Sie darauf?«

Er schlug das Tagebuch auf. Die runden Buchstaben wirkten kindlich auf mich. Manchmal legten sie sich mehr nach rechts, dann wieder nach links, wie das Fell eines struppigen Hundes.

»Sie schreibt über Perfektion, Musik und den Willen, aus allem auszubrechen.«

Ich überlegte blitzschnell. »Sie meinen, Clara Cleveland saß in dem Wagen?«

»Wie käme sonst das Tagebuch unter den Brombeerbusch, wo ich es aufgelesen habe? An der Stelle, wo der Wagen ausbrach und die Böschung hinunterstürzte?«

»Wann genau war das?« Ich war so nervös, dass mir das frische Brot unter den Fingern wegkrümelte.

»Am 30. März. Als wir zum Unfallort kamen, war die Situation so, wie ich sie Ihnen geschildert habe. Wagen demoliert, kein Mensch zu sehen.« Er nahm einen Schluck Wein. »Am nächsten Tag bin ich wieder rausgefahren, um mich umzusehen. Wir hatten kein Abschleppfahrzeug zur Verfügung, das Autowrack lag noch immer unterhalb der Straße.«

Ich atmete tief durch und trank mein Weinglas in einem Zug aus. Am 30. März war Clara nach Sighnaghi aufgebrochen, jedoch nie bei Tamara angekommen. In meinem Kopf surrten die Leitungen.

»Ist es denn überhaupt möglich, dass jemand den Unfall überlebt hat?«, fragte Juliane.

»Ein Toter kann erst recht nicht weglaufen.«

»Und wenn ein zweiter den Toten weggeschleppt hat?«

Guga wiegte den Kopf. »Dafür haben wir keine Spuren gefunden. Ehrlich gesagt, es hat so geregnet in den letzten Märztagen! Der Regen hat alles, was es an Spuren gab, längst weggeschwemmt.«

»Fingerabdrücke?«, fragte ich.

Er lachte. »Für meinen Vorgesetzten handelt es sich nur um ein Autowrack. Wir haben eine Menge anderer Unfälle, Körperverletzungen, Diebstähle. Es bringt nichts, sich mit einem herrenlosen Opel zu befassen.«

»Nehmen wir mal an, Clara Cleveland saß in dem Wagen. Nehmen wir an, sie fuhr. Nehmen wir an, sie hatte den Unfall und lief – verletzt – davon. Vielleicht hat sie es nicht mehr weit geschafft und liegt irgendwo in der Pampa. Tot.«

»Meine Kollegen haben die Gegend abgegrast. Im Umkreis von vier Kilometern war nichts. Und weiter würde man nicht kommen, wenn man verletzt ist.«

»Eine gewisse Tamara hat bei Ihnen oder Ihren Kollegen von der Patrouille angerufen und angegeben, dass sie auf eine Freundin wartet.«

»Davon weiß ich nichts«, wehrte Guga ab.

Sopo murmelte etwas, und der junge Polizist wurde rot.

»Heute sind Sie nach Tbilissi gekommen, um diese Angelegenheit mit einem höheren Dienstgrad zu besprechen?«, intervenierte Juliane.

»Von wegen.« Guga reichte den Teller mit Schaschlik herum. Knusprige Fleischbrocken unter einem Hügel aus frischen Zwiebeln. »Ich möchte mich verändern. Möchte bei der Kriminalpolizei anfangen. Kawsadse ist der richtige Mann für Anfragen. Er hat mich sofort wieder weggescheucht. Sie haben keine offenen Stellen.«

»Sie kehren also zurück zu ihrer gefährlichen Straße mit den vielen Unfällen«, kommentierte Juliane sanft.

»Zufällig habe ich gehört, wie Sie über die Cleveland sprachen. Ich habe kaum fünf Minuten nach Ihnen das Gebäude verlassen. War nicht schwer, Sie zu finden. Da habe ich mich spontan entschlossen, mich Ihnen vorzustellen.«

»Wo ist das Autowrack?«, fragte ich.

»Auf dem Schrottplatz.«

»Und niemand hat Fingerabdrücke genommen?« Das Schaschlik schmeckte einmalig.

Guga schüttelte den Kopf. Ich musterte den Mann im Anzug. Einer, dem das Leben nichts geschenkt hatte. Er war jung. Vielleicht Anfang 30. Er schenkte mir Wein nach.

»Vorschlag«, sagte ich. »Sie gehen ins Marriott an der Rustaweli-Avenue und fragen nach Clara Cleveland. Gehen Sie in ihr Zimmer und nehmen Sie Fingerabdrücke. Sehen Sie zu, dass Sie den Wagen auf dem Schrottplatz zum Vergleich heranziehen. Dann hätten wir Sicherheit. Niemand fährt Auto, ohne dort seine Spuren zu hinterlassen.«

»Ich kann es versuchen«, sagte Guga skeptisch.

»Sie haben von Blut gesprochen«, meldete sich Sopo zu Wort. Ich hatte längst geglaubt, sie sei in höhere Sphären entschwebt und hätte uns nur ihr hübsches Gesicht zum Anschauen dagelassen. »Jemand, der verletzt wird, sucht einen Arzt.«

»Ich habe alle abtelefoniert«, wandte Guga ein. »Kein Arzt, keine Ambulanz hat eine verletzte Person zur fraglichen Zeit behandelt.«

»Heiler? Omas mit medizinischen Fähigkeiten? Tierärzte?«, hakte ich sofort nach. »Lassen Sie Ihre Fantasie spielen.«

Guga lachte. »Ich hatte eher gedacht, dass Sie mir helfen könnten.«

Juliane übernahm es, Guga knapp ins Bild zu setzen. Sie ließ den Einbruch in Bordschomi, von dem auch Sopo nichts wusste, weg, genauso wie meine Nacht mit Thomas und die eigentümliche Drohung. Die Leiche im Canyon in Nakalakewi dagegen schilderte sie akribisch, obwohl wir sie gar nicht zu Gesicht bekommen hatten. Als letztes erwähnte sie Claras verschwundene Großmutter. Guga staunte nicht schlecht.

»Arbeitsteilung«, bestimmte ich. »Tauschen wir Telefonnummern aus. Sie kümmern sich um den Unfall und alles, was damit zusammenhängt. Ihr Kumpel Kawsadse ist an dem Leichnam aus Meßcheti dran.«

»Und Sie?«, fragte Guga.

»Freie Improvisation!«, gab ich zurück. Mein Handy klingelte. Lynns Nummer leuchtete auf. Ich schaltete das Telefon aus.

24

Guga hatte ein paar Tage frei. Der Aufenthalt in der Hauptstadt war eine Erleichterung, wenn man sein Leben hauptsächlich in Sagaredscho verbrachte. Er trug ausnahmsweise keine Uniform, und er beschloss, den miesen Anzug, seinen einzigen, den er vor zehn Jahren gekauft hatte, zu ersetzen.

Während der Schneider in der mikroskopischen Werkstatt am Platz des 26. Mai Maß nahm, machte er sich einen Plan.

Eine Stunde später fuhr er mit dem Sammeltaxi in die Rustaweli-Avenue und verschaffte sich ohne Schwierigkeiten Zugang zu Clara Clevelands Suite. Sein Ausweis zeigte Wirkung.

Unschlüssig stand er in der Zimmerflucht. Jemand hatte frische Blumen hereingestellt, weiße Lilien. Alles war sauber aufgeräumt und unsäglich gesichtslos. Wenn er wirklich das Tagebuch der Cleveland in Händen hielt, so verstand er, dass sie am Durchknallen war. Bedächtig streifte er Handschuhe über und ging Claras Sachen durch. Er fand einen kleinen Taschenkalender mit Notizen. Sofort packte er das Tagebuch aus seiner Aktenmappe. So schlau war er gewesen, den Deutschen zum Abschied nicht das Original auszuhändigen, sondern eine saubere Kopie, die er in Saburtalo in einem Kopierladen von der Größe einer liegenden Kuh gemacht hatte.

Er gab die Hoffnung selten auf. Er war das siebte Kind seiner Mutter, und diese Zahl konnte kein Unglück bringen. Er würde seinen Weg machen. Mit oder ohne Kawsadse, mit oder ohne eine Frau, die ihm half, wichtige Leute einzuladen. Bestechen würde er niemanden. Es funktionierte auch nicht mehr. Nicht mehr wie früher, und wenn Guga ›früher‹ sagte, meinte er nicht die Sowjetunion, sondern die Zeit der Anarchie und der mordenden Milizen, in der das Land kein Gas, keinen Strom und kein fließendes Wasser gehabt hatte.

Die Schrift im Tagebuch stammte aller Wahrscheinlichkeit nach von derselben Person, die Notizen im Kalender gemacht hatte. Letzte Zweifel konnte bei Gelegenheit ein grafometrisches Gutachten klären. Guga steckte den Taschenkalender ein, außerdem ein Nageletui, Nagellack, Zahnbürste, Haarbürste und eine halbleere Packung Kaugummi. Alles verstaute er fein säuberlich in Plastiktüten, die er in seiner Aktentasche unterbrachte.

An der Rezeption fragte er nach und bekam die Auskunft, dass Clara Cleveland das Hotel am Dienstag, dem 30. März, frühmorgens verlassen habe. Sie habe ihr Frühstück, das man ihr wie gewöhnlich aufs Zimmer brachte, nicht angerührt, aber mehrere Umschläge mit großzügigen Trinkgeldern für den Zimmerservice hinterlassen.

Mehrere Umschläge?

Ja, es hätten die Namen der Angestellten daraufgestanden, die sich besonders um das Wohl der Sängerin kümmerten.

Guga notierte die Namen und befragte alle bis auf eine Zimmerfrau namens Ziala, die mittwochs frei hatte. Über Claras Abgang am Dienstagmorgen brachte er nichts in Erfahrung. Doch er hörte, dass Clara beim Hotelpersonal wegen ihrer großzügigen Geldspritzen und ihrer Freundlichkeit sehr beliebt war. Niemand konnte sich vorstellen, dass sie vorzeitig abgereist sei, ohne dem Hotel Bescheid zu geben. Man gab mehrheitlich an, sie könnte zu ihren Verwandten in Balnuri gereist sein; dass Clara dort Familienangehörige hatte, wussten alle Georgier, die regelmäßig fernsahen. Er verlangte Ausdrucke aller Telefongespräche, die zu Clara aufs Zimmer gestellt worden oder direkt dort angekommen waren. Es dauerte keine zehn Minuten, bis er die Blätter in Händen hielt.

Guga schlenderte die Avenue hinauf zu Prospero's. Der englische Buchladen inklusive Coffeeshop lag etwas zurückgesetzt an der Rustaweli-Avenue. Guga mochte den Innenhof, in dem man sitzen und internationale Kaffeespezialitäten genießen konnte. Ziemlich viele Ausländer trafen sich hier. Vor allem jene, die länger in Georgien lebten und irgendwann vom türkischen Kaffee genug hatten. Er musste mit seinem Geld haushalten, aber ein englischer Krimi sollte drin sein. Bei Prospero's gab es auch Bücher aus zweiter Hand, einen Roman für sechs Lari, warum nicht? Guga suchte sich einen etwas zerfledderten Krimi von Ian Rankin und setzte sich in den Innenhof. Ein Taubenpärchen saß auf der Klimaanlage und gurrte.

Tamara Okroschidses Nummer hatte er in sein Handy gespeichert. Er rief in Sighnaghi an.

Nach fünf Minuten wusste er, warum ihre Anfrage unbeantwortet geblieben war: Sein Kollege Irakli hatte den Telefonanruf entgegengenommen. Dessen Frau hatte tags zuvor, am 29.3., ihren ersten Sohn geboren. Woraufhin Irakli an jenem 30. März noch nicht wieder zurechnungsfähig gewesen und trotzdem zum Dienst erschienen war. Glück und Aufregung hatten ihn schier aus den Schuhen gehoben. Das war menschlich, das konnte passieren.

Guga machte Notizen, trank seinen Cappuccino aus und überlegte, ob er Käsekuchen bestellen sollte. Er wählte die Nummer von Gia Mesurnischwili, dessen Hof nicht weit von Sagaredscho entfernt auf der nördlichen Seite der A 302 lag. Gia hatte Vieh und kannte die Tierärzte der Gegend. Sie diskutierten eine Weile über die alten Zeiten, als sie beide zusammen Musik gemacht und Mädchen angebaggert hatten. Bevor Gia den Hof übernommen und Guga bei der Patrouille angefangen hatte. Gia war längst verheiratet, was Guga schmerzlich an sein größtes Problem erinnerte, aber das war nun nicht der Punkt. Er ließ Gia erzählen, blätterte dabei im Krimi, bis Gia soweit war, die Tierärzte im Umkreis von 20 Kilometern rund um die Unfallstelle aufzuzählen. Ganze zwei Männer und eine Frau. Die Frau war gerade fertig mit dem Studium, die beiden Männer betrieben zusätzlich einen Hof. Einer uralt, ein Hüne aus den Bergen, dem die Bevölkerung magische Fähigkeiten nachsagte.

Guga bedankte sich und legte auf. Die Veterinäre würde er persönlich aufsuchen, gleich morgen.

Endlich bestellte er Käsekuchen, echten deutschen Käsekuchen, den er mochte, seit er ihn zum ersten Mal von seiner Kindergärtnerin vorgesetzt bekommen hatte. Er war ein Knirps gewesen und sie eine abgearbeitete, alte Frau mit leuchtenden Augen, deren Lebensenergie einzig und allein von den Kindern in ihrer Obhut gespeist wurde.

Es wurde dunkel und kühl. Mauersegler jagten über die Häuser.

Die Dolmetscherin mit dem herablassenden Lächeln hatte ihm gefallen. Und die Alte mit den riesigen Ohrhängern auch. Seit seinen Kindergartentagen mussten sich die Deutschen ziemlich verändert haben.

25

Die Leute in Balnuri erschrecken mich. Keine Einladungen, wo ich mich früher vor Extraterminen kaum retten konnte. Bei den Tanten: Ablehnung. Da spalten die Gefühle die Seelen. Nach außen müssen sie signalisieren, wie stolz sie auf mich sind. Untereinander zerreißen sie sich die Mäuler. Sie, die ihre Stadt, ihr Land nie verlassen haben. Weil sie die Möglichkeit nicht hatten. So wie Mutter und ich. All die Jahre waren sie darauf aus, herumzuerzählen, wie wichtig es für mein Talent war, dass Mutter und ich ausreisen durften. Für mein Talent, immer nur für mein Talent. Ob es für Clara Müller, den Menschen sinnvoll war, darum ging es nicht.

Ich hatte Heimweh. Nach Großmutter, immer nach Großmutter. Ich habe mir verboten zu weinen. Das sollte Mutter nicht sehen. Sie sagte, sie habe es für mich getan, nur für mich: die Heimat verlassen, sogar die Mutter aufgegeben. Ich habe mich selbst nicht mehr gekannt. Ein paarmal habe ich Großmutter geschrieben, nichtssagende Sätze in runder Mädchenschrift. Dann verschwand sie.

Als ich dieses Mal in Tbilissi ankam, machte ich ein paar Anrufe bei Bekannten in Balnuri. Höflichkeiten. Freundliches Getue. Ein einziges Nichts.

Irgendwie beruhigt es mich, dass Isolde keinen einfachen Stand hat. Chorleiter bewegen sich auf vermintem Gelände. Isolde ist tough. Wenn ich sie nicht so gut kennte ... Trotzdem kommt sie nicht zurecht. Ich habe gehört, wie sie mit Thea umging, als wir das Palmsonntagskonzert durchsprachen. An Theas Stelle möchte ich nicht sein. Isolde ist ruppig und unausgeglichen. Sie sieht nur Probleme.

Ich kämpfe um jeden Sponsor. Wir sind immer gut zurechtgekommen. Finanziell, meine ich. Doch Isolde ist unersättlich.

Sie wäre auch gern nach Deutschland ausgewandert, um dort zu studieren. Aber sie bekam keine Unterstützung. Ihre Eltern interessierten sich wenig für ihr Talent. Isolde ist eine gute Musikerin und eine Lehrerin, die ihren Schülern Technik beibringt, Effizienz und Disziplin. Andererseits ist sie wie ein Automat, wenn sie mit den Kindern umspringt. Als würde sie lauter kleine Musikcomputer programmieren.

Ihr Neid macht ihr Gesicht gelb, ihre Stimme, die ganze Isolde kommt mir manchmal gelb vor, als umgebe sie ein gelber Nebel aus Neid, Argwohn und Gier. Ich würde ihr gern sagen, du weißt ja nicht, liebe Isolde, wie mein Leben wirklich ist. Du hast ein Kind, einen Mann. In deiner Straße in Balnuri wohnen deine Tante, deine Nichten und Neffen, deine Schwägerin. Ich habe niemanden. Keine Mutter, keine Großmutter, kein Kind.

Thea blickt mich manchmal fast mitleidig an. Sie scheint zu fühlen, dass mein Leben ohne Richtung ist, in abnormer Geschwindigkeit fegt es mich vor sich her, von Bühne zu Bühne, von Land zu Land. Der Chor ist das einzig Beständige in meinem Leben. Die Arbeit mit den Kindern, wenn wir proben oder Kandidaten für die Musikförderung auswählen, ist wie ein tröstliches Abtauchen.

Und dieses Tagebuch. Es rettet mich. Plötzlich gibt es wieder ein Gesicht von Clara Müller, nicht nur Pressefotos von der Cleveland.

Ich denke, Isolde ist vor allem neidisch auf mein Gespür für die Musik. Auf das innere Talent. Nicht auf meine Karriere.

Ob ich mit ihr sprechen soll? Ihr verklickern, wie hart mein Leben ist?

26

Nachdem wir gut zwei Drittel von Claras Tagebuch gelesen hatten, gaben Juliane und ich auf, legten die Kopien weg und tranken an der Hotelbar ein Bier.

»Wir müssen diese Kristin finden.« Juliane warf sich eine Handvoll Erdnüsse in den Mund. »Clara pfeift ja auf der letzten Rille.«

»Und wie? Durch Tbilissi laufen und ihren Namen rufen?«

»Also wissen Se, nee! Gib mir mal dein Notebook.«

Ich schleppte es nun immer mit mir herum, man konnte nie wissen. Dabei war nichts drauf. Nichts wovon ich mir vorstellen konnte, dass es jemanden so brennend interessierte, dass er uns nach Bordschomi folgte.

Kauend suchte Juliane eine Verbindung ins Netz. Währenddessen blätterte ich durch die Unterlagen über den Chor, die Thea Wasadse im Hotel abgegeben hatte. Die Druckqualität dieses Flyers war höher, die Fotos schärfer, das Material schlicht teurer. Inhaltlich gab es nichts Neues. Nur einen Spendenaufruf auf der Rückseite. Mit Bankverbindung. IBAN und BIC waren mit dem Vermerk angegeben, dass Auslandsüberweisungen nach Georgien kein Problem darstellten und dass die Geschäftsführung des Chores vorschlug, die Bankgebühren zwischen Empfänger und Spender zu teilen.

»Na, wer sagt's denn!« Juliane sah mich triumphierend an: »Die Dame, die wir suchen, heißt Kristin Rochelle und lebt in Seattle.«

Ich guckte wie eine Kuh.

»Kea, was ist los mit dir? Clara hat geschrieben, dass Kristin ein Institut für Autobiografisches Schreiben leitet. Ich habe schlicht gegoogelt.«

»Und nun?«

»Rufen wir im Hotel Wake an und lassen uns mit Mrs Rochelle verbinden.«

»Hotel Wake?«

»Sag mal, sind wir im gleichen Film?«

Ohne Juliane würde diese Reise den Bach runtergehen, das war klar.

Ich gab ihr mein Handy, auf dem sich inzwischen drei entgangene Anrufe von Lynn drängelten. Sollte die Agentur für die Telefonkosten bluten. Ehrlich gesagt hatte ich keine Ahnung, ob ich jemals einen Artikel abgeben würde. Vielleicht würde eine ganz andere Geschichte draus. Irgendwo schien mein Leben von selbst eine vorherbestimmte Richtung eingeschlagen zu haben, indem es mich Ghostwriterin werden ließ. Ich geriet einfach immer wieder an die menschlichen Geschichten. Da war nichts Neutrales in meinen Gedanken, keine Beschreibungen, keine Fakten, keine Ereignisse. Sondern menschliche Seelen. Ihre Warums und Weshalbs und Wies. Clara hatte sich in meinen Gedanken in ein Geisterhaus verwandelt, in dem ich voller Eifer die dunklen Zimmer erkundete.

Juliane fragte auf Russisch nach Kristin, und ich merkte, wie ihre Sprachkenntnisse sich lockerten und ihr ein diebisches Vergnügen machten. Ich wusste wenig über Julianes politische Einstellung, außer dass sie Sozialistin war. Ich wusste nichts von ihren Zweifeln und Fragen. Nur einmal waren sie hochgekommen, als ich einer Kundin aus der ehemaligen DDR die Autobiografie ghostete. Die Erkenntnis, dass die DDR ein verbrecherisches Regime gewesen war, war Juliane längst gedämmert. Doch die Erlebnisse meiner Klientin und all die Katastrophen, die im Gefolge dieser biografischen Arbeit passiert waren, hatten sie so strapaziert, dass sie barst wie ein alter Baum bei Blitzeinschlag. Georgien schien etwas von der alten Juliane an die Oberfläche zu spülen. Dabei war in Tbilissi von Sozialismus nicht einmal mehr etwas zu ahnen. Allenfalls die ungeheuerlichen Plattenbauten und architektonischen Dramen erinnerten an die sowjetische Zeit.

»Sie trifft sich morgen Vormittag mit uns in einem Café an der Tschawtschawadse-Avenue«, verkündete Juliane und gab mir mein Handy zurück.

»Ich probiere es bei Isolde«, sagte ich.

Obwohl es fast elf Uhr nachts war, speiste mich ihre

Sekretärin nicht mit Vertröstungen ab. Sie gab das Telefon sofort an ihre Chefin weiter.

»Wir würden uns gern in Balnuri mit Ihnen treffen«, sagte ich, nachdem wir die Begrüßungsformalitäten hinter uns gebracht hatten.

»Ich komme morgen ohnehin nach Tbilissi«, antwortete Isolde wie aus der Pistole geschossen. »Treffen wir uns in Ihrem Hotel? Am Nachmittag? Vier Uhr? Und gehen irgendwo essen?«

»Warum nicht«, antwortete ich lahm. »In Balnuri hätte ich allerdings ein paar Fotos gemacht oder mit …«

»Ich bringe Ihnen Presseaufnahmen mit. Bis morgen. Ich komme in Ihr Hotel. Sie sind im Mari, nicht wahr?«

»Sie will uns unbedingt morgen in Tbilissi treffen«, erstattete ich Juliane Bericht. »Dann geben wir Sopo frei.«

»Jep!« Juliane leerte ihr Bier und gähnte herzhaft. »Lass uns ins Bett gehen.«

Das Taxi spuckte uns um 10 Uhr am Donnerstagmorgen in einer breiten Avenue aus, in der der Verkehr sich selbst zum Erliegen brachte. Herrschaftliche Häuser um uns.

»Hier waren wir doch schon mal!«, sagte ich unwillig.

»Genau, in der Uni, um Sopo zu finden. Schau: Sina's Café. Das ist unseres.«

Kristin erwies sich als füllige Frau Mitte 50 mit warmen, grauen Augen und kurzem, fast weißem Haar, das sie mit Gel verwuschelt hatte. Sie trug ein schwarzes, ärmelloses Shirt, eine locker sitzende, karierte Hose und Crocs an den Füßen. Fröhlich sah sie Juliane an und sagte: »Wie schön, Sie haben graue Haare!«

Mir blieb der Mund offen stehen.

»Nein, wissen Sie, in Georgien färben alle Frauen ihre Haare. Das ist ganz selten, dass jemand so herumläuft wie ich.« Sie fuhr sich über den Kopf.

»Außerdem tragen Sie keine High Heels«, sagte ich. Meine Füße steckten in den neuen Sandalen. Ich fühlte mich verkleidet.

Kristin lachte. »Freut mich, Sie zu treffen. Was nehmen Sie?«

Wir bestellten frisch gepressten Orangensaft und erläuterten den Grund unseres Treffens. Schande über mich, dachte ich. Kristin hatte ich mir ganz anders vorgestellt: als aufgeplusterte Amerikanerin mit schriller Stimme und dem Credo, dass jeder alles erreichen kann, wenn er nur will. Selbstoptimierung, Coaching und Netzwerken als Grundlage des Glücks.

»Clara ist verschwunden?«, fragte Kristin ungläubig. Ihr Gesicht war gebräunt, als verbrächte sie viele Stunden täglich in Sonne und Wind. »Das gibt's nicht!«

»Doch. Aus gutem Grund nehmen wir an, dass sie in dem Wagen saß, von dem Juliane gerade erzählt hat«, begann ich. »In ihrem Tagebuch hat sie Sie erwähnt. Das Gespräch mit Ihnen scheint sie erst dazu angeregt zu haben, Tagebuch zu führen.«

»Hat sie damit angefangen?« Kristin lächelte zufrieden. »Freut mich sehr.«

»Haben Sie und Clara sich nach dem Abend im ›Old House‹ noch einmal getroffen?«

»Nein. Das war das einzige Mal. Ich wollte zu dem Auftritt im Konservatorium gehen, aber dann kam eine private Einladung dazwischen.«

»Warum freut es Sie so, dass Clara begonnen hat, Tagebuch zu schreiben?«, fragte Juliane.

»Am besten schildere ich Ihnen einfach die Prinzipien meiner Arbeit«, schlug Kristin vor. »Ich bin studierte Psychologin und Psychotherapeutin. Einige Jahre unterhielt ich mit einer Kollegin eine therapeutische Praxis in Seattle. Die Tätigkeit ging mir immer mehr auf den Geist. Zunächst nahm ich an, dass meine Unzufriedenheit im Job mit den Patienten zu tun hatte. Lappalien brachten ihr Leben durcheinander. Sie hatten alles – Geld, Schönheit, Partner, Kinder – trotzdem gingen sie die Wände hoch vor Unzufriedenheit. Ich überschrieb meinen Teil der Praxis an meine Kollegin und ging auf Reisen. Nach Südamerika, Europa. Und nach Georgien.«

»Um für sich selbst herauszufinden, was Sie tun wollten?«, fragte ich begierig.

»Genau. Ich wollte wissen, warum wir Amerikaner so reich, so frei und so unglücklich sind. Eigentlich wollte ich von Georgien nach Indien weiter, doch dazu kam es nicht. Ich blieb hier hängen. 1995. Die politische Lage hatte sich halbwegs beruhigt, die Straßen waren zumindest tagsüber sicher. Nachts blieb man besser zu Hause. Ich wohnte bei einer Familie hier in Wake, nicht weit vom Park entfernt. Oft gab es keinen Strom und kein Wasser. Wenn wir des Nachts im Finstern saßen, hörten wir mitunter Schüsse von irgendwoher. Meine Gastgeber versicherten mir emsig, da würden ein paar Nachbarn ihre Möbel aus dem Fenster werfen. Natürlich stimmte das nicht, sie wollten mir nur die Angst nehmen.« Kristin trank von ihrem Saft. »Ich kam eines Tages an einem winzigen Laden vorbei, in dem eine alte, verhutzelte Frau Notizhefte verkaufte. Sie tat mir leid. Sie schien fast blind, eines ihrer Augen tränte unaufhörlich. Sie stank. Nach Krankheit, nach Ungewaschen. Ich nehme an, sie lebte in dem Laden, der nicht größer war als eine Toilettenkabine. Also kaufte ich ein Heft. Mitleid, eine Gefühlsregung, die ich bis dato für ziemlich unnütz gehalten hatte, veränderte mein Leben. Nachts saß ich bei Kerzenschein in der Wohnung und schrieb in mein Heft. Es beruhigte mich.«

Ich wusste, bevor sie weitersprach, wovon sie redete. Wir waren seelenverwandt. Schreiben erdete. Die Welt wurde ein sicherer Ort, wenn die Hand sich mit einem Stift übers Papier bewegte. Gedanken und Emotionen wurden Materie – und damit beherrschbar.

»Ich überließ meine inneren Spannungen, meine Ängste und unklaren Pläne dem Tagebuch. Das verwirrende, fremde Land um mich war nicht mehr gefährlich – es wurde mein Partner bei der Suche nach Antworten auf meine Fragen. Ich begann mein Verhalten den Georgiern gegenüber zu verstehen, die ich oft als zu nah, zu liebevoll, zu interessiert an meinem Leben empfand.«

»Zu liebevoll?«, unterbrach ich erstaunt.

»Wenn Sie hier privat zu Gast sind, können Sie keinen Schritt alleine tun. Überallhin werden Sie begleitet. Das kann sogar lästig werden! Obwohl es eben liebevoll gemeint ist. Die Gastgeber wollen, dass man sich wohlfühlt, nicht verloren geht.«

Drei Mädchen kamen ins Café. Studentinnen, mit Büchern unterm Arm und Handys in der Hand. Geschminkt, schick, bleistiftdünne Absätze.

»Ich blieb ein halbes Jahr in Georgien. Immer, wenn ich mich zum Reisebüro aufmachte, um einen Flug zu buchen, kam etwas dazwischen. Ich unterrichtete Englisch, um meine Reisekasse aufzufrischen. Meine Schüler, die ich meistens in ihren beengten Wohnverhältnissen zum Unterricht aufsuchte, waren erpicht darauf, ins Ausland zu gehen. Nur weg aus diesem zerrissenen Land, in dem keine Post funktionierte, Raubmorde auf den Straßen an der Tagesordnung waren, in dem irgendeine Mafia die Stromversorgung übernahm, und in dem es einem egal war, ob man die Mafia bezahlte, wenn man denn endlich nur verlässlich Strom hatte. Die Korruption war haarsträubend! Ich begann, diese Schüler zu ermuntern, Tagebuch zu schreiben. Nicht pflichtbewusst alle Ereignisse zu notieren, sondern mit Ereignissen in Kontakt zu treten. Ein Bild ihrer Sehnsüchte und Hoffnungen zu zeichnen. Träume wenigstens auf dem Papier wahr werden zu lassen. Zunächst war das Schreiben eine nützliche Übung, um in der Fremdsprache sicherer zu werden.«

»Aber dann wurde mehr daraus«, sagte ich halblaut.

Kristin nickte. »Ich brachte ihnen die Hefte umsonst mit, wurde Stammkundin bei der Alten, die sie verkaufte. Ich schrieb selbst eifrig weiter. Stets auf der Suche nach einer Antwort auf die Frage, die sich mir als Therapeutin aufgedrängt hatte: Warum haben die einen alles und sind unglücklich? Und die anderen leben in der prekärsten Situation, die eine Amerikanerin sich vorstellen kann – und sind nicht unglücklicher?«

»Wie lautet die Antwort?«, fragte Juliane mit gerunzelter Stirn.

»Nun, die Antwort lautet oberflächlich sehr amerikanisch«, lachte Kristin. »Es kommt darauf an, was man draus macht. Die eigentliche Antwort liegt viel tiefer verborgen, und man muss eine Weile hier leben, um sie zu entdecken. Der Zusammenhalt unter den Menschen ist hier tausendmal stärker als im Westen. Man hilft einander immer und überall, ohne Verabredung und spontan. Wenn deine Cousine dich bittet, dir beim Kochen zu helfen, weil du Gäste aus dem Ausland hast, wird sie niemals ablehnen. Selbst wenn der Tag für sie dadurch gelaufen ist. Das soziale Netz ist dicht gewebt. Auch der Gast erlebt das: Du wirst hier überall und ständig eingeladen, beschenkt, ausgeführt. Alles wird für dich bezahlt! Im Restaurant anzubieten, die Rechnung zu übernehmen, kommt einem Affront gleich! In Amerika sagst du deinem Gast: O. k., hier ist der Kühlschrank. Bedien dich. Wir sind nicht unfreundlich zu unseren Gästen. Nur nicht wirklich involviert. In Georgien kommt der Gast von Gott. So lautet ein Sprichwort.«

Mir dämmerte, dass eine Reise von Hotel zu Hotel mich niemals mit diesem Land in Berührung bringen würde. Ich wollte auf Clara zurückkommen.

»Sie haben Clara empfohlen, Tagebuch zu schreiben. Warum eigentlich?«

»Hat sie das in ihrem Journal so geschrieben?« Kristin grinste. »Ich mochte Clara vom ersten Moment an. Ich sah sie und dachte: Hey, was für ein liebes Mädchen. Ich erkannte sie nicht einmal. Sie saß an ihrem Tisch, ungeschminkt, in Jeans und Bluse. Wirkte sehr jung und sehr zerbrechlich. Natürlich kann ich die Psychotherapeutin nicht abstreifen wie alte Schuhe. Clara interessierte mich – ja, auch irgendwie therapeutisch.«

»Was für ein Typ Mensch ist Clara Cleveland?«, fragte Juliane.

»Ein widersprüchlicher. Clara möchte die gefeierte Sängerin sein, die Geld verdient und im Restaurant erkannt wird. Dann wiederum möchte sie das kleine Mädchen sein, das sich auf den Schoß seiner Mutter kuschelt.«

»Großmutter«, warf ich ein.

»Großmutter?«, fragte Kristin verwirrt zurück.

»Ihre Mutter ist längst tot. Sie sehnt sich nach ihrer Großmutter. Die ist spurlos verschwunden – noch zu Sowjetzeiten.«

Kristin dachte einen Augenblick nach. »Was ich meinte, war eher, Clara sucht ein Zuhause. Einen friedlichen Ort. Einen, wo sie sein kann, wie sie ist: eben widersprüchlich. Wissen Sie, wir Menschen sind alle widersprüchlich. Manche Lebensphasen sind schlimmer als andere. Wir möchten gleichzeitig verheiratet und geschieden sein, die Uni verlassen und einen Doktortitel erwerben. Zerrissenheit zeugt von innerem Wachstum. Das Leben geht nicht geradeaus. Es besteht aus Kurven und Fallen und hat offensichtlich Spaß daran, uns dabei zuzusehen, wie wir hineinpurzeln.«

Auch wieder wahr. Ich hatte den Eindruck, gerade in einer Falle zu sitzen, ohne zu wissen, woraus genau sie bestand.

»Wenn sie sich nach einer Heimat sehnt«, unterbrach Juliane meine trübsinnigen Gedanken, »warum hockt sie in Tbilissi in einer sterilen Hotelsuite und nicht bei ihren Verwandten in Balnuri? Wäre das nicht logischer?«

Kristin faltete ihre Stirn. »Sie berichtete mir, dass sie bei ihren Cousinen und Tanten nicht willkommen sei.«

»Eigenartig! Bei allem, was Sie uns eben über georgische Gastfreundschaft und Zusammenhalt erzählt haben«, bemerkte ich.

»Das finde ich auch«, bestätigte Kristin. »Es gibt nur eine Erklärung: Etwas muss vorgefallen sein, was Clara von der gefeierten Berühmtheit, auf die man stolz ist, zur Unperson gemacht hat.«

»Was könnte das sein?«

»Vertrauensbruch. Oder eine riesige Enttäuschung. Eine Liebesgeschichte. Betrug.« Kristin winkte der Kellnerin. »Möchten Sie noch etwas? Eis?«

Juliane und Kristin bestellten Eis, ich einen türkischen Kaffee. Mein Hirn brauchte Koffein, um die Puzzleteile zurechtzulegen, bevor ich ein Bild daraus formte.

»Die Georgier lieben dich sofort, wenn sie dich nett finden«, sagte Kristin. »Wenn du etwas tust, was ihnen gegen den Strich geht, dann hassen sie dich mit der gleichen Inbrunst, mit der sie dich vorher geliebt haben.«

»Heißes, südliches Blut«, kommentierte Juliane.

»Es mag damit zu tun haben. Sie besitzen ein wilderes Temperament als wir Westler«, nickte Kristin. »Sie nehmen kein Blatt vor den Mund. Sie bersten einfach!«

»Was für ein Vertrauensbruch könnte Clara sich zuschulden haben kommen lassen?«, fragte ich. Vielleicht würden die letzten Seiten von Claras Tagebuch Auskunft geben. Die Kopien steckten in meinem Rucksack. Wir könnten uns an Ort und Stelle darüber hermachen. Aber ich wollte sie jetzt nicht lesen. Ich wollte meine Gedanken schweifen lassen, bevor ich die Wahrheit erfuhr und vielleicht enttäuscht wurde.

»Geld«, schlug Juliane vor. »Streitereien um Geld sind die schlimmsten.«

»Clara strebt nach Perfektion«, meinte Kristin und sah durch uns hindurch, als könne sie die Diva irgendwo hinter uns ausmachen. »Keine Ruhe, keine Rast. Ihr Job verlangt ihr alles ab. Sie bekommt eine Gage, Ruhm, eine Luxussuite. Nur keine Liebe.«

»Höchstleistung erbringt, wer als Kind nie gut genug war«, sagte Juliane weise.

»Hat sie Andeutungen gemacht?«, fragte ich Kristin.

»Sie war an jenem Abend sehr unglücklich. Es schien eine längere, intensive Traurigkeit zu sein. Nichts Akutes. Zurückweisung kann solche Gefühle auslösen. Den Eindruck erwecken, man treibe im Nichts.«

»Da treibe ich auch«, murmelte ich auf deutsch. Besser, Kristin verstand nicht. Bei Psychotanten wusste man nie.

»Ich versuchte Clara klarzumachen, dass das, was wir wirklich brauchen, schon zu uns kommt. Man benötigt Vertrauen und Geduld. Muss sich die Erfüllung eines Wunsches immer wieder vor Augen führen«, sagte Kristin.

»Es ist eine Sache, wenn Claras Verwandte sie nicht mehr wollen. Verwandtschaft ist ein Gesindel«, fasste Juliane zusammen. »Aber die ganze Stadt schien auf sie zu blicken wie auf einen strahlenden Edelstein. Weil sie den Chor unterstützt und die Kinder fördert.«

»Das sollte man meinen«, nickte Kristin ratlos.

Das ist der Knick!, dachte ich. Genau das. Der Kaffee kam. Ich brauchte ihn nicht mehr. Ich wusste, wonach wir suchen mussten.

27

Guga fuhr zum Schrottplatz. Er nahm den Streifenwagen. Irakli gab ein Fest zu Ehren der Geburt seines Sohnes. Den Schnaps hatte er am Tag zuvor bei einem Kumpel in Zinandali geholt – mit dem Streifenwagen. Guga war der Ansicht, dass das, was er vorhatte, mehr mit dem Dienst zu tun hatte als Iraklis Party.

Im Autowrack gab es kaum verwertbare Fingerabdrücke. Guga konnte mit den Utensilien zwar umgehen. Aber bei feinmotorischen Tätigkeiten hatte er zwei linke Hände. Er stellte Abdrücke von vier verschiedenen Personen sicher.

Später im Labor verglich er die Abdrücke, die er gefunden hatte, mit denen von Claras Sachen.

Er fand einen halben Daumen. Das sollte genügen.

Guga fuhr den Rechner hinunter und machte sich auf zu Iraklis Fest.

28

Juliane und ich hockten an der Hotelbar und warteten auf Isolde. Unsere Strategie stand: Wir wollten herausfinden, warum der Stolz der Bevölkerung auf Clara unter Null gesunken war.

Die Chorleiterin ließ auf sich warten. Missmutig beobachteten wir das Treiben an der Rezeption; ein Mann checkte gerade ein. Er sprach russisch mit Beso und schien noch schlechterer Laune als Juliane und ich. Sopo rief an und sagte, Wano habe seine Pläne geändert, er könne uns gleich am nächsten Tag nach Batumi ans Schwarze Meer fahren, und ob sie ein Hotel für uns buchen sollte.

»Warum nicht«, sagte ich lahm. Was hielt uns in Tbilissi. »Solange wir nicht wieder in einem Regenloch landen.«

»Das kann ich nicht garantieren.« Sopos Stimme nahm den leicht gereizten Ton an, den sie sofort pflichtschuldigst zu überspielen versuchte. Was ihr nicht gelang. »Meine Tante jedenfalls sagt, es wäre seit Tagen sonnig.«

»Na gut«, sagte ich. »Morgen ist Freitag, bleiben wir übers Wochenende, o. k.?« Ich schielte auf Juliane. Sie nickte nur.

Kaum hatte ich aufgelegt, fegte Isolde ins Hotel. Ein türkisblauer Schal bedeckte ihr Haar; sie trug eine Sonnenbrille und versuchte auszusehen wie ein Filmstar aus den 50ern.

»Die Königin gibt sich die Ehre«, wisperte Juliane.

»Entschuldigen Sie bitte! Aber bei dem Verkehr ...« Eilig drückte sie uns die Hand, zog ihre sofort wieder zurück, als könnte sie sich kontaminieren. »Ich wollte Ihnen gern ein Restaurant zeigen, hoch über der Stadt. Kommen Sie, der Fahrer wartet!«

»Wir haben nicht viel Zeit«, wandte Juliane mit ihrem Honigtopfflächeln ein. »Sie wissen, wir haben eine Reportage zu schreiben.«

Wie zur Bestätigung klingelte mein Handy. Ich sah Lynns Nummer und nahm ab.

»Kea, sag mal ...«, setzte meine Agentin an, während ich mein Talent fürs Abwürgen ausspielte.

»Habe gerade ein wichtiges Recherchegespräch!«

»Recherchiere nicht so viel, schreibe lieber was. Du hast doch Internet da. Schick mir endlich mal ein paar Abschnitte. Ich will sehen, ob der Duktus passt.«

»Spinnst du? Das hast du bisher nie gemacht!«
»Kea, wir sind wirklich enorm unter Druck.«
»Das merkt man. Und ich gebe nie Textproben raus. Du bekommst den ganzen Artikel. Oder gar nichts.«
»Kea ...«
»Du weißt genau, ich streiche weg, ergänze, beginne anders, gebe dem Ganzen einen anderen Klang ...«
»Bis heute Abend will ich zwei Seiten.«
Ich atmete tief durch. »Nichts gibt's. War nett.« Ich legte auf. Juliane zwinkerte mir anerkennend zu.

»Sie sehen«, sagte ich zu Isolde, »man hat es nicht leicht.«

Sie lächelte verwirrt. »Der Fahrer ...«

Als wir das Hotel verließen, guckte Beso uns nach. Er wirkte auf mich wie ein Außerirdischer, der das Leben auf diesem Planeten nicht annähernd durchschaut hatte.

Das Taxi brachte uns auf die andere Seite des Mtkwari, der lehmig braun und gelangweilt dahinfließend die beiden Hälften der Stadt voneinander trennte.

»Ich möchte Ihnen zuerst die Kirche Sameba zeigen.« Isoldes lackierter Fingernagel klopfte gegen die Scheibe. »Sie wurde von einem Mäzen gebaut, der viel für unser Volk tut. Er lebt in Russland, stammt aber aus Georgien.«

»Wieder ein Wohltäter«, rutschte es mir heraus.

»Wieder?«

»Nun, wie Clara, nicht?«

Isolde rang nach Worten.

»Clara hat sicher nicht die finanziellen Mittel, eine Kirche zu bauen. Aber ist ein Chor nicht, sagen wir, ideell so etwas wie eine Kirche?«

»Sameba ist etwas Besonderes. Wir haben einmal dort gesungen. Sie werden gleich sehen.« Isolde gab dem Fahrer ein paar Anweisungen. Er kurvte durch winzige Gässchen, rammte dabei beinahe ein entgegenkommendes Taxi, ließ sich zu einem wütenden Schlagabtausch mit dem anderen Fahrer herab und parkte vor einem sandgelben Torbogen.

»Lassen Sie uns die Kirche besichtigen«, schlug Isolde vor.

Wir folgten ihr auf das Gelände der Kirche.

»Sameba bedeutet Dreifaltigkeit«, erklärte Isolde.

Ich sollte Notizen machen. Die Kirche ragte hoch über der Stadt auf. Sie sah aus wie aus vielen kleinen Kirchlein zusammengeklebt. Das Bauwerk wurde überstrahlt von einer goldgedeckten Kuppel, die im Sonnenlicht gleißende Lichtblitze auf uns abfeuerte.

»Eine andere Welt«, raunte Juliane mir zu.

Hier wehten weder Staub noch Müll über das Pflaster. Alles war sauber gekehrt, der mächtige, symmetrisch angelegte Aufgang zur Kirche wurde von peinlich genau ausgerichteten und perfekt gepflegten Blumenrabatten gesäumt. Wir stiegen langsam die flachen Stufen hinauf. Sofort fiel uns der Wind an.

»Heute haben wir wirklich einen schrecklichen Wind«, rief Isolde. Sie war ein paar Schritte voraus und schien es eilig zu haben, in den Schutz der riesigen Kirche einzulaufen.

Ich konnte nur staunen: Sameba stand so gewaltig, so ausladend auf der Spitze des Hügels, als wartete die Kirche mit verschränkten Armen und ungeduldig klopfendem Fuß auf die Besucher. Kommt nur, kommt. Sehen wir mal, wie es mit eurem Seelenleben aussieht.

Das viele Grün streichelte unsere Augen. Blumen, blühende Sträucher und ordentlich geschnittene Rasenflächen hatten sich rund um die Kirche versammelt, ein kleiner Teich mit einem Schwanenpaar beobachtete uns. Der gleißende, blaue Himmel dehnte sich noch ein bisschen höher, um uns eine Freude zu machen.

»Haben Sie gehört?«, fragte Isolde angelegentlich. »In Island ist ein Vulkan ausgebrochen. Eine Aschewolke treibt auf Westeuropa zu.«

Wir waren auf dem Plateau angekommen. Kurzatmig lehnte die Chorleiterin sich an die Balustrade und drehte sich um. Der Ausblick war atemberaubend. Ein strahlendes, glänzendes, lachendes Tbilissi winkte uns aus dem Tal zu. Die Bergkette gegenüber hatte sich einen funkelnden, frühlingsgrünen Schal umgelegt. Ganz oben gab der Fernsehturm den Blicken Audienz, am hellen Tag ganz ohne kitschiges Geglitzer. Man sah die Spur der Seilbahn, die durch den Wald schnurgerade aus der Stadt bis zum Gipfel des Mtatsminda führte.

»Mein Gott!«, rief Juliane. »Das ist nicht nur der Süden, das ist …«

»Ein Edelstein?«, half ich aus und schoss ein paar Bilder. Tatsächlich war ich Isolde dankbar, dass sie uns hierher geführt hatte.

»Abgeschmackter Vergleich.«

»Kein Vergleich, eine Metapher.«

»Als ich mit Dolly hier war«, erzählte Juliane, »war die Seilbahn in Betrieb und auf dem Mtatsminda gab es ein Restaurant. Das war der Quader, den du dort siehst, ein schickes Teil, wo die Tbilisser ihre Sonntage verbrachten, mit Oma, Opa und Hund.«

»Heute ist ein Vergnügungspark dort oben«, sagte Isolde. »Das Restaurant ist eine Baustelle. Nennen wir es Ruine. Als alles zusammenbrach, sammelten sich auf dem Mtatsminda Milizionäre und Soldaten. Das Gebäude wurde völlig zerschossen. Der Park war lange Jahre geschlossen.«

»Sie sagten, Sie seien mit dem Chor hier aufgetreten«, kam ich zum Thema.

»Das ergab sich so. Ein Fernsehteam wollte Filmaufnahmen machen und wir stellten die Kinder bei der kleinen Kapelle auf.«

Was Isolde eine Kapelle nannte, hätte von der Größe her in einem bayerischen Dorf als Pfarrkirche durchgehen können.

»Tolle Publicity!« Wir gingen langsam um die Kirche herum.

»Natürlich, aber so etwas haben wir selten. In Georgien bekommen wir sonst nur Medienaufmerksamkeit, wenn Clara hier ist. Also einmal im Jahr.«

»Sie sagen das so ironisch!«

»Nein!« Erschrocken drehte Isolde sich zu mir um. »Nein, so meinte ich das nicht. Kommen Sie, besichtigen wir die Kirche.«

Im Inneren von Sameba fühlte ich mich verloren. Zu hoch, zu gewaltig, zu kühl. Von allem zu viel.

»Sie wissen, dass georgische Kirchen traditionell mit Fresken ausgestattet sind? Hier sind die Wände noch weiß. Der Putz muss trocknen, anschließend werden sie bemalt.«

»Waren Sie in letzter Zeit mit dem Chor auf Reisen?«

Isolde sank unterhalb einer Ikone der Muttergottes auf eine Sitzbank. Ich blieb stehen.

»Haben Sie unsere Materialien nicht gelesen, die Thea Ihnen ins Hotel gebracht hat?«

»Erzählen Sie es mir«, gab ich zurück. Abgekanzelt werden, das war mal.

Isolde räusperte sich und strich sich mit den perfekt manikürten Fingern das Haar zurück. »Sehen Sie, wir möchten selbstverständlich nach Deutschland eingeladen werden. Das wäre der Höhepunkt. Dazu brauchen wir jemanden, der uns die Reise bezahlt.«

»Warum hat Clara das bisher nicht arrangiert?«, fragte Juliane und setzte sich neben Isolde.

»Auch eine Clara Cleveland ist nicht allmächtig.«

»In Balnuri scheint man ihr so gut wie alles zuzutrauen«, wagte ich mich vor.

Isolde zuckte die Achseln.

»Man ist nicht mehr so stolz auf die berühmte Tochter, oder?« Ich beobachtete zwei Mädchen, die mit Reisigbesen über den Boden schlurten. Sie trugen Röcke und Kopftücher.

»Was meinen Sie?«

»Man kolportiert, dass Clara Persona non grata geworden ist«, legte ich nach. Juliane hockte unbeteiligt neben Isolde. Sie schonte sich für den entscheidenden Schlag.

»Das halte ich für übertrieben«, sagte Isolde nur.

»Gibt es nicht bereits böses Blut?«

»Das ist nichts, was die Öffentlichkeit angeht. Unsere Kinder, die Begabtesten unter ihnen, sind sehr auf eine Förderung angewiesen. Sie wissen, wie es in Georgien steht. Die wenigsten Menschen können sich Privatunterricht leisten. Es reicht oft nicht für das Nötigste.«

Ich wollte fragen, wer eigentlich all die BMWs und anderen Monsterkarossen fuhr, die die Straßen der Hauptstadt zu potenziellen Todesfallen machten.

»Warum finden Sie keine betuchten Spender in Georgien?«

»So verstehen Sie doch: Wir sind ein deutscher Chor!« Isolde stand auf. Ihre Lippen so schmal, dass sie in ihrem Gesicht zu verschwinden drohten. Ein Mensch ohne Mund.

»Ist man in Balnuri verärgert, weil Clara den Chor bisher nicht nach Deutschland eingeladen hat?«

»Alles ist so kompliziert. Allein die Visa für die Kinder zu besorgen«, Isolde winkte ab. »Lassen Sie uns gehen.«

»Wie geht es dem Chor finanziell?«, fragte ich.

»Gut. Wir können uns keine großen Sprünge leisten; für das Alltägliche reicht es.«

»Dank Clara?«, fragte Juliane sanft.
»Dank Clara. Ja.«
»Singt Ihr Sohn auch im Chor?«
Ich starrte Juliane verdutzt an. Wir schlenderten zum Ausgang. Auf dem Vorplatz fielen die Windböen über uns her.
»Nein. Tedo ist sehr begabt am Klavier.« Wenn Isolde sich über Julianes Frage wunderte, dann gab sie es nicht zu erkennen.
»Er ist noch recht klein, oder?«
»Fünf Jahre.«
»Und schon solch ein Interesse an Musik!« Juliane schüttelte in ungläubiger Bewunderung den Kopf.
»Nur wer früh an die Musik herangeführt wird, kann eine Karriere aufbauen.«
»Wünschen Sie sich das für Ihren Sohn?«
»Natürlich. Als Mutter wäre es für mich die größte Genugtuung.«
»Haben Sie einen Sponsor für Ihr Kind?« Der Wind richtete Julianes raspelkurzes Haar senkrecht auf.
»Mein Mann und ich stemmen das allein. Leider haben meine Eltern auf musikalische Förderung bei mir nicht so viel Wert gelegt.«
»Sie sind doch auch sehr erfolgreich«, wandte Juliane zuckersüß ein.
»Sicher. Der Chor ist mein Leben. Ich gebe außerdem Klavierstunden. Als Chorleiterin verdiene ich keinen Lari.«
»Wie das – sind Sie nicht angestellt?«, platzte ich heraus.
»Liebe Frau Laverde!« Isolde drehte sich zu mir um. »Setzen Sie sich einmal mit den Bedingungen in diesem Land auseinander. Der Chor lebt von der Allgemeinheit, die ihn ideell unterstützt, und der Großzügigkeit einiger weniger. Mittel für ein Gehalt haben wir nicht. Das ist rei-

nes Ehrenamt. Es macht mich stolz, diesen Chor zu leiten. Verstehen Sie?«

Wir trabten die Stufen hinunter zum Tor. Ich ließ die Schultern hängen. Das Gespräch hatte ich vermurkst.

Am Teich hingen ein paar Kinder herum und bewarfen die Schwäne mit Steinen.

»Dumm für den Chor, dass Mira sich abgesetzt hat«, sagte Juliane zu mir. »Sie hätte darüber berichtet.«

Isolde stolperte und hielt sich an mir fest.

»Sie haben Mira nach dem Palmsonntagskonzert eingeladen, mit ins Restaurant zu gehen. Wollte sie über den Auftritt schreiben?«, insistierte Juliane.

Ich sah zu ihr hinüber. Ihre Kreolen schaukelten und blitzten in der Sonne.

»Ich hatte ihre Zusage. Aber dann ist sie nicht wieder aufgetaucht.«

»Und nun sind wir da.« Juliane lächelte breit.

Schweigend traten wir durch das Tor auf den Parkplatz. Das Taxi wartete. Isolde ließ uns einsteigen und reichte dem Fahrer ein paar Scheine.

»Sie werden ins Hotel gebracht«, sagte sie. »Ich habe hier noch etwas zu erledigen.«

»Ich hab's versaubeutelt«, sagte ich zerknirscht, während das Taxi sich durch den Verkehr fraß und den Hang hinunter auf den Fluss zusteuerte.

»Im Gegenteil.« Juliane gluckste vor Lachen. »Du hast die Wahrheit aus ihr rausgekitzelt.«

»Welche Wahrheit?«, fragte ich sauer. »Und wollte Isolde uns nicht ins Restaurant ausführen? Mir hängt der Magen auf halb acht.«

Juliane beugte sich vor und sprach mit dem Fahrer. Nach einer kurzen Debatte wendete er mitten auf der Brücke unter dem Protest der anderen Verkehrsteilnehmer.

»Was hast du ihm gesagt?«

»Dass wir ein nettes Restaurant mit Blick auf die Stadt suchen.«

»Er fährt aber nach Sameba zurück.«

Ich täuschte mich. Die Kirche links liegen lassend, steuerte der Fahrer sein Taxi immer höher den Hang über dem Fluss hinauf, bis er vor einer Böschung anhielt, auf der sich ein unscheinbares, flaches Gebäude erstreckte. »Restaurant«, sagte er auf Englisch.

Etwas weiter links gaffte uns eine Betonwand an: Sheraton Metechi Hotel.

»Meint er das Sheraton?«, fragte ich ungläubig.

»Nein. Er meint das hier.« Juliane deutete auf das flache Haus. »Nun steig schon aus.«

»Yes, restaurant.« Der Fahrer nickte und lachte. Der rechte Schneidezahn fehlte. »In the shadow of Metechi. Very good restaurant.«

Eine Minute später ließen wir uns auf einer Panoramaterrasse nieder, die sich mindestens 20 Meter auf dem Plateau der senkrecht zum Mtkwari abfallenden Felsen lang zog. Das ganze alte Tbilissi lag unter uns. Als erwarte es unseren respektvoll huldigenden Gruß.

29

Guga hatte nicht viel getrunken, aber er wusste, er sollte nicht mehr fahren. Irakli war schon jenseits von Gut und

Böse. Er badete im Schnaps bei jeder sich bietenden Gelegenheit, und Irakli wusste Gelegenheiten herbeizuzaubern. Ein Sohn war natürlich der beste Anlass! Der Kleine war bezaubernd. Er besaß lange, dunkle Wimpern und schlief ungestört, während sein Vater ihn herumreichte.

Partys wie diese waren eine Geduldsprobe für Guga. Er war nicht verheiratet. Er hatte kein Kind. Wenigstens eins musste er doch zustande bringen. Nur wanderten seine Gedanken heute Abend zu anderen Aufgaben. Kurz streifte sein Sinn die schicke Dolmetscherin. Sopo. Ab und zu, nur für den Hauch einer Sekunde, streifte ihn der Gedanke, dass sich sein Leben mit der Lösung dieses Falles ändern würde.

Guga verabschiedete sich so bald wie möglich von der Party und nahm gutmütig den Spott mit. Er war der letzte in der Runde, der keine Familie hatte.

Zuerst fuhr er aufs Revier zurück, um sich mit den Telefonlisten zu befassen. Draußen zog Regen auf. Der Strom fiel aus, und er zündete die Öllampe an. Nach wenigen Minuten kam der Strom zurück. Die Deckenlampe flackerte ein paar Mal, bis die Spannung sich stabilisiert hatte.

Guga rief bei der Telefongesellschaft an. Obwohl er keine Handhabe besaß, konnte er eine formlose Anfrage über den kleinen Dienstweg wagen. Zur Not würde er seinen Schwager um Hilfe bitten. Er war Abteilungsleiter dort.

Als nächstes schrieb er die Adressen der Tierärzte in der Reihenfolge auf, in der er sie aufsuchen würde, gleich heute Abend. Der am nächsten wohnende käme zuerst dran. Dann die Frau. Dann der Alte.

Guga machte sich auf den Weg.

Der erste Tierarzt hieß David, hatte gerade einem Kalb auf die Welt geholfen und wusste nicht, wovon Guga sprach. Er hätte noch nie einen Menschen behandelt. Guga glaubte ihm kein Wort. Ihm selbst hatte, als er ein Kind war, ein Veterinär einen vereiterten Zehennagel operiert. Mit Erfolg.

Clara Cleveland war dem Mann kein Begriff. Er betriebe einen Hof, besäße einen Weinberg, hätte drei Kinder im schwierigen Alter, und seine Frau sei mit der Pflege ihrer Mutter befasst. Er käme kaum rum mit der Arbeit.

Guga verabschiedete sich.

Der Regen hatte aufgehört, das Licht der Abendsonne floss über die grünen Berge. Guga fuhr zur nächsten Adresse. Eine Tierärztin, eine Frau. Er erwartete eine breit gebaute Person, Typ Landarbeiterin, wie in alten Propagandafilmen, und staunte, als er durch das geöffnete Tor auf ihr Anwesen fuhr und eine zierliche Frau sah, die mit einem Kaukasischen Schäferhund Bei-Fuß-Gehen übte. Sie lachte, wahrscheinlich war ihr Verblüffung dieser Art nicht unbekannt.

»Guga Gelaschwili«, stellte Guga sich vor.

»Ich bin Marika. Haben Sie einen Kater dabei?«

»Einen Kater?«

»Zum Kastrieren.« Neugierig beugte sie sich durch das Beifahrerfenster in den Streifenwagen.

»Wie kommen Sie darauf?«

»Ein Pferd kann es ja nicht sein.«

Guga schmunzelte. Marika war mehr als einen Kopf kleiner als er. Ihr Haar glänzte im Abendlicht wie Mahagoni. Sie hatte grüne Augen und einen Mund, der ein Herz bildete, wenn sie lächelte. Guga fiel eine Narbe auf, die sich fast waagerecht über ihre Stirn zog.

»Kennen Sie Clara Cleveland?«, fragte er unvermittelt. Ihm war der Gedanke gekommen, dass es nicht clever war zu fragen, ob Marika ab und zu Menschen als Patienten hatte.

»Ich habe sogar eine CD von ihr.«

Wenn sie sie behandelt hat, dann hat sie sie nicht erkannt, schloss Guga.

»Was haben Sie am 30. März gemacht?« Er wollte sie eigentlich fragen, ob sie verheiratet war und Kinder hatte.

Verwirrt zog sie die Stirn kraus; dabei bildete die Narbe eine Zickzacklinie. Der Hund schnüffelte am Streifenwagen herum.

»Ich war bei meinem Vater im Krankenhaus in Tbilissi. Er starb drei Tage später. Ich war eine Woche ununterbrochen bei ihm.«

»Oh, das tut mir leid!« Guga war ehrlich betroffen. Der Besuch bei Marika war hiermit hinfällig. »Wer hat so lange hier die Stellung gehalten?«

»Ich habe die Patienten zu Guram geschickt. Guram Iaschwili. Gott sei Dank war nicht viel los.«

Guga nickte und setzte sich ins Auto. »Danke. Schönen Abend.«

Der Schäferhund bellte. Mit einem verwunderten Lächeln blickte Marika dem Streifenwagen nach.

Guga fuhr weiter nach Norden. Die Straße war völlig verschlammt und so schmal, dass kaum ein Trecker passieren konnte. Hier pflügten die Bauern noch mit Pferden, die meisten wenigstens. Ein verlassenes Fuhrwerk stand an der Böschung. Das Pferd graste friedlich am Rain. Guga umfuhr ein Schlagloch, das so groß war, dass sein Auto hineingepasst hätte.

Wenn er nur seiner Gedanken besser Herr werden könnte. Sie trieben durch seinen Kopf wie Amöben. Nichts war fassbar, alles schien glitschig und leer, ein ödes Versprechen, er sei etwas Wichtigem auf der Spur, was sich schließlich als haltlos, als Witz erweisen würde.

»Ich darf mich nicht ablenken lassen«, sagte Guga laut. »Am wenigsten von meinen eigenen Zweifeln.«

In Amerika hatte er an einer psychologischen Schulung teilgenommen. Da hatten sie ihm beigebracht, wie man an sich glaubte, wie man die Intuition mit dem Verstand befriedete und umgekehrt. Guga hatte die entscheidenden Kniffe vergessen.

Tierarzt Guram Iaschwili war ein harter Brocken. Das war Guga sofort klar, als er das letzte Stück Straße, das sich steil an den Hang schmiegte, bezwang und sich dem verlotterten Hof näherte, wo Guram lebte.

Das Holztor war längst aus den Angeln gefault. Üppige Weinranken wucherten über den mannshohen Zaun aus Metallplatten. Wilde Rosen wuchsen zwischen den Weinstöcken.

Als Guga jedoch den Streifenwagen durch das Tor lenkte, staunte er, wie aufgeräumt Hof und Haus waren. Alt, renovierungsbedürftig, aber ordentlich. Hinter dem Holzhaus ragte eine Scheune in die Höhe. Das Grundstück zog sich weit den Hang hinauf. Apfelbäume ließen dicht an dicht ihre letzten Blüten regnen.

Guram Iaschwili saß auf einem Mühlstein vor seiner Tür, das Haar weiß wie loderndes Eis, und streichelte ein Huhn. Das Tier rührte sich nicht. Guga überlegte kurz, ob es tot war. Neben den beiden brummte ein Dieselgenerator.

Er stieg aus und ging auf den Alten zu. Sein Gesicht war rot, gegerbt von der Arbeit im Freien, sommers wie winters. Seine Finger, die gemächlich durch das Federkleid des Huhnes strichen, kamen Guga doppelt so dick wie seine eigenen vor.

»Guten Abend«, sagte Guga höflich. »Wie geht es Ihnen?«

»Was willst du?«, knurrte der Alte auf russisch.

Guga sprach nicht mehr besonders gut russisch. Er hatte keine Übung, trotzdem bemühte er sich.

»Ich heiße Guga Gelaschwili. Ich untersuche einen Unfall.«

Der Alte kniff die Augen zusammen und hörte auf, das

Huhn zu streicheln. Ein Köter kam aus dem Haus, kroch duckmäuserisch auf den Veterinär zu und beäugte Guga misstrauisch.

Der Alte erhob sich stöhnend, presste das Huhn an sich und hinkte gebückt auf die Haustür zu. »Komm!«

Guga folgte ihm widerwillig. Er erwartete eine stinkende Junggesellenbude. Als er das Haus betrat, blieb er überrascht stehen. Alles war geputzt und sauber. An den Wänden hingen Ikonen: die Muttergottes, der Heilige Georg, der Heilige Stefan, und, in vielerlei Ausführungen, die Heilige Nino. Ihr Symbol, das Kreuz mit den nach unten weisenden Querbalken, trug Guga an einer silbernen Kette um den Hals. Unter der Uniform.

In der Wohnküche setzte Guram das Huhn in eine mit Stroh ausgelegte Kiste und machte sich an einem Ballon mit bernsteinfarbener Flüssigkeit zu schaffen.

»Leben Sie hier allein?«, fragte Guga.

»Nennst du das allein?« Der Alte machte eine stolze Handbewegung. Guga betrachtete das Huhn, eine Katze, schwarz wie ein Panther, mit nur drei Beinen, drei Hunde, die sich halb neugierig, halb ängstlich aufgerichtet hatten. Einer von ihnen sah aus wie ein Wolf. »Wenn du menschliche Gesellschaft meinst, muss ich dich enttäuschen.« Er reichte Guga ein Kognakglas und wies auf ein Sofa. »Setz dich, Junge.«

Guga gehorchte. Ein Vogel hopste auf seine Schulter.

»Das ist Sofia. Eine Drossel«, erklärte Guram. »Sie hat sich den Flügel gebrochen. Ist zwar alles wieder gut, aber die Dame lässt sich nicht dazu überreden, in die Wildnis zurückzukehren. Will sich bedienen lassen, das Weibsstück!« Guram stellte einen Teller mit Walnusskernen auf den Tisch neben Guga. »Trinken wir!«

Guga trank. Der Kognak rann feurig und belebend seine Kehle hinunter. Sorgenvoll dachte er an die Rückfahrt über die desaströse Straße nach Sagaredscho. Der Hund, der aussah wie ein Wolf, sprang zu Guga aufs Sofa. Die Drossel schien das nicht zu stören. Sie hopste auf Gugas Knie und pickte an der Uniformhose.

»Bist ein guter Junge«, sagte der Alte. »Sie war hier.«

Guga stutzte, verschluckte sich am Kognak.

»Deswegen bist du gekommen, oder?«

Guga konnte nur nicken. Der Alte hieb ihm auf den Rücken. »Komm zu dir.«

Guga sah die grauen Bartstoppeln in seinem Gesicht, krumm und dick wie Wurzelstöcke abgeholzter Bäume. Das rechte Ohr des Tierarztes war irgendwann verletzt und krumm wieder angenäht worden; die obere Hälfte der Ohrmuschel saß zu weit hinten.

»Das habe ich selbst genäht!«, erklärte Guram. »Das war noch, als wir jemand waren. Wir. Die Sowjetunion!« Er hob seinen Pullover an. Drunter trug er ein weißes Hemd, gespickt mit Orden. »Sieh dir das Lametta an. Ich bin stolz darauf. Jawohl! Ich war nie Kommunist. Aber in diesem Land gab es eine Menge gute Sachen. Genau. Ich habe für den Zirkus gearbeitet.« Er trank sein Glas aus und füllte es sofort nach. »Bin mit dem Moskauer Staatszirkus auf Reisen gegangen. Das Ohr hat mir ein Kamel abgebissen. Ich hab ihm den Knorpelfetzen aus den Zähnen gezogen und alles selbst wieder geflickt.«

Guga war froh, dass der Alte ihm nachschenkte.

»Das waren tolle Zeiten, kannst du dir gar nicht vorstellen. Was haben wir gesoffen und gelogen und getrickst! Wir waren die freiesten Menschen der Welt!« Er lachte grollend. Die dreibeinige Katze schlich zu ihm und kroch auf seinen Schoß. »Meine Frau ist weggelaufen und meine Söhne sind zu beschäftigt mit Computern, Fernsehen, Telefonen und anderem Blödsinn, um sich um ihren Vater zu kümmern. Um mich muss man sich nicht kümmern. Ich komme zurecht. Wenn es soweit ist, gehe ich in den Wald.« Er wies zum Fenster hinaus. Jenseits des weitläufigen Grundstücks konnte Guga den Wald sehen, der sich wie ein grüner Pelz den Berg hinaufzog. »Willst du keine Nüsse?«

Pflichtschuldig griff sich Guga eine Handvoll. Er war erpicht darauf, möglichst schnell auf Clara Cleveland zu sprechen zu kommen, doch Guram folgte seinem eigenen Rhythmus. Fasziniert sah Guga, wie er die Katze streichelte. Der Atem der schwarzen Katze und Gurams gingen synchron.

»Ein armes Mädchen«, sagte der Tierarzt schließlich. Er hob die Katze von seinen Beinen und ging zur Anrichte, wo ein winziger Kerzenleuchter stand. Er klebte drei Kerzen in die Halter und zündete sie an. »Ich habe sie ein Ei tragen lassen.«

Guga schluckte.

»Da kannst du ruhig lachen.« Guram murmelte ein Gebet, mit gefalteten Händen und gesenktem Kopf. Das Haar hing ihm ins Gesicht. Die Strähnen sahen aus wie ein gefrorener Wasserfall. »Das ist ein altes, sehr altes Heilmittel. Glaub mir, ich bin herumgekommen in Asien, und ich habe viel gelernt, viel gelernt. Ich war in Dörfern, die ahnten nicht mal, dass sie von Moskau regiert wurden. Sie wussten nützliche Dinge über Krankheit und Kummer. Also. Das Ei. Das Ei ist der Beginn des Lebens. Auch du bist aus einer Eizelle entstanden, mein Lieber. Das Ei nährt und schützt. Nun ist es so, dass viele Menschen zu viel von allem haben. Zu viele Gifte in sich, zu viel Fleisch, zu viel Alkohol, zu viel Traurigkeit, zu viel Enttäuschung, zu viel Lieblosigkeit, zu viele Zweifel.«

Ertappt neigte Guga den Kopf und blickte direkt in die gelben Augen des Wolfes.

»Ich habe ihn, seit er ein Welpe war«, sagte Guram. »Ich habe ihn gut erzogen, keine Angst. Das Ei zieht das

Schlechte aus deinem Körper. Sie trug es sieben Tage. Dann sind wir auf den Berg gestiegen, zum Bach, haben das Ei aufgeschlagen und dem Wasser übergeben. Das Innere war pechschwarz.«

Guga nickte, als hätte er irgendetwas verstanden von dem, was der Alte ihm erzählt hatte. »Haben Sie sie erkannt?«

»Komm mit!«

Guga folgte dem Tierarzt, der durch eine zweite Tür verschwand. Sie standen in einer engen Stube. Ein Bett, ein Schrank, ein Stuhl, ein Wasserkrug. Buchszweige vom Palmsonntag in einer Vase. Drei Ikonen. In der Ecke ein Paar Filzstiefel, in denen eine rote Fahne steckte.

»Sie hat hier geschlafen und ich drüben auf dem Sofa. Sie hat geweint und geheult in den Nächten. Nach der siebten Nacht war Ruhe. Ich habe ihr Alkohol gegeben, damit sie die Schmerzen aushält.«

»Wann ist sie fortgegangen?«, fragte Guga atemlos.

»Gestern.«

Guga hätte sich in den Hintern beißen können. Er war ganz dicht an Clara Cleveland dran – und hatte sie verpasst!

»Haben Sie sie erkannt?«, wiederholte er seine Frage.

»Junge. Du bist Polizist. Ich bin Guram. Ich habe sie erkannt. Ich habe sehr schnell gesehen, was mit ihr los ist. Ein verlorenes Seelchen. Sie hat nur eine Chance zur Heilung. Das habe ich ihr gesagt, aber sie hat es von selbst gespürt.«

»Was meinen Sie?«

»Das werde ich dir bestimmt nicht sagen.«

Guga schluckte seine Enttäuschung hinunter. Er war so sicher gewesen, den Alten richtig angefasst zu haben. »War sie schwer verletzt?«

»Schleudertrauma, geprellte Rippen, ein paar Platzwunden und Schnitte im Gesicht. Nichts Schlimmes, nur schmerzhaft. Viel entgegenzusetzen hat sie nicht. Zu schwach, auch in der Seele.«

»Hatte sie Gepäck?«

»Was denkst du denn? Dass sie mit drei Koffern den Berg raufgekrabbelt ist?« Gurams Brustkorb wollte vor Lachen bersten.

»Wann ist sie gekommen?«

»Mitten in der Nacht. Nass wie eine Kanalratte. Unterkühlt, winselnd.«

»Zwischen dem 30. und dem 31. März?«

»Kann schon so gewesen sein.«

»War sie verwirrt?«

»Mein Junge, dieses Mädchen war sein ganzes Leben verwirrt. Hat alles getan, um klar zu sehen. Es hat nichts geholfen. Sie hat sich immer tiefer in etwas verstrickt. Ruhm. Ehre. Erfolg. Der Nebel wurde immer dichter.«

»Ich meine, ob sie, als sie bei Ihnen ankam, wusste, was passiert war. Dass sie einen Unfall hatte.«

»Ja, sie ist ja nicht dämlich, Mann!« Guram lotste Guga aus seinem Schlafzimmer. »Entweder du trinkst jetzt noch ein Glas, oder ich schicke dich nach Hause zu deiner Frau.«

»Ich habe keine Frau.«

»Dann hör auf zu saufen, damit du eine findest!«

Guga schwoll der Kamm. »Wo ist sie hin?«, fragte er.

»Kleiner, du hast eine Menge Grips im Kopf. Du wirst es herausfinden. Wenn es sein soll. Von mir wirst du es nicht erfahren.«

Das konnte nicht wahr sein! Der Alte spielte ihn glatt an die Wand. Aber Guga würde das rauskriegen. Er würde im Dorf fragen. Wie hätte Clara von hier wegkommen sollen, wenn nicht mit der Marschrutka. Das wäre schnell ermittelt. Der Wolf war vom Sofa gesprungen und verfolgte aufmerksam, wie Guga ans Fenster trat und hinaussah. Draußen wurde es dämmrig. Es regnete wieder. Die Apfelbäume hinter dem Haus ließen die Zweige hängen. Neben dem Holzstoß an der Scheunenmauer standen zwei Satellitenschüsseln.

»Nun zieh endlich Leine!«

»Danke jedenfalls«, versuchte Guga höflich zu sein.

»Ja, ja.«

Wieder im Streifenwagen, nahm Guga sein Handy und wählte die Nummer, die die deutsche Frau mit den Männerkleidern ihm gegeben hatte.

30

»Woher wusstest du, dass sie ein Kind hat?«, fragte ich, nachdem wir unser köstliches Mal beendet hatten und uns das nötige Nikotin in den Kopf saugten. Mich beschlich das Gefühl, dass ich wieder in einen Zustand der Idiotie geraten war, wie ganz am Anfang unserer Reise. Dabei hatte ich zwischendurch den Eindruck gehabt, endlich erwachsen geworden zu sein.

»Erinnerst du dich an den Abend im Goethe-Institut? Nach dem Auftritt des Chores gab Isolde sich die Ehre. Wir hockten zusammen und redeten, als ein kleiner Junge angelaufen kam. Blass. Müde. Sie hat ihn dermaßen zusammengestaucht – er konnte nur ihr Kind sein. Mit einem fremden Kind hätte sie sich das nicht erlaubt.«

Ich dachte darüber nach. Der Gedanke war so vernichtend,

dass mir Gänsehaut über die Arme lief. Ich dachte an Frau Laverde senior. Nicht an Oma Laverde und ihren Fluchtrucksack. Sondern an meine Mutter. Derartige gedankliche Abschweifungen endeten zumeist unerquicklich.

»Was wissen wir jetzt, was wir vorher nicht wussten?«, fragte ich.

Juliane drückte ihre Kippe aus. Sofort kam ein Kellner und wechselte den Aschenbecher. »Wir wissen drei Dinge. Erstens: Isolde kann Clara nicht ertragen, denn Clara ist erfolgreich und berühmt, während Isolde ehrenamtlich einen Chor leitet und dabei verhungert. Finanziell und intellektuell. Zweitens: Sie hat einen Sohn, den will sie fördern. Vielleicht, weil er Talent hat. Vielleicht auch nur, weil sie in ihm ihre Träume von einem erfolgreichen Leben als Musikerin verwirklichen möchte. Typisches Problem ehrgeiziger Eltern. Und drittens: Sie kann ihn nur fördern, wenn sie Geld hat. Das betont sie die ganze Zeit. Wie teuer alles ist, wie wenig sich die Leute leisten können. Dass sie Sponsoren braucht und dass die Begabung der Chorkinder auf der Strecke bleibt, weil die Penunze fehlt.« Juliane zündete sich eine neue Zigarette an. »Der große rote Knopf trägt ein Etikett, und darauf steht ›Geld‹.«

»Jedenfalls hat sie Kohle, um ihren Sohn mit Musikunterricht zu versorgen«, legte ich einen drauf.

»Schön, dass du wieder dabei bist!«

Wir bestellten türkischen Kaffee.

»Thomas sagte, Clara wäre nach dem Auftritt im Elvis Presley gewesen. Er hat mir die Fotos auf seinem iPhone gezeigt. Später wäre Isolde gekommen, hätte Anstandswauwau gespielt und Clara abgeschleppt. Und zwar nach Mitternacht.« Ich rutschte meinen Stuhl in den Schatten. Mein Gesicht glühte. »Andererseits hat uns Thea im Goethe-Institut gesagt, dass Isolde Mira spontan zu einer Feier eingeladen hätte.«

»Worauf willst du hinaus?«
»Ich habe immer noch Schwierigkeiten, Clara und Mira zusammenzubringen. Vielleicht haben sie sich an dem Abend nach dem Konzert zu Gesicht bekommen. Oder Isolde wollte beide zusammenbringen, und dann durchkreuzte Clara ihre Pläne und hing im Elvis Presley ab. Deswegen wurde Isolde stinkig und ging sie suchen.«
»Letzteres klingt wahrscheinlich.« Juliane wies mit dem Kinn auf mein Handy, das blinkend auf dem Tisch lag und einen weiteren verpassten Anruf von Lynn meldete. »Du weißt, was du zu tun hast?«
Ich rief Thea an. Sie klang überrumpelt. »Sind Sie nicht mit Isolde zusammen?«
»Sie musste weg. Mir sind ein paar weitere Fragen eingefallen. Können Sie mir damit helfen?«
Thea antwortete mit einem nervösen Lachen.
»Sie sind Isoldes Sekretärin. Werden Sie eigentlich bezahlt?« Die Frage war so unverschämt, dass es mich nicht gewundert hätte, wenn Thea aufgelegt hätte.
»Ja. Ich bekomme 200 Lari im Monat. Ich werde aus den allgemeinen Finanzmitteln des Chores bezahlt. Früher hatten die Chorleiterinnen gar keine Sekretärinnen. Heutzutage besteht ja fast die ganze Arbeit einer Chorverwaltung aus Marketing.«
»Ich schließe daraus, dass dies nicht Ihr einziger Job ist.«
»Ich gebe Musikunterricht. Querflöte.«
»Was macht eigentlich Isoldes Mann beruflich?«
»Er ist arbeitslos.«
»An jenem Abend, nach dem Palmsonntagskonzert, da kam Mira mit Ihnen ins Restaurant, oder?«
»Ja. Wir wollten feiern, den ganzen Stress sacken lassen.«
»Und Clara war zunächst nicht dabei«, stellte ich fest.

»Clara ... nein. Sie kam später. Sie musste sich ausruhen. Es war eine furchtbar anstrengende ...«

»Sie kam, nachdem Isolde sie aus einer anderen Kneipe losgeeist hatte. Wutschnaubend.«

Thea schwieg. Ich hörte ihren Atem am anderen Ende der Leitung.

»Warum konnte Isolde sie nicht in Frieden lassen? Sie wollte allein sein!«, fügte ich an.

Keine Reaktion.

»Thea, Sie leben in einem Natternnest«, sagte ich leise. Unser Kaffee kam. Dankbar griff ich nach dem Tässchen. Ich durfte jetzt keinesfalls schlappmachen. »Das Geld fehlt hinten und vorne. Wenn Clara aussteigt, bröckeln Ihnen die ganzen Euros weg.«

»Imperialistin!«, murmelte Juliane.

Thea keuchte. Wahrscheinlich bekam sie gerade einen Asthmaanfall.

»Sobald Clara die Unterstützung für den Chor einstellt, können Sie einpacken! Sie, Isolde und die hyperbegabten Kleinen. Und der ganze stolze Musikantenstadel.«

»Ich weiß nicht, was Sie von mir wollen!«

»Auskünfte. Was wissen Sie von Claras Verschwinden?«

»Ich weiß nichts. Glauben Sie mir! Ja, Isolde wollte Mira und Clara unbedingt zusammenbringen. Sie braucht die Publicity. Dann kam Clara nicht, und Isolde ging sie suchen. Jemand sagte ihr, er hätte sie im Elvis Presley gesehen. Isolde machte sich auf den Weg und kam mit Clara wieder. Clara und Mira unterhielten sich etwa eine halbe Stunde. Doch die beiden fanden keine gemeinsame Ebene.«

»Was soll das heißen?«

»Sie hatten sich nichts zu sagen. Mira Berglund stellte mechanisch Fragen und Clara antwortete lustlos. Es war spät, das Restaurant wollte schließen. Wir waren alle hundemüde. Vor allem Clara, sie hatte einen Auftritt hinter sich.«

»Was für Fragen waren das?«

»Über ihr Engagement für den Chor, ihre Rollen an der Münchner Staatsoper und ihr Leben als Georgiendeutsche.«

»Und dann?«

»Isolde schlug vor, sich am Dienstagabend wieder zu treffen. Mira konnte am Montag nicht. Deshalb kamen wir am Dienstag zusammen, aber Clara fehlte. Sie kommt notorisch zu spät, also dachten wir an nichts Böses. Allerdings war sie nach einer Stunde immer noch nicht da, und im Marriott wusste niemand, wo sie steckte. Da rief Mira eine Nummer in Sighnaghi an. Irgendeine Freundin von Clara wohnt dort. Clara hatte Mira die Nummer wohl am Sonntag gegeben. Falls sie ein Interview machen wollte und sie im Hotel nicht erreichen könnte. Dann wäre es wahrscheinlich, dass sie nach Sighnaghi gefahren wäre. Die Dame am anderen Ende war völlig aufgelöst. Sie hatte Clara an jenem Dienstag erwartet, doch sie kam nicht und war auch nicht erreichbar.«

»Hat Clara kein Handy?«

»Nein, sie hat keines. Sie hasst Handys und Computer. Sie töten ihre Kreativität, sagt sie immer.«

»Haben Sie Einblick in die Buchhaltung des Chores?« Ich schlürfte meinen Kaffee leer.

»Nein. Das ist ja das Problem. Einerseits soll ich mit den Sponsoren verhandeln und auf gutem Fuß stehen, andererseits weiß ich nicht, wie viel Geld in der Kasse ist und wie viel im nächsten Vierteljahr gebraucht wird.«

»Isolde wacht über die Einnahmen und Ausgaben?«

»Sie und ihr Mann.«

»Der Arbeitslose.«

»Ja.«

»Wie hat Isolde darauf reagiert? Dass Clara nicht aufkreuzte, an jenem Dienstagabend?«, schoss ich die nächste Frage ab.

»Sie war fassungslos! Sie regte sich unglaublich auf, versuchte dennoch vor unserem Gast, also vor Frau Berglund, Ruhe zu bewahren. Sie entschuldigte sich hundertmal dafür, dass die Reporterin umsonst in das Restaurant gekommen war.«

»Ich nehme an, Sie trennten sich bald?«

»Nein! Wir hatten Frau Berglund ja eingeladen. Wir aßen zu Abend.«

»Haben Sie nicht versucht, in Balnuri bei ihren Verwandten nachzufragen?«

Thea räusperte sich. »Doch. Ich habe dort angerufen. Niemand hatte in den Tagen zuvor mit Clara Kontakt gehabt und es war auch nicht ausgemacht, dass sie zu Besuch kommen sollte.«

»Wie reagierte Mira auf das geplatzte Interview mit Clara?«

»Sie schien ziemlich aufgeregt, fast zornig.«

»Soweit ich weiß, bekommt Tedo Klavierunterricht?« Meine Güte, was wäre Nero stolz auf mich und meine Vernehmungstechnik.

»Tedo. Ach, ein armes Kerlchen. Ja, er bekommt Unterricht. Eine alte Dame im Ort, Lia heißt sie. Sie hilft uns mit dem Chor, unterrichtet Harmonielehre. Lia gibt ihm Klavierstunden. Er ist so klein. Fünf Jahre! Die Finger können die Tasten kaum drücken.«

»Hat er Talent?«

»Begabt ist er bestimmt«, gab Thea unfroh Auskunft.

»Nur leider nicht so superbegabt, wie Isolde es gern hätte! Wie heißt diese Lia mit Nachnamen?«

»Ketschagmadse.«

»Telefon?«
»Ich habe lediglich die Mobilnummer!«
»Dann her damit«, befahl ich.
Thea diktierte mir ein paar Ziffern. »Hören Sie, ich weiß nicht, ob ich mit Ihnen darüber sprechen sollte ...«
Juliane machte verrückte Grimassen. ›Großmutter‹ deuteten ihre Lippen an.
»Warum ist Claras Großmutter in der Versenkung verschwunden?«, fragte ich gehorsam.
»Das weiß ich nicht.«
»Sie wissen es.«
Thea legte auf.
Juliane schlug mir auf die Schulter. »Bombig, Kea!«, rief sie.
Mein Handy fiepte. Während ich Thea auf die Nerven gegangen war, hatte Guga mich zu erreichen versucht. Ich rief ihn zurück. Zwei Minuten später legte ich das Telefon weg und winkte dem Kellner.
»Lass uns zahlen. Guga kommt nach Tbilissi. Clara war in dem Auto. Sie hat den Unfall überlebt und wurde von einem Tierarzt behandelt. Guga hat sie knapp verpasst. Gestern hat unsere Diva das Asyl des Veterinärs verlassen und tigert jetzt frank und frei durchs Land.«
»Scheiße!«
»Oops?«
»Nein, versteh mich nicht falsch. Toll, dass Clara lebt. Aber damit haben wir den heutigen Tag komplett verschwendet.«
Ich legte gerade meine Lari-Scheine in das Ledermäppchen mit der Rechnung, als mein Telefon erneut klingelte. Ich bekam Lust, es über die Brüstung in den 50 Meter unter uns mäandernden Mtkwari zu werfen.
»Kawsadse«, meldete sich der Polizist aus dem Revier an der Kostawa-Straße. »Mrs. Laverde?«

»Am Apparat.«
»Die Leiche aus der Schlucht bei Wardsia ist Mira Berglund. Zu 99,999 Prozent. Kein Irrtum möglich.«

31

Wir waren mit dem Bus auf Tbilissis höchsten Berg gefahren und stiegen die breiten Stufen zum Eingang des Parks hinauf. Uniformierte Wächter betrachteten jeden Besucher aus traurigen Augen. Warum gucken die alle immer so melancholisch?, fragte ich mich. Wir gingen an dem zerstörten ehemaligen Restaurant vorbei. Dort wurde gebaut. Das Investment funktionierte.

Der Park war so hervorragend gepflegt, dass ich ihn zunächst für eine Theaterkulisse hielt. Schnurgerade, sauber geschnittene Buchsbaumhecken. Der Rasen exakt gemäht. Schicke, gewienerte Sitzbänke aus Holz mit schmiedeeisernen Verzierungen. Wir bogen hinter dem Ex-Restaurant nach rechts ab. Ich freute mich auf den Panoramablick, der sich uns bieten würde. Auch Juliane war jetzt mit einer Kamera bewaffnet. Einer digitalen Spiegelreflex. Ich war sprachlos.

»Guck nicht so. Du weißt, ich war mal Fotoreporterin.«

»Ist doch ewig her.«

»Zeit ist ein Riese«, orakelte Juliane. Über ein paar Stufen erreichten wir eine Aussichtsplattform hoch über der Stadt. Tbilissi machte sich für den Abend zurecht. Das Jaulen des Verkehrs drang gedämpft herauf. Wir konnten weit ins Land sehen. Über die nächste Bergkette hinweg und immer weiter brannten unsere Blicke Löcher in einen rauchigen Horizont.

»Mira ist tot«, sagte ich zum hundertsten Mal. »Ermordet? Oder hatte sie einen Unfall?«

»Natürlich wurde sie ermordet«, antwortete Juliane zum ebensovielten Mal. »Es wurde keine zweite Leiche entdeckt. Korrekt? Also landete sie allein in einem Wagen da unten im Canyon. Mal eine andere Frage: Würdest du in Georgien Auto fahren?«

»Warum nicht?«

»Es ist vollkommen unwahrscheinlich«, widersprach Juliane. »Kein Ausländer tut sich diesen irren Stress an. Die nehmen sich einen Wagen mit Fahrer. Ist ja schließlich nicht so teuer. Wo steckt Guga?«

»Wahrscheinlich im Verkehr.« Ich versuchte, die Rustaweli-Avenue von hier oben ausfindig zu machen. Das Opernhaus war zu erkennen, es lugte bunt gestreift, maurisch anmutend zwischen den anderen Gebäuden hervor.

»Zudem hat Beso gesagt, dass Mira aus dem Hotel abgeholt worden wäre. Nimm an, sie hat einen Fahrer gebucht, der sie nach Wardsia brachte. Für ihre Reportage.«

»Dass Mira Berglund plötzlich in Tourismus macht, ist mehr als unwahrscheinlich.«

»Nimm es nur mal an. Gedankenspiel.« Juliane justierte ihr Objektiv und lehnte sich weit über die steinerne Brüstung. »Der Typ ist gekauft und lenkt den Wagen in die Schlucht. Hopst vorher schnell raus. Hier schnallt sich keiner an. Wer sich nicht allzu dämlich anstellt, schafft das. Ruf Lynn an. Setze sie unter Druck! Sie muss rausrücken, was Mira hier wollte.«

»Aye, Sir«, sagte ich und zückte mein Handy. In Deutschland war es gerade mal kurz nach fünf. Ich hatte alle Zeit der Welt.

»Kea, na endlich. Bist du wieder kooperativ?« Ich hörte, wie Lynn eine Flasche Mineralwasser öffnete.

»Das gleiche frage ich dich. Mira Berglund war auf politischen Pfaden unterwegs.«

»Was?« Meine Agentin füllte ihr Glas und trank. »Verdammt Kea, was soll das denn werden?«

Ihre Stimme wurde schrill. Kein gutes Zeichen bei Lynn. Sie stand nicht nur unter Druck, die war schon so platt wie ein Manta.

»Mira Berglund ist politische Journalistin, Bloggerin und Aktivistin. Sie beobachtet vor allem die Krisenherde in der Ex-Sowjetunion. Das war leicht herauszufinden. Sie twittert im Internet.«

Stille. Ein Dutzend Studentinnen gesellte sich schäkernd zu uns an die Brüstung. Die Dämmerung zog Kreise durch den Himmel und stellte schüchtern einen Fuß neben uns.

»Lynn, hast du sie auf irgendwas angesetzt? Oder bist du ihre Tarnung?«

»Was ist mit Mira?«

»Sie ist tot.«

»Tot?« Lynn schrie dermaßen laut ins Telefon, dass ich mein Handy ein Stück vom Ohr weghielt und die Mädchen in meiner Nähe aufmerkten.

»In einem Wagen in eine Schlucht gestürzt und bis zur Unkenntlichkeit verbrannt.«

»Um Gottes willen.«

»Hast du dich eigentlich bemüht, sie zu finden?«, fragte ich biestig. »Oder hast du sie einfach abgeschrieben? Schließlich hattest du mich als Ersatz!«

»Quatsch, ich habe sie nicht abgeschrieben ... Kea, ist das definitiv?«

»Ist es.«

»Pass bloß auf. Pass bloß auf!«

»Erklär dich mal ein bisschen genauer.« Ich entdeckte

Guga. Er kam die Stufen herunter auf uns zu. Diesmal trug er Jeans zu seinem weißen Hemd. Ich stieß Juliane an, die ihre Kamera sinken ließ und ihn begrüßte.

»Sie hat mich vollgequatscht mit ihrem Kram«, legte Lynn los. »Sie wollte unbedingt nach Südossetien. Es gibt Berichte von ethnischen Säuberungen, Geiselnahmen. Die Georgier behaupten, ihre Landsleute seien aus dem Landstrich vertrieben worden, während die Gegenseite irgendwas anderes behauptet. Es ist einfach desolat. Mira meinte, sie würde eine gute Tarnung brauchen, die es ihr dennoch erlaubt, mit den richtigen Leuten in Kontakt zu kommen und nach Südossetien einzureisen. Über die grüne Grenze, ohne Erlaubnis.«

»Das ist lebensmüde.«

»Ist es.«

»Aber Mira ist nicht in einem Scharmützel an irgendeiner beknackten Demarkationslinie ums Leben gekommen. Sondern Hunderte von Kilometern weiter südwestlich. Nah an der türkischen Grenze.«

Lynn stöhnte nur.

»Lynn, verdammt, mit welchen Leuten wollte sie sich treffen? Auf der Kontaktliste, die ich von dir habe, sind nur harmlose Typen, Dolmetscher, Kulturleute, Reiseagenturen.«

»Sie war im August 2008 in Südossetien. Dabei hat sie beobachtet, wie ossetische Milizen ein ganzes Dorf umbrachten. Da versteckten sich bloß Frauen, Kinder und Alte. Die Milizionäre brachen die Türen auf, vergewaltigten die Frauen und ermordeten anschließend alle.«

»Das hat Mira gesehen?« Ich beugte mich weit über die Brüstung, wo tief unten im Tal die Stadt pulsierte. Der Augustkrieg war ein Sachverhalt, über dessen Existenz ich Bescheid wusste. Wie über die meisten anderen Konflikte dieser Welt, die ihren Weg in unsere Nachrichtensendungen fanden. Uiguren in China. Der verrückte Nordkoreaner im grauen Jogginganzug. Indien und Pakistan. Und natürlich Kabul und Bagdad. Jetzt bekam der Krieg Dringlichkeit. Als sei er per E-Mail in meinem Postfach gelandet.

»Sie hatte sich mit ihrer Kamera auf einem Hügel verschanzt. Ihr passierte nichts, weil die Milizionäre in Eile waren. Auf zum nächsten Dorf und dort weiter morden. Deswegen verrichteten sie ihr Geschäft auch schlampig. Ich habe die Bilder gesehen. O Gott, Kea, da waren Kinder, die lagen eine Stunde oder länger im eigenen Blut, bis sie es hinter sich hatten.«

Schlucken half nicht gegen den Ekel, der in mir hochkam. »Was hatte Mira hier vor, Lynn!«

»Mira brauchte Geld und einen bequemen Weg nach Georgien.«

»Was war ihre eigentliche Absicht?«

»Den Kerl zu finden, der diese Paramilitärs befehligte.«

»So naiv konnte Mira nicht sein!«

»Sie war nicht naiv, Kea! Sie hat in den vergangenen beinahe zwei Jahren sehr genau recherchiert und war mehrmals im Nordkaukasus, auf russischer Seite. Sie kam nur nicht mehr auf südossetisches Gebiet.«

»Hattest du keine Bauchschmerzen bei so einem Deal? Das stinkt ja wie ein Misthaufen!«

»Nein«, seufzte Lynn. »Erst, als ich hörte, dass Mira wie vom Erdboden verschluckt ist, habe ich angefangen, mir Sorgen zu machen.«

»Ich glaube dir alles. Mit dem größten Vergnügen«, höhnte ich. »Erklär mir nur noch eins: Warum hast du am 6.4., nachdem du von deiner Kreditkarte die Rechnung für Miras Zimmer hast abbuchen lassen, gleich auf meinen Namen weiterreserviert? Du musst dir ja sehr sicher gewesen sein, mich zu überzeugen. Denn du hast mich erst am 7. gefragt.«

»Ich brauchte jemanden, der harmlos ist«, verteidigte Lynn sich lahm. »Der Miras Spuren zudeckt, indem er oder sie glaubwürdig die Tourismusschiene fährt.«

»Harmlos bin ich!«, lachte ich auf. »Klasse. Ich hatte einen Einbrecher im Hotelzimmer, der mein Notebook ausgeschnorchelt hat. Harmlos! Darf ich also die Irren, die Mira umgebracht haben, auf mich lenken?«

»Sei auf jeden Fall vorsichtig«, sagte Lynn. »Vor allem jetzt. Wahrscheinlich wird der Flugverkehr wegen dieser Aschewolke unterbrochen. Halte dich im Hintergrund.«

»Was denn für eine Aschewolke?« Langsam hatten wirklich alle einen an der Klatsche.

»Ein Vulkan auf Island spuckt haufenweise Asche, die vom Wind nach Osten getrieben wird und bald ganz Europa bedeckt. Die Flugsicherungen befürchten gefährliche Situationen für Düsenjets. Bislang ist nichts beschlossen.«

»Das ist mir jetzt echt zu viel«, sagte ich. Dankbar lauschte ich dem dreimaligen Tuten meines Akkus, der überstrapaziert sein letztes Quäntchen Elektrosaft aus sich herausquetschte. Dann warf ich das Telefon in meine Tasche und sagte zu Guga: »Ich hoffe, Sie sind noch halbwegs normal.«

»Ich glaube ja. Gehen wir etwas essen?« Er lief uns voraus, mitten hinein in den Vergnügungspark, der sich weitläufig auf dem grünen Gipfel des Mtatsminda ausstreckte. In der zunehmenden Dunkelheit blinkten bunte Lichtergirlanden rund um Karussells und Autoskooter. Zu Füßen des Fernsehturms, der sein abendliches Glitzergeschäft wieder aufgenommen hatte, ließen wir uns in einem Restaurant nieder. Aus übersteuerten Lautsprechern plärrte Musik, die einen Schweif von Melancholie hinter sich herzog.

Nach einem kurzen Seitenblick auf Juliane, die mir aufmunternd zunickte, setzte ich Guga ins Bild über das, was wir wussten. Ich berichtete von Isolde und Thea, dem Einbruch in Bordschomi, schließlich von Lynns Eingeständnis, dass Mira auf einer politischen Spur war. Ganz zum Schluss sagte ich: »Die Leiche bei Wardsia ist Mira Berglund. Kawsadse hat uns vorhin verständigt.«

Guga schluckte. »Das ist natürlich eine Geschichte ...« Er schwieg.

»Wir müssen Kawsadse über Miras politische Interessen in Kenntnis setzen«, sagte ich in die unangenehme Pause hinein.

»Tun Sie das nicht!« Guga hob die Hand.

»Warum denn? Wenn das der Weg ist, den Mord an Mira aufzuklären?«

»Nein. Kawsadse wird sich auf die ossetische Angelegenheit stürzen, weil sie ihm wenig Arbeit macht. Er wird einen Bericht schreiben, in dem er die Ermittlungen an eine andere Einheit weiterreicht, die sich mit Kriegsverbrechen befasst.«

»Dann wäre Miras Fall endgültig von Claras getrennt«, fügte Juliane nachdenklich an.

»Wissen Sie, es gab natürlich ethnische Säuberungen. Aber wir in Georgien sind von Südossetien völlig abgeschnitten. Russland hat das Gebiet quasi annektiert. Wer auch immer so ein Kommando leitete, sitzt in Russland im Warmen. Diese Menschen werden nie zur Verantwortung gezogen.«

»Karadžić haben sie auch gefunden«, warf ich ein.

»Das war etwas anderes. Das war in Europa.«

»Sind wir nicht in Europa?«

»Wir sind es und wir sind es nicht.« Guga lächelte sphinxhaft.

»Sagen wir es so: Wir, Kea und ich, können für Mira ohnehin nichts tun. Für Clara dagegen schon!«, sagte Juliane.

»Und der Einbrecher, der meinen Computer ausschnüffelte? Das wäre nur folgerichtig: Die Typen wollten rausfinden, wie weit Mira mit den Recherchen zu den Paramilitärs gekommen war.«

Guga streckte die Schultern. »Glauben Sie mir, solche Leute forschen nicht nach. Sie erledigen ihre schmutzige Arbeit einfach. Und nicht mit Autos. Sie tun es mit Schusswaffen oder, wenn es sein muss, mit Messern.«

Ich starrte auf meine Hände und überlegte, ob mir bereits drei Ex-Offiziere in Flecktarn auf der Spur waren, die von draußen, aus der Dunkelheit, ihre betagten Rotarmistengewehre auf mich anlegten. Meine Fantasie ging einfach eigene Wege.

Guga räusperte sich. »Also haben wir eine Frau lebend wiedergefunden, die andere tot.«

»Gefunden haben wir Clara ja noch nicht«, wandte Juliane ein. »Oder hat sich etwas ergeben?«

»Nein. Ich habe in Sagaredscho herumgefragt. Niemand will eine Frau gesehen haben, die in eine Marschrutka gestiegen ist.«

»Weil vermutlich zu viele Frauen in eine Marschrutka steigen«, lachte ich. »Clara brauchte ein paar Klamotten im bäuerlichen Stil und ein Kopftuch. Niemand hätte sie erkannt.«

»Ich habe das Gefühl, dieser Guram, der Tierarzt ... nun, er schützt sie.« Guga waren seine eigenen Worte peinlich. Er begann eine Diskussion mit dem Kellner, der unsere Bestellung aufnahm.

Ich war pappsatt, doch das brachte Guga nicht davon ab, uns zum Essen einzuladen. Während eine Karaffe mit Wein und Mineralwasser auf unserem Tisch abgestellt wurden, fragte ich: »Was meinen Sie damit?«

»Er hat ... gewisse Kräfte.«

»Wer? Der Veterinär? Wie hat Clara überhaupt zu ihm gefunden? Lebt er nah an der Unfallstelle?«

»Das ist es ja eben. Sie musste eine Weile laufen. Das sind gut und gern 10 Kilometer. Wie sie zu ihm kam, darüber hat er mir keine Auskunft gegeben. Es scheint, als habe er irgendwie gewusst, dass sie seine Hilfe braucht, und sie ... zu sich gerufen.«

»Zu sich gerufen?« Um nicht zu dumm dreinzuschauen, goss ich mir Wein ein und trank durstig.

»Ich kann es nicht erklären. Es gibt Menschen, die solche Kräfte haben. Er hat einen Wolf in seinem Wohnzimmer.«

Juliane lachte schallend. »Gott sei Dank! Es gibt also ein Leben jenseits der Norm. Halleluja!«

Guga guckte so verdutzt, dass ich ihm Wein einschenkte und mein Glas hob. »Trinken wir auf die Leute, die aus dem Standard ausscheren«, plusterte ich mich auf. »Auf Tierärzte, Sängerinnen und Wölfe. Und auf Polizisten!« Der Wein peitschte seine galoppierenden Reiterhorden durch mein Hirn. »Gaumardschoss!«

»Sie wissen ja bereits, wie wir uns in Georgien zuprosten.« Auch Guga hob sein Glas. Er lächelte, und es stand seinem sonst so traurigen Gesicht gut. »Auf Ihr Wohl.«

»Also. Der Tierarzt ist ein Schamane oder so etwas?«

»Vielleicht.«

»Wie finden wir heraus, wo Clara steckt?«, fragte ich und griff nach dem Fladenbrot, das der Kellner mit gleichgültigem Gesicht vor uns abstellte. Genauso gut hätte er einen toten Dachs servieren können.

»Müssen wir das?« Juliane sah mich kritisch an.

Ich wusste ehrlich gesagt überhaupt nicht mehr, was ich musste. Aber dass ich Klarheit wollte, das stand vor meinem inneren Auge. Groß und prächtig wie Sameba.

»Bevor ich hier herauffuhr«, sagte Guga, »habe ich im Marriott mit Ziala gesprochen. Sie ist dort Zimmerfrau und wohl recht vertraut mit Clara.«

»Und?«

»Mira Berglund war am Montagabend, bevor Clara verschwand, im Marriott. Die beiden haben im Bistro gesessen und geplaudert.«

»Worüber?«

»Das weiß Ziala natürlich nicht. Sie war bei Clara im Zimmer und bügelte. Gegen einen Extraverdienst. Clara gilt im Hotel als ausgesprochen großzügig. Ihr schien es an dem Abend miserabel zu gehen. Ziala sagte, sie habe den Eindruck gehabt, Clara hätte den ganzen Tag geweint.«

»Und?«, drängte Juliane.

»Das Telefon klingelte. Die Rezeption stellte ein Gespräch durch. Clara sprach deutsch und sagte anschließend zu Ziala, sie wolle sich unten im Bistro mit einer Journalistin treffen.«

»Das muss ja nicht unbedingt Mira gewesen sein!«, widersprach ich.

»Ich habe Ziala ein Foto von Frau Berglund gezeigt. Sie hat sie sofort wiedererkannt.«

»Woher haben Sie denn ein Foto von Mira?«

»Aus dem Internet!« Guga lachte.

Peinlich! Logisch, aus dem Internet. Man bekam alles aus dem Internet. »Wann hat Ziala Mira überhaupt zu Gesicht bekommen?«

»Sie verließ das Hotel gegen acht Uhr am Abend und sah von der Rustaweli-Avenue aus die beiden Frauen im Bistro sitzen.«

»Das ist der Knüller!«, schrie Juliane. Bei der lauten Musik fiel es niemandem auf, obwohl das Restaurant mittlerweile bis auf den letzten Platz besetzt war. Über uns schillerte der Fernsehturm. Chanson d'amour, ratatatata.

Der Kellner schleuderte eine Platte mit gebratenen Forellen auf den Tisch.

»Guten Appetit«, sagte Guga und lud unsere Teller voll.

»Demzufolge hatten Mira und Clara ausgiebig Gelegenheit zu plauschen«, begann ich, nachdem ich die erste Portion Gräten beiseitegeschafft hatte. »Und worüber?«

»Logisch.« Juliane zeigte mit ihrer Gabel auf mich. »Total logisch. Mira wollte Clara allein sprechen, ohne Isolde oder Thea. Es ging um ein Thema, bei dem sie keine unerwünschten Ohren gebrauchen konnte. Preisfrage: Was wäre das?«

»Der schnöde Mammon«, antwortete ich brav.

»Na, ein paar graue Zellen sind ja noch frisch«, lobte Juliane. »Ihre georgische Abstammung, ihr Engagement in München, ihr Einsatz für den Chor – das alles sind Punkte, die sie locker vor Zeugen besprechen könnte. Aber wenn es um die Finanzen geht, blockt Isolde ab.«

»Warum denkst du, dass es überhaupt um den Chor ging? Und nicht um etwas Politisches?«, fragte ich. »Wenn Mira in Georgien eigentlich nichts anderes wollte, als über Südossetien zu recherchieren und einen Weg suchte, dort hinzukommen ...«

»Du meinst, dass Clara ihr in dieser Hinsicht hätte helfen können?« Juliane schüttelte energisch den Kopf. »Wohl kaum.«

»Warum bist du dir so sicher?«, nörgelte ich.

»Weil man in Ermittlungen immer erst den wahrscheinlichsten Fall annimmt«, mischte Guga sich ein. »Wie sollte eine Sängerin aus Deutschland politisch Bescheid wissen?«

Bums, das saß. Mittig. Lebte ich nicht mit einem Bullen zusammen? Einem Hauptkommissar? Oder waren die 4.000 Kilometer zwischen uns weit genug, um unser kurzes gemeinsames Leben auszuradieren, als habe es nie stattgefunden?

»Thea behauptete, dass Mira und Clara nicht miteinander konnten«, meldete ich weiteren Widerstand an.

»Blödsinn.« Juliane schüttelte den Kopf. »Überleg mal! Clara kriegt immer wieder dieselben fantasielosen Fragen gestellt und antwortet denselben Quark. Dass sie das lustlos tut, kann man sich vorstellen.«

Da war etwas dran. »Und der Unfall? Ist sie allein gefahren?«

»Sie muss sich den Wagen irgendwo schwarz gemietet haben«, grübelte Guga. »Oder sogar gekauft. Er hatte keine Fahrgestellnummer.«

»So ein Exemplar ist in meinem Verständnis von der Welt gestohlen«, warf Juliane ein.

»Sie hat ein Auto geklaut, um es an der Landstraße zu zerlegen?« Die beiden mussten nicht mehr alle Tassen im Schrank haben.

»Vielleicht nicht, um einen Unfall zu bauen. Sondern um zu ihrer Freundin zu fahren.«

»Wenn sie zu Tamara gewollt hätte, warum hing sie dann ewig bei diesem Tierarzt herum? Ohne Tamara anzurufen?«, fragte ich gereizt. »Angeblich war sie so etwas wie eine Ersatzmutter.«

»Clara könnte ihr Gedächtnis verloren haben«, mutmaßte Juliane.

»Nein«, mischte Guga sich ein, bevor wir aufeinander losgehen konnten. »Ich denke, Frau Laverde ist auf der richtigen Spur. Clara Cleveland hat den Unfall absichtlich herbeigeführt.«

Diese Wendung musste er in einem Wörterbuch nachgeschlagen haben. Nero hätte das genauso gesagt.

»Was spricht dafür?«, fragte Juliane.

»Haben Sie das Tagebuch nicht gelesen? Ich hatte Ihnen die Kopien gegeben!« Guga blickte vorwurfsvoll erst Juliane, danach mich an.

»Ja, nur noch nicht ganz«, gab ich zu und fühlte mich klein und unansehnlich wie eine Schildkröte.

32

Jetzt ist es raus. Ich kann nicht mehr. Diesen Satz schreibe ich jetzt einfach hin. Ich kann nicht mehr. Immerzu könnte ich ihn schreiben, Zeile für Zeile, bis dieses Heft gefüllt ist. Es liegt nicht an dem Konzert. Das Konzert lief ausnehmend gut, unerwartet nach den kurzen und chaotischen Proben. Isolde hat die Kinder im Griff. Sie haben hart gearbeitet und alles gegeben. Das klingt allumfassend. Ich sage lieber, sie haben gegeben, was sie geben konnten. So einfach ist es nicht für sie. Isolde ist zu statisch. Sie steht auf Disziplin und Technik, und beides ist wichtig, aber das Spielerische der Kunst fehlt völlig in diesem Chor. Sie spulen ihr Programm ab, laut, leise, hoch, tief, hell, dunkel, schnell, langsam. Es ist wie in einem theoretischen Werk über Chormusik.

Ich habe Isolde vorsichtig darauf angesprochen. Sie fegte wie ein Wüstenwind über mich hinweg. Du lebst nicht hier, du weißt nicht, wie wir leben. Was wir ertragen. Du kannst dir das gar nicht vorstellen.

Ich wollte sagen, Isolde, ich bin nicht blind, ich bin nicht taub. Wollte sagen, dass mein Herz für dieses Land schlägt. Dass ich es brauche, seine Wärme, die Tiefe seiner Gefühle. Ich habe nichts gesagt. Ich ging in meine Garderobe, um mich umzuziehen. Kaum war ich fertig, schlich Tedo herein. Er ist ein süßer, kleiner Kerl, der gern mit seinen Händen auf allem Möglichen herumtrommelt. Isolde richtet ihn ab, indem sie ihn stundenlang ans Klavier setzt. Begabt oder nicht, wenn sie so weitermacht, wird sie die Musik für ihn verderben. Wahrscheinlich steckt in ihm eher ein Schlagzeuger, der seinen Weg in einer Metalband machen wird, als ein Pianist! Tedo kam also rein und wir unterhielten uns ein bisschen. Ich nahm ihn auf den Schoß. Er war müde. Er ist ständig übermüdet und quengelig, weil Isolde ihn zu den Konzerten mitnimmt und er bis spät am Abend keinen Schlaf findet. Bei seinem Vater, dem cholerischen Armleuchter, kann sie ihn nicht lassen. Ich weiß, dass Isolde es nicht leicht hat. Dieser Mann ist eine Charakterprüfung. Ganz bestimmt gibt er Isolde keine Liebe, nicht einmal Respekt oder Fairness. Immerhin hat sie ein Kind, dem sie Zuneigung geben könnte. Doch Tedo ist für sie ein kleiner Erwachsener. Ein Investmentprodukt. Sie pumpt Geld in seine Ausbildung. Er soll funktionieren, eine Jukebox von zarten fünf Jahren.

Tedo klopfte ein bisschen auf meinen Schminksachen herum, spielte mit meinem Kleid und saß danach einfach auf meinem Schoss, während ich mir die Haare machte. Er kuschelte sich an mich. Ich genoss es. Er schlief ein. Ich saß ganz still da, um ihn nicht zu wecken. Ich dachte, wenn er tief genug schläft, legen wir ihn ins Auto und fahren ihn direkt ins Hotel, ins Bett.

Isolde kam rein. Wie üblich, ohne zu klopfen. Sie knallt mit den Fingerknöcheln kurz an die Tür und steht sofort mitten im Raum. Ich habe bisher nie was gesagt. Dieses eine Mal konnte ich plötzlich nicht mehr an mich halten.

Ich fuhr sie an. Leise, damit das Kind nicht aufwacht. Mach nicht so einen Lärm, siehst du nicht, wie müde dein Tedo ist?

Sie flippte aus. Lass meinen Sohn in Ruhe. Wenn du ein Kind brauchst, such dir einen Mann, der dir eins macht. Allerdings ist deine Karriere dann beendet. Sie sagte eine Menge mehr. Zischte, wütete, schrie. Tedo erschrak, fuhr hoch und begann zu weinen. Isolde riss ihn von meinem Schoß und er weinte noch heftiger und streckte die Arme nach mir aus. Da begann ich beinahe zu heulen. Nur innerlich. Ich beschloss, Isolde keine Blöße zu zeigen. Stieß meinen Stuhl weg und sagte: Du weißt ja nicht, was du hast. Und was du tust, das weißt du auch nicht. Ich nahm meine

Handtasche und ging. Isolde brüllte irgendwas hinter mir her von einer Journalistin. Mich ging das nichts mehr an.

Ich trat hinaus auf die Straße, stand ein paar Minuten in der kühlen Nacht, fror ein bisschen. Ich achtete nicht darauf.

Über mir sah ich die Lichter in dem amerikanischen Restaurant und dachte, das ist es. Da gehe ich hin.

Da waren Kinder mit ihren Familien, und die Kinder hatten Ketchupfinger und verschmierte Münder und waren zufrieden. Außerdem hing ziemlich viel junges Volk da herum und hatte Spaß. Ganz normale Leute, die einfach zum Vergnügen ausgingen, ohne beständig an die Publicity zu denken und alles zu hinterfragen oder darüber zu diskutieren, wie das eigene Leben zu optimieren wäre. (Ja, Kristin, da würdest du wieder lachen und mich ›Miss Perfect‹ nennen!)

Ich ging an die Theke und bestellte mir einen Rotwein. Dann kam ein Mann, der gut aussah, und für einen Moment dachte ich an meinen Zyklus und ob eine gute Zeit wäre, um sich ein Kind machen zu lassen. Es hätte hinhauen können. Ich hätte diesen Mann verführen können. Wir unterhielten uns, hatten Spaß. In Jeans und Pulli hätte ich besser in das Restaurant gepasst. Ich fühlte mich trotzdem ganz o. k. im Kostüm. Er machte Bilder von mir und erkannte mich wohl, fragte aber nichts. Kein: Sie sind doch Clara Cleveland, wie schön, dass ich Sie mal kennenlerne, würden Sie mir ein Autogramm geben, es ist nicht für mich, für meine Schwiegermutter, wissen Sie, die bewundert Ihre Stimme ja so!

Ich bin nichts als Stimme, nichts als eine Stimme zum Bewundern für Schwiegermütter. In dem Moment wäre ich mit dem Mann ins Bett. Er sah gut aus und spendierte mir noch einen Wein. Wir knabberten Erdnüsse. Bis Isolde kam und mir das Date verdarb.

Ich ließ mich von ihr wegschleppen. All meine Energie verpuffte in dem Augenblick, als ich sie in das Lokal schreiten sah. Hoch aufgerichtet, bereit zu jeder Demütigung, zu jeder dreckigen Bemerkung, wenn sie nur ihrer Sache diente.

Wir gingen ins Marco Polo, mit einer Journalistin. Sie war nett wollte nur das Übliche von mir. Als wir uns trennten, fragte sie mich: Können wir uns mal alleine treffen, ohne die Damen von der Zensur? Ich musste lachen. Sie wird mich anrufen. Aber ich werde vielleicht nicht mehr da sein.

Ich werde mir morgen ein Auto organisieren. Ich weiß, wen ich fragen muss. Auch die Diva kann mit dem echten Leben umgehen. Ich werde Tamara anrufen. Und dann sehen wir mal.

Ich kann nicht mehr.

Guga war längst gegangen. Er hätte eine Verabredung. Ich wusste nicht, ob ich ihm glauben sollte. Vielleicht gab er nur an.

»Sie wollte aussteigen«, sagte Juliane. »Hat einen Weg gesucht und ihn gefunden.«

»Glaubst du, dass sie den Unfall absichtlich herbeigeführt hat?«

»Klingt irgendwie logisch.« Juliane zog an ihrer Zigarette. Sie sah im Halbdunkel des Restaurants aus wie Edith Piaf im hohen Alter ausgesehen hätte, wäre sie nicht mit viel zu jungen 48 von der großen Bühne abgetreten. Genauso zart, genauso herausfordernd. Ein Typ vom Nebentisch mit asiatischen Gesichtszügen sah gierig zu ihr herüber.

Ich hatte der gewagten Unfallthese nicht wirklich etwas entgegenzusetzen. Mir fiel nichts anderes ein, was genauso plausibel geklungen hätte. Eine sehr erfolgreiche Frau war an die Grenzen ihrer Leidensfähigkeit gekommen und sah keinen anderen Ausweg, als auszusteigen. Auf so unkonventionelle Weise, dass es ihr keiner zutrauen würde.

»Die eigenen Grenzen ernst zu nehmen ist die Grundlage der mentalen Gesundheit«, belehrte mich Juliane.

Da war mehr dran, als ich im Augenblick ertragen konnte. Ich war auf meine Weise auch erfolgreich. Nicht so berühmt wie Clara, jedoch gut in meinem Job. Ich konnte von meiner Arbeit prima leben, und ich wurde weiterempfohlen. Ich war nur ein Geist. Niemand wollte Autogramme von mir. Die gaben meine Kunden. Die Stars und Experten, deren Ratgeber und Biografien ich schrieb. Das war mir nur recht so. Ich blieb unsichtbar.

»Isolde«, sagte ich langsam, »steht im Hintergrund und kann es nicht ertragen.«

»Sie kann sich selbst nicht vergeben, nicht so erfolgreich zu sein wie Clara!« Juliane schnitt dem Kerl, der sie begaffte, eine Grimasse. »Ihre diffusen Schuldgefühle überträgt sie auf ihre Familie. Ihr liebloser Mann ist latent gewalttätig. An ihm kann sie ihren Frust nicht auslassen, ohne sich in Gefahr zu bringen. Aber der kleine Sohn, der kann sich nicht wehren. Den kann sie exerzieren lassen, bis er seelisch verendet. Ist er vielleicht schon. Sie merkt es nicht. Wehe, wenn er alt genug ist, sich zu rächen. Und wenn er sie später einfach ins Altersheim abschiebt.«

»Schuldgefühle«, sagte ich langsam, »hat jeder von uns irgendwie.«

»Weißt du, es ist nicht allzu schwer, anderen zu vergeben.«

Uns selbst zu verzeihen, ist das Härteste, ergänzte ich im Stillen. Ich wusste nicht, was ich mir selbst zuerst vergeben sollte. Meine Gleichgültigkeit Nero gegenüber, den ich nicht anrief? Meine kurze heiße Story mit Thomas, dem Israeli? Ich watete durch etwas Unbestimmtes, fühlte die Grenzen meiner Identität verschwimmen. Dort draußen wartete das Nichts. Wieder spürte ich den Berg unter mir atmen.

Clara hatte ihre Situation als aussichtslos empfunden. Sie hatte etwas wirklich Mutiges getan: sich selbst verschwinden lassen.

Warum hatte sie Tamara nicht angerufen? Die beiden waren Freundinnen, sie wusste, dass Tamara sich Sorgen machen würde. Könnte Clara sich diese Indifferenz vergeben? Oder war ihre Psyche auf Stand-by gesetzt? Litt sie am Ende an einer Amnesie, irrte durchs Land und kam nirgendwo an, weil sie nicht wusste, wohin die Reise gehen sollte?

»Wenn du nicht weißt, wohin«, fragte ich leise. »Welches ist die erste Adresse?«

»Ein Ort, wo du ein Mensch sein kannst«, erwiderte Juliane ruhig.

»Ihre Großmutter?«

»Wenn sie noch lebt. Ulkig, oder?«

»Was meinst du?«

»Die Großmutter taucht ab und 20 Jahre später die Enkelin. Als wäre es abgemacht.«

Wir verließen das Restaurant und machten uns auf den Weg zur Bushaltestelle, nur um festzustellen, dass der letzte Bus längst weg war. Während wir beratschlagten, ob wir ein Taxi bestellen oder per Anhalter den Weg ins Tal hinunter wagen sollten, hielt ein Schiguli neben uns. Der Typ von eben, der auf Juliane scharf war.

»Obacht!«, warnte ich.

Juliane winkte ab. »Das geht nicht schief, Kea.«

Mit einem mulmigen Gefühl quetschte ich mich auf die Rückbank. Die Seitenverkleidung war herausgerissen. Vor meinem Gesicht baumelten Reste der Deckenverkleidung. Das Gefährt setzte sich in Bewegung. Der Mann sprach deutsch.

»Ich bin geschäftlich in Tbilissi. Komme eigentlich aus Bischkek. Kirgistan. Und Sie?«

Ich ließ Juliane antworten. Warum ich hier war, wusste ich nicht mehr. Wahrscheinlich gab es keinen Grund. Womöglich gab es im Leben für nichts einen Grund. Unsere Wahrnehmung, dass wir Dinge taten, weil es andere Dinge gab, die sie hervorriefen, beruhte vermutlich auf nichts anderem als einer Täuschung. Menschen ertrugen es nicht, Sinnloses zu tun. Aus diesem Grund unterstellten wir allem eine Ursache und suchten nach Konsequenzen, bis uns schwindelig wurde.

Wir waren kaum einen Kilometer gefahren, als der Mann den Motor abstellte. Mitten auf der einsamen, finsteren Straße.

»Das ist ein obskurer Ort«, sagte er.

Ich hätte Juliane würgen können für ihre sogenannte Menschenkenntnis.

»Merken Sie es?«, fragte er begierig.

Ich sah aus dem Fenster. Da war nur Dunkelheit, in der die Pinien am Straßenrand auf den Morgen warteten. Kurz meinte ich, das Flecktarn eines ossetischen Milizionärs aufblitzen zu sehen. Der kirgisische Geschäftsmann schaltete die Scheinwerfer aus.

»Witzig!«, sagte Juliane.

Sie war nicht mehr ganz dicht. War sie auf ein Quickie aus? Ich würde gern draußen warten, kein Thema, meine Generation ging ja ganz relaxt mit Sex um. »Wow!«, sagte Juliane.

Der Wagen bewegte sich. Von selbst. Unser Chauffeur hob die Knie um zu zeigen, dass er kein Gas gab. Leicht wie eine Schwalbe rollte der alte Schiguli den Hang hinauf. Bedächtig, aber unverkennbar aufwärts. Ohne Motor.

»Verrückt, oder?«, fragte der Kirgise. Ich starrte ins Dunkel. Im Schneckentempo glitten wir an den Baumschatten vorbei. Angetrieben von einer geheimnisvollen Kraft.

»Immer, wenn ich in Tbilissi bin, fahre ich hier rauf«, sagte der Kirgise.

»Warum?«, brachte ich hervor.

»Ist einfach ein verrückter Platz.« Er lachte. »Muss irgendwie magnetisch sein. Ich habe in der DDR studiert. In Leipzig. Kennen Sie Leipzig?«

»Nein«, antwortete ich. »Was ist das?«

Juliane hustete im erfolglosen Versuch, einen Lachkrampf zu unterdrücken.

»Ich möchte tanzen gehen!«, sagte ich. »Können Sie uns zu einer Disco fahren?«

33

Um fünf Uhr morgens taumelten wir ins Hotel. Der kirgisische Businessman hatte es sich nicht nehmen lassen, uns vor der Tür abzuliefern.

Ich war wagemutig. Entwurzelt. Schwerhörig. Wehrlos. Leer. Betrunken. Glücklich. Ich hatte das Unbestimmte weggetanzt und war nun imstande, meinen Zustand mit Adjektiven zu beschreiben. Das stand einem Ghost gut. Obwohl ich von Adjektiven nicht viel hielt.

Der Nachtportier rückte unsere Schlüssel heraus und sagte: »Good morning.«

In meinem Zimmer hockte die Morgendämmerung auf dem Bett. Ich trat ans Fenster und sah nach Osten, in eine graue, helle Wolkenmasse. Vielleicht war das die Asche aus Island.

Müde war ich eigentlich nicht. Dieses Wort konnte ich fortan aus meinem Wortschatz streichen. Ich kramte das Ladegerät aus meinem Gepäck und stöpselte mein Handy ans Stromnetz. Ein verpasster Anruf. Sopo.

›Leider können wir erst morgen Abend nach Batumi aufbrechen. Wano ist verhindert. Wir nehmen den Nachtzug.‹

Auch gut. Hatte es einmal eine Kea Laverde gegeben, die Wert auf Planung legte?

Ich rief Juliane über das Hoteltelefon an. »Schläfst du schon?«

»Ich habe Sex mit dem Fernsehturm.«

»Sopo hat eine Nachricht hinterlassen. Wir können ausschlafen. Abfahrt nach Batumi erst am Abend.«

»Kea, wir sollten Tamara anrufen. Sie muss wissen, dass Clara am Leben ist!«

»Meinst du, das ist Clara recht?«, fragte ich.

»Scheißegal. Mir ist es recht.«

»Dann ruf sie an.« Ich überließ Juliane dem Fernsehturm und schickte mein Notebook ins Internet. Dort loggte ich mich bei Twitter ein und suchte nach Miras Account. Ich verglich die Leute, die ihr folgten, mit denen, denen sie folgte. Erfahrungsgemäß gab es eine auffällige Schnittmenge. Da Mira 3.199 Leser hatte und selbst die Tweets von über 1.000 anderen abonniert hatte, musste ich meine Suche eingrenzen. Ich konzentrierte mich auf die 100 Personen, die seit Bestehen von Miras Konto miteinander vernetzt waren. Drei davon hatten als Standort Tbilissi angegeben. Zwei Männer und eine Frau. Die Frau bezeichnete sich als Feministin, die die Frauen des Kaukasus zusammenbringen wollte, um die bestehenden Konflikte auf die weibliche Art zu entknoten. Die Männer waren Journalisten. Einer ein Brite, der in Georgien lebte. Der andere Georgier. Ich schickte allen eine Mail, in der ich meine Handynummer angab und um Rückruf bat.

Danach kippte ich ins Bett.

Wir saßen in einem Café in der Schardeni-Straße, um ein verspätetes Frühstück einzunehmen. Es war beinahe Mittag. Mein Handy war geladen und bereit, die Verbindung zu Lia Ketschagmadse herzustellen.

»Ich bin in Mzcheta«, sagte eine unwirsche, sehr raue Stimme am anderen Ende der Leitung. »Der Mann meiner Cousine betreibt hier ein Restaurant.« Als ich zögerte, fuhr sie fort: »Nun kommen Sie schon her! Das sind keine 20 Kilometer! Alle naselang fährt eine Marschrutka. Oder trauen Sie sich nicht, Marschrutka zu fahren?« Sie hängte ein.

»Wird uns wohl nichts anderes übrigbleiben«, sagte Juliane und lachte. »Guck nicht so gestresst.«

»Hast du Tamara erreicht?«

»Ja.«

»Und?«

»Sie hat geweint vor Erleichterung.«

»Hat sie eine Ahnung, wohin Clara sich absentiert haben könnte?«

»Darüber haben wir nicht gesprochen. Bleib cool, Kea. Wir sind mit einer Information in Vorleistung getreten. Noch dazu mit einer, die Tamara wichtig ist. Sie wird sich erkenntlich zeigen, wenn die Zeit gekommen ist.«

»Spielst du Merlin?«

»Das Gras wächst auch nicht schneller, wenn man daran zieht. Sagt das alte China.«

Ich trank meinen Latte aus. Lynn rief an. Ich drückte sie weg. Kurze Zeit später meldete sich eine unbekannte Nummer.

»Ich bin Giorgi. Sie haben mir eine Mail geschrieben.« Sein Englisch war makellos. Er arbeite als Journalist für den Fernsehkanal Rustawi 2, sagte er. Habe sich längst gewundert, wo Mira steckte. »Sie hat keine Tweets mehr geschickt. Normalerweise lief ihr Account ständig mit. Sie fütterte Twitter über ihr BlackBerry.«

»O. k.«, sagte ich und sah zu Juliane hinüber. »Wo kann ich Sie treffen?«

»Nehmen Sie die Metro, die Saburtalo-Linie, und steigen Sie an der Station Delisi aus. Vor dem Fernsehgebäude, direkt an der Wascha-Pschawela-Avenue ist ein Straßenmarkt. Ich warte auf der anderen Straßenseite bei Schuscha. Sie verkauft Käse.«

Ehe ich weiterfragen konnte, hatte er aufgelegt.

»Termine, Juliane!«, sagte ich.

Während Tbilissi sich überirdisch recht westlich gab und die wesentlichen Aufschriften auch auf Englisch zu lesen waren, sackten in der Unterwelt die Buchstaben von den Wänden. Sie rutschten einfach vom Beton und hinterließen flächige Schatten, die aussahen wie Schimmelflecken. Wir sahen keine einzige lateinische Aufschrift, als wir am Freiheitsplatz durch die Sperren eilten und auf hölzernen Rolltreppen in die Tiefe rasten. Pläne gab es keine. Wo ich mich in München problemlos an bunten Schnüren orientierte, die die ganze Stadt und das Umland durchzogen wie überlange, bunte Amöben, standen wir in Tbilissi ratlos zwischen den Bahnsteigen.

»Wohin jetzt?«, fragte Juliane.

Das machte mich wütend. »Woher soll ich das wissen?«, knurrte ich zurück.

»Du hast einen Kater.«

»Lass mich in Frieden.«

Da tat Juliane etwas, was sie nie tat. Sie nahm mich in die Arme und drückte mich kurz an sich. Schon stand ich wieder allein da.

Üblicherweise verhielt sich Juliane eher distanziert. Was nicht bedeutete, dass sie abweisend oder misanthropisch war. Im Gegenteil: Sie hatte ein Herz so groß wie der ganze Globus und war stets bereit, von seiner Wärme abzugeben. Manchmal gab sie zu viel und blieb geschwächt zurück. Üblicherweise zeigte sich ihre menschliche Großzügigkeit nicht in spontanen Umarmungen. Fast zufrieden dachte ich: Auch Juliane hebt es von den Füßen in diesem Land.

Ein junger Typ mit einer Computertastatur unterm Arm blieb neben uns stehen. »Can I help you?«

Geduldig erklärte er uns, wie wir fahren und wo wir umsteigen mussten. Zwei ältere Männer mischten sich ein. Einer sprach gebrochen deutsch, redete etwas von einer deutschen Kindergartentante und begann, ›Fuchs du hast die Gans gestohlen‹ zu singen.

Bevor ich in Tränen ausbrechen konnte, vor Rührung, vor Kopfschmerz und Verwirrung, zog Juliane mich mit sich, in eine Bahn, von der ich annahm, dass sie in wenigen Minuten in ihre Einzelteile zerfallen würde. Der Zug ratterte in einem Affenzahn durch eine dunkle Hölle aus Nichts. Eine alte Frau, vielleicht 100, vielleicht 130 Jahre alt, schleppte sich durch den Waggon und hielt ihre Hand flehend unter jede Nase. Juliane legte ein paar Münzen hinein und erhielt zum Dank unzählige Bekreuzigungen. Die rechte Augenhöhle der Frau war leer.

Am Hauptbahnhof stiegen wir aus und fragten nach dem Durchgang zur Saburtalo-Linie. Der Tunnel, den uns ein Mädchen zeigte, war besiedelt von den Verlorenen der Post-Sowjetunion. Eine blinde Frau klimperte auf einer Gitarre, ein Einbeiniger lehnte wie abgestellt an der Wand und hielt einen Hut. Ich hatte den Eindruck, er schlief. Mütterchen, so alt, dass sie vermutlich den letzten Überfall der Perser auf Tbilissi miterlebt hatten, bettelten um ein paar Münzen. Ich erwartete, dass Juliane ein kurzes Traktat über den Pyrrhussieg des Kapitalismus vom Stapel lassen würde, aber sie saugte nur wie ein Schwamm all die widersinnigen Eindrücke auf und schwieg.

Der nächste Zug war in den georgischen Nationalfarben Rot und Weiß gestrichen und ratterte ansonsten genauso lautstark durch die Röhren der Hauptstadt. »Zähl die Stationen mit«, forderte Juliane mich auf. »Es müssen vier sein.«

In Delisi sprangen wir aus der Bahn. Wir stiegen ans Tageslicht, hinauf zu den Ufern einer brandenden Avenue. Unmöglich zu sagen, wie viele Spuren sie hatte. Mindestens sechs. Die Wagen rasten in westliche Richtung, hupend, jaulend, sich gegenseitig überholend und beiseitedrängend. Ich hielt mein Gesicht in einen unverschämt blauen Himmel.

»Sag mal«, begann Juliane neben mir. »War das nicht eben der Typ aus unserem Hotel?«

»Wo?« Ich kreiselte um meine eigene Achse.

»Der Knilch, der das Zimmer neben dir bezogen hat. Gestern hat er eingecheckt.«

»Wo denn?« Und woher wusste Juliane, dass er im Zimmer neben mir wohnte? Hatte sie Röntgenaugen? Ihr war alles zuzutrauen.

»Ist weg!« Juliane schnaubte. »Los, suchen wir den Journalisten. Wie heißt er noch mal?«

»Giorgi«, antwortete ich müde und zeigte auf einen Quader aus Beton, »das muss der Fernsehsender sein. Wir suchen einen Käsestand. Mit einer Verkäuferin namens Schuscha.«

Es gab unzählige Käsestände auf dem Straßenmarkt, außerdem Blumen, Fleisch, Blumentöpfe, Werkzeuge, Batterien, Frostschutzmittel, Obst, Gemüse und Büschel mit Kräutern, dick wie Reisig und gebunden wie Besen. Da waren Menschen, die etwas verkauften, plaudernd und debattierend, mit Zigarettenkippen zwischen den Lippen, Münzen in der Hand jonglierend, und solche, die mit ihren Fingern auf das Fleisch drückten, Gurken in den Händen wogen und Fliedersträuße verglichen. In der prallen Sonne wurde es heiß.

»Schuscha?«, fragte Juliane eine Frau. »Kennen Sie Schuscha?«

Die Verkäuferin wies auf eine alte Frau, die hinter ihrem Stand auf einem Karton saß. Sie mochte um die 60 sein, hatte ein ebenmäßiges Gesicht, in dem die schwarzen Augen wie Kohle glänzten, gesäumt von herrlich geschwungenen Wimpern. Sie lächelte und ihr Mund formte ein Herz. Das Gesicht aus makelloser Porzellanhaut zerfiel in Abertausend Fältchen.

»Ich bin Schuscha«, sagte sie. Sie trug schwarz, wie die meisten hier, Alte wie Junge. Um das Kopftuch, das nicht die feinste Haarsträhne preisgab, hatte sie einen Schal geschlungen. In ihrer Jugend musste sie Miss Georgia gewesen sein. Mindestens.

»Wir suchen Giorgi«, sagte Juliane. Die Alte zeigte in die Ferne. Ich drehte mich um und sah einen langen Kerl auf uns zukommen. Sein Haar war zu lang, schlecht geschnitten, und seine Augen sahen trauriger drein als Gugas.

»I am Giorgi.« Er trat auf Schuscha zu und küsste sie zärtlich auf beide Wangen.

»Ist sie seine Mutter?«, fragte ich Juliane.

»Sag mal, bin ich mit denen verwandt?«, kauzte sie zurück.

»Probieren Sie«, forderte Giorgi mich auf. »Geräucherter Sulguni. Meiner Meinung nach der beste Käse, den wir haben.«

Schuscha schnitt von einem orangeroten Käseleib ein Stück ab. Das Innere war weiß wie Milch.

»Hm, fein.« Ich meinte es ehrlich.

»Wenn es um Mira geht«, sagte Giorgi, »treffe ich mich lieber auf der Straße. Hier können wir nicht belauscht werden.«

»Wo war Mira dran?«

»Warum ›war‹?«

»Weil sie tot ist.«

Giorgi wurde blass. »Sie ist tot?«

Schuscha kämpfte sich von ihrem Karton hoch und ging weg. Giorgi sah ihr nach, wie sie schlenkernden Schritts durch das Getümmel hinkte.

Mit kurzen Sätzen, die ich meinem verkaterten Hirn nicht zugetraut hätte, setzte ich Giorgi ins Bild. »Deshalb sind wir in Georgien, um diese Reportage zu schreiben«, endete ich. »Miras Nachfolgerinnen sozusagen.«

Giorgi sank mit einem gemurmelten ›Excuse me‹ auf Schuschas Pappkarton. Er brauchte ein paar Minuten, ehe er sich soweit beruhigt hatte, dass er sprechen konnte. »Ich schreibe die politischen Hintergrundgeschichten für Rustawi 2. Natürlich nicht ich allein, aber ich bin am längsten dabei. Im Augustkrieg 2008 war ich in Zchinwali. In der Hauptstadt Südossetiens. Da habe ich Mira kennengelernt. Über Twitter standen wir eine Zeitlang in Kontakt. Wir haben ziemlich schnell das Weite gesucht und sind zusammen auf komplizierten Wegen nach Tbilissi geflüchtet.« Er seufzte tief, schnitt ein Stück Käse ab und knabberte daran herum. »Es stimmt, dass Mira versuchte, mehr über die Schlächter herauszufinden. Sie steigerte sich monatelang in diese Sache hinein. Nach einiger Zeit sah sie ein, dass es keinen Sinn machte. Keine noch so energische Journalistin der Welt würde hier irgendwas ausrichten.«

»Wenn nicht der Journalismus, wer dann? Die UNO? Den Haag?«

Giorgi schüttelte den Kopf. »Das ist unerheblich. Sicher, viele von uns, die im Augustkrieg für die Medien berichtet haben, hatten für etliche Wochen so etwas wie ein Sendungsbewusstsein. Wir versuchten, den Schock zu verarbeiten, indem wir schrieben und schrieben, recherchierten und Netzwerke aufbauten. Irgendwann merkt man, dass man nur sich selbst therapiert. Für unser Land konnten wir nichts tun.«

Ich legte die Hände vors Gesicht. Die Sonne brannte auf mein Haar.

»Mira und ich flohen gemeinsam nach Tbilissi. Unterwegs erzählte sie mir diese Geschichte, wie sie auf einem Hang lag und das Schlachten beobachtete. Sie war einerseits übererregt, andererseits teilnahmslos. Hatte die Gefühle völlig ausgeschaltet.« Giorgi war nun so blass, dass ich mir Sorgen machte, er würde umkippen. »Irgendwo in Gori lasen wir einen Jungen mit seinem Opa auf. Der Alte hatte eine Kugel im Kopf. Er konnte gehen, essen, trinken, pinkeln. Nur nicht sprechen.«

Giorgi schwieg eine Weile. Ich legte den Kopf schief. Der Lärm des Verkehrs, das Chaos der vielen Menschen um uns verblasste. Ich hörte die Häuser sprechen. Geschichten erzählen, unter der Hand, von Beton zu Beton. Geschichten wie diese. Aus einem Land, das viele Male überrollt worden war. Von Persern, Osmanen, Russen. Man wurde hier schnell parteiisch. Ein Ghost durfte das. Eine Reporterin nicht.

»Mira tat einen Schwur. Sie würde diesen Menschen eine Stimme geben. Die Sprache wiedergeben. Sie würde herausfinden, wer diesen Einsatz kommandierte. Ihn bloßstellen, sein Gesicht in alle Zeitungen bringen.« Giorgi schüttelte den Kopf. »Als ob das etwas ausmachen würde. Solche Leute sind nicht zu knacken. Gott allein wird sie strafen.«

»Es ist völlig egal, wer den Einsatz befehligte«, wandte Juliane ein. »Da gab es hundert andere, die das Gleiche getan haben.«

»Mira denkt – dachte – immer sehr konkret. Sie wollte an einer Stelle beginnen, die Welt in Ordnung zu bringen.«

»Deswegen kam sie in diesem Frühjahr wieder nach Tbilissi?«, fragte ich. »War das die Absicht ihrer Reise? Einen Kommandeur zu finden?«

»Nein. Sie kam aus einem anderen Grund. Es hatte mit den Unruhen vor einem Jahr zu tun.« Giorgi sah uns zweifelnd an. »Im April 2009 versuchten verschiedene Oppositionsbewegungen, den Präsidenten, Michail Saakaschwili, aus dem Amt zu jagen. Sie blockierten monatelang Straßen in Tbilissi, bauten mobile Zellen auf, um zu signalisieren, dass das ganze Land ein Gefängnis sei und so weiter. Man kann zum Präsidenten stehen, wie man will, eines hat er geschafft: Er hat die Korruption bekämpft. Und das ist der Knackpunkt.«

Ich verstand gar nichts. Doch Juliane hatte begriffen.

»Sie meinen, das nehmen ihm einige Leute sehr übel?«

»Saakaschwili hat bestechliche Beamte entlassen und etliche Mafiabosse verhaften lassen. Das Land war eine Schimäre: halb Staat, halb ›Firma‹. Mafia eben.«

»Und Saakaschwili hat das geändert?«

»Unser Leben ist nicht perfekt«, lächelte Giorgi, »allerdings würde ich sagen, wir befinden uns heute näher an einem Zustand, den man demokratisch nennt, als vor sechs Jahren, als Saakaschwili an die Macht kam.«

»Können ein paar abservierte Staatsdiener die Bevölkerung motivieren, auf die Straße zu gehen?«, fragte ich erstaunt. In Bayern ging man auf die Straße, wenn die Biergartenöffnungszeiten reduziert werden sollten.

Schuscha kam zurück, mit einer Thermoskanne und einem Turm aus Plastikbechern. Sie schenkte uns Tee ein. Heißen, dampfenden, verboten süßen Tee.

»Die Leute waren nach dem Augustkrieg desillusioniert. Saakaschwili hat sich eingebildet, das Südossetienproblem im Handstreich lösen zu können. Da hat er sich bitter getäuscht. Die politische Opposition in Georgien ist total zerstückelt, über 20 Parteien mischen mit. Mira nahm an, dass die alten Paten die Opposition mit Geld dazu brachten, das Volk aufzuwiegeln. Die Mafia musste nach Saakaschwilis Durchgreifen ihre Geschäfte ins Ausland verlegen. Sie haben ein handfestes Interesse, ihren alten Einfluss wiederzugewinnen.«

»Er hatte gar keine andere Wahl, als anzugreifen, an jenem 7. August 2008!«, warf Juliane ein. »Russisches Militär stand im Roki-Tunnel im Kaukasus. Der liegt zwar komplett auf georgischem Gebiet, doch Georgien hatte seit Jahren keine Kontrolle mehr darüber.«

»Südossetien ist seit 1990 aus unserem Aktionsradius verschwunden.« Giorgi nickte. »Es hat Berichte gegeben, wonach die Russen bereits zuvor auf dem Gebiet der russischen Föderation, an der Grenze zu Georgien, Militär zusammengezogen hatten. Die berüchtigte 58. Armee. Angeblich um Terroristen zu jagen. Nur braucht man dazu keine 12.000 Mann und Kampfjets.«

Ich blickte so unbeteiligt wie möglich über die donnernde Avenue. Dort oben, nicht allzu weit, vielleicht 100 Kilometer nach Nordwesten, lag Russland. Ich hatte den Großen Kaukasus mit seinen mehr als 5.000 Meter hohen Gipfeln für eine wirksame natürliche Grenze gehalten, die so leicht nicht zu überwinden schien. Mit Tunneln hatte ich nicht gerechnet.

»Wo kommt dieser Tunnel her?«, fragte ich schwach. Während Juliane offenbar sämtliche Internetarchive über den Augustkrieg leergelesen hatte, stand ich minderbemittelt neben mir. Zweifel, wachsende Panik. Ich befand mich in einem Land, wo ich vollkommen ausgeliefert war: seinen hitzigen Bewohnern, seiner chaotischen Politik. Dies hier war ein Ort, in dem keine meiner bisherigen Antennen, die mich auf Reisen stets in die sichere Richtung gelenkt hatten, zu funktionieren schienen. Ich wusste nicht, warum.

»Wurde unter Schewardnadse gebaut. Man sagt, er habe das den Russen zuliebe gemacht.«

»Unsinn.« Juliane schüttelte energisch den Kopf. »Schewardnadse war eine korrupte Puppe, dem weniger an seinem Land lag als am materiellen Wohl seiner Familie.«

»Saakaschwili«, nahm Giorgi den ersten Gedanken wieder auf, »hörte also, dass der Roki-Tunnel voller Soldaten und Material war. Der Geheimdienst hatte Hinweise, die russische Armee würde bis Zchinwali weitermarschieren. Es gab Berichte von ethnischen Säuberungen. Er war sich nicht sicher: Würden sie einfach immer näher kommen, bis Tbilissi?«

»Das hätte seine Regierung nie überlebt«, bestätigte Juliane.

»Er selbst vielleicht auch nicht. Putin hat mehr als einmal öffentlich gedroht, Saakaschwili würde schon sehen, wohin es ihn führte, wenn er weiter nach Westen strebte.« Giorgi trank seinen Tee aus und biss auf den Rand des Bechers. »Nämlich auf den Friedhof. Dann könnten die moskautreuen Pseudopolitiker in Tbilissi das Heft in die Hand nehmen und einen Satellitenstaat aufbauen, der Georgien erneut zur Interessenssphäre Russlands werden lässt. Keine NATO, keine EU. Schluss.«

Ich hatte das Gefühl, einer Fernsehdiskussion beizuwohnen. Trotz meiner inneren Betäubung war mir klar, was Giorgi uns damit sagte: Wenn ihr, wenn die EU, wenn die NATO sich für Georgien so eingesetzt hätten wie für den Balkan! Dann hätte es diesen Krieg nie gegeben. Der Opa hätte keine Kugel im Kopf und könnte noch sprechen. Mira wäre am Leben. Vielleicht.

»Als 2008 das Kosovo anerkannt wurde, war den Russen klar: Sie müssen sich Südossetien holen, bevor die NATO weiter auf sie zuwächst. Sie betrachten den Westen als wuchernde Schlingpflanze, die frisst, was ihr in den Schlund gerät.«

»Imperialisten eben.« Juliane zuckte die Schultern. »Russland fühlt sich schwach, gedemütigt, seiner Größe und Bedeutung beraubt. Putin und Medwedjew versuchen, Land zu gewinnen. Aus ihrer Sicht ganz verständlich.«

»Wenn Merkel, wenn Sarkozy nur rechtzeitig etwas getan hätten!« Giorgis Gesicht legte sich in Falten. »Wenn sie Georgien nur schneller eine Mitgliedschaft in der NATO in Aussicht gestellt hätten.«

»Denken alle Georgier so?«, fragte ich, um dem Gespräch die Spitzen zu nehmen. Ich konnte nichts für Frau Merkel. Für Sarkozy auch nicht. Ich wusste nicht einmal, ob ich bei den letzten Wahlen zur Urne gegangen war. Juliane durfte davon nichts wissen. Sie würde durchdrehen.

»Ach, manche denken überhaupt nicht.« Giorgi schnaubte. »Manche wollen nur Saakaschwili weghaben, ohne irgendeine Vorstellung, was danach kommen soll. Viele meiner Landsleute sind überhaupt nicht demokratiefähig. Sie denken, da muss einer sein, der alles richtig macht, ohne dass sie sich engagieren. So funktioniert es halt nicht. Unsere Oppositionsallianz ist am Zerfallen. Sie haben sich aufgerafft, vor einem Jahr diese Straßenblockaden zu organisieren und aufrechtzuerhalten, bis sie es in der Sommerhitze einfach nicht mehr durchhielten und die ganzen Proteste in sich zusammenbrachen.«

»Und Mira?«, setzte ich nach.

»Mira fand ziemlich viel über all das heraus. Sie hatte Namen. Namen von Geschäftsleuten, die 2005 das Land verließen, um nicht auf Saakaschwilis schwarzer Liste zu landen. Außerdem hat sie recherchiert, dass die Mafia nicht nur die georgischen Oppositionspolitiker infiltrierte, sondern auch Diplomatenkreise.«

»Was nicht weiter schwierig ist, wenn man die Polizei

provoziert und auf diese Weise für Gewaltausbrüche sorgt«, ergänzte Juliane. »Oder Schienen besetzt, damit Züge stehen bleiben, Leute nicht dahinkommen, wo sie hinwollen.«

»Wir hatten damals wirklich Angst, dass sie den Flughafen blockieren würden«, sagte Giorgi. Schuscha schenkte ihm Tee nach. »Die meisten dieser Paten haben sich nach Russland oder Westeuropa abgesetzt. Einige Schlüsselfiguren leben in Österreich. Mira war dran. Sagte mir jedoch nichts Genaues. Nur, dass das österreichische BKA ermittelt. Und dass die Behörden Entscheidendes herausgefunden hätten. Was das war, weiß ich nicht.«

»Haben Sie sie getroffen, als sie in Tbilissi war?«

»Ja, zweimal. In einem Restaurant hier an der Wascha-Pschawela-Avenue. Gegenüber vom Staatsarchiv.« Er zeigte die Straße entlang nach Osten.

»Und? Wie weit war sie mit ihren Recherchen?«, drängte ich. »Konnte sie jemandem gefährlich werden?«

»Sie hatte ein paar Namen auf einem Zettel. Den gab sie mir und sagte: ›Falls ich nicht dazu komme, machst du weiter.‹« Giorgi stand auf, schob Schuscha sanft auf ihren Karton und räusperte sich. Seine Arme schlackerten wie Papierfahnen um seinen dünnen Körper. »Ich kann das nicht. Ich will das auch nicht.«

Die eigenen Grenzen ernst nehmen, dachte ich bei mir.

»Namen von Mafiabossen?«

»Namen von Männern, die viel zu verlieren haben.«

»Haben die ihre Schafe nicht längst im Trockenen?«, hakte Juliane nach.

»Es geht um Drogen«, erwiderte Giorgi. »Ganz Eurasien lebt vom Transit. Es geht um Einfluss und Kontrolle der Drogenrouten aus den Mohnanbaugebieten in Afghanistan. Glauben Sie nicht, dass irgendein mittelasiatisches Land sauber ist! Und glauben Sie nicht, dass es in der Politik um etwas anderes geht als um Drogengeld! Die Kartelle wollen ihre Einflussgebiete kontrollieren, und wenn ihnen die Politik in die Quere kommt, sorgen sie dafür, dass die Situation sich destabilisiert. Harmlos, wenn sie die Energieversorgung stören. Nein, sie suchen sich Männer, die für Geld alles machen, stecken sie in Tarnanzüge und schicken sie zur ethnischen Säuberung und Massenvergewaltigung. Die Politiker halten die Macht aufrecht, weil der Drogenhandel ihr Geschäft ist. Mit dem Profit versorgen sie ihre Clans und finanzieren ihre Sicherheit. Sprich, sie kaufen Waffen, um sie den Kerlen im Flecktarn in die Hände zu drücken. Beobachten Sie Kirgistan in den nächsten Wochen! Bakijew, der Präsident, hat gewaltige Probleme, aber mit denen wird er fertig, selbst wenn sie ihn ins Exil schicken. Die Drogen müssen nach Westen, um jeden Preis.«

»Und der Augustkrieg?«, fragte Juliane. »Hat da auch einer verdient?«

»Wissen Sie, dieser Krieg war ein Witz. Ein Versehen. Und doch unvermeidlich. Ganz unvermeidlich. Saakaschwili hat einen Fehler gemacht, als er den Angriff befahl. Fünf Tage Krieg haben Georgien auch wirtschaftlich zurückgeworfen. Wir haben amerikanische Militärberater im Land. Manchmal denke ich, die Yankees haben Georgien als Labor verwendet. Haben dem Präsidenten gesagt: Mischa, greif an! Um herauszufinden, wie die Russen reagieren würden. Wie die Provokation beantwortet wurde, haben wir ja gesehen. Letztlich ging es überhaupt nicht um Südossetien. Eine Bergregion aus tief eingeschnittenen Tälern, mit ein paar Dörfern, die im Winter monatelang von der Außenwelt abgeschnitten sind. Es ging um Russlands Einfluss, und es ging darum, dass Georgien und Aserbaidschan einen alternativen Weg gefunden haben, das Öl aus dem Kaspischen Meer nach Westen zu bringen. Sie umgehen Russland. Das lassen die sich nicht bieten.« Giorgi brach ab.

Ich hatte so viele Theorien gehört, wie es zu dem Krieg

im August 2008 gekommen war, dass ich ähnlich wie Giorgi bezweifelte, es könne einen einzigen Anlass gegeben haben. Wie üblich im Leben erwies sich wahrscheinlich auch in dieser Angelegenheit ein kleiner, an sich unbedeutender Zufall als Turbolader.

»Sie haben den Zettel mit den Namen noch?«, wollte ich wissen.

»Ja!«

Schuscha nahm Giorgi den leeren Plastikbecher ab.

»Hat Mira mit Ihnen über eine gewisse Clara Cleveland gesprochen?«

Giorgi überlegte. »Sie hat den Namen erwähnt. Ich dachte nur, Mensch, die Cleveland, über die berichtet jeder hier. Wahrscheinlich eine ganz gute Ablenkung für Mira. Sie liebte Opern.«

»Sie denken, der Kontakt mit Clara war für Mira Ablenkung? Freizeit oder was auch immer?«

»Sicher.«

»Könnte Clara etwas über Südossetien wissen oder diese Geschichte mit den Paten?«

»Nein. Bestimmt nicht.«

»Warum sind Sie so sicher?«

Er zuckte die Achseln. »Es wird heute oder spätestens morgen über die Ticker gehen«, sagte er. »Dass eine Ausländerin in Meßcheti verunglückt ist. Tödlich. Ich gebe es gleich über Twitter raus. Haben Sie einen Twitteraccount?«

Ich nickte.

»Abonnieren Sie meine Tweets.«

Ich sah, wie Juliane herumfuhr. So ruckartig, dass ihre Kreolen wild schaukelten. Sie sagte etwas zu Schuscha. Die zuckte die Schultern.

»Was ist?«, zischte ich.

»Wieder der Typ. Schau dich nicht so auffällig um.«

Ich fühlte den Schweiß meinen Nacken hinunterrieseln.

»Wissen Ihre Kollegen in der Redaktion von Ihren ... Interessen?«, fragte ich.

»Einer oder zwei kannten Mira. Wo – ist ihre Leiche?«

»Noch nicht freigegeben. Die Polizei hat eine DNA-Analyse gemacht und einwandfrei festgestellt, dass es sich bei der Leiche um Mira handelt. Die deutsche Botschaft wird eingeschaltet. Man muss ihre Angehörigen verständigen. Ihr Leichnam wird nach Deutschland überführt, sobald die Untersuchungen beendet sind.«

Ein plötzlicher Windstoß schlug eine Kerbe in den Asphalt. Unsere Plastikbecher kippten um, Schuscha hielt sich das Kopftuch. Giorgis Haar richtete sich auf, als habe man ihn an eine Steckdose angeschlossen. Der Straßenstaub attackierte meine Augen. Ich kniff die Lider zusammen. Sobald ich wieder aufblickte, sah ich Giorgi: Er hetzte im Zickzack, wie ein bekiffter Hase, über die Avenue, verfolgt von wie irre hupenden Karossen, die genau auf ihn zuhielten.

34

Guram hatte in der Roten Armee in Afghanistan gekämpft. Diese Phase seines Lebens hatte er gut verkapselt irgendwo in seinem Inneren aufbewahrt. Eine Schatulle für die Perlen der Grausamkeit. Wenigstens eines hatte die Zeit am Hindukusch gebracht: Er wusste, wie man überlebte. Er spürte Gefahren, bevor sie ihn überrollten. Vielleicht roch er sie. Im Krieg hatte er mehrmals Kameraden in letzter Sekunde gewarnt. Der Respekt war ihm sicher, sogar der seiner Vorgesetzten. Er hätte es in der Armee zu etwas bringen können.

Als Guram gegen zehn von einem Bauern zurückkam, dessen Kuh einen Angelhaken gefressen und fast daran krepiert wäre, rief er die Hunde zu sich. Sie bellten und hechelten und sprangen an ihm hoch. Er mahnte sie, leise zu sein, und sie gehorchten. Guram nahm das Gewehr aus dem Schrank, lud es und öffnete die Hintertür.

Der Polizist war zwar kein dummer Kerl, doch seine Fragerei im Dorf hatte für Unruhe gesorgt. Manche sahen Guram mit neuem Argwohn an. Weil er alt war und den Arzt ersetzte, wenn die Leute Nierenkoliken hatten oder Gallensteine oder einen Hexenschuss, gaben sie ihm einen Vertrauensvorschuss. Man achtete ihn, vorsichtshalber. Die Leute hier waren nicht besonders klug. Das lag an der Inzucht. Guram predigte den Männern seit Jahren, ihre Seitensprünge drei Dörfer weiter auszuleben. Mindestens.

Nicht wegen der Frauen. Frauen waren Guram gleichgültig. Die wenigsten Ehen zerbrachen an den Affären. Außerdem waren Ehen unwichtig. Entscheidend waren Kinder. Guram ging es um die Bastarde. Im Dorf heirateten Brüder ihre Halbschwestern und Cousinen ihre Cousins. Sie wussten ja nicht, dass sie verwandt waren, hatten keine Ahnung, dass sie Kuckuckskinder waren, in einem Nest abgelegt, in das sie nicht gehörten. Mindestens zwei, drei solche Eheschließungen gab es pro Jahr. Die Familienlinien umschlangen einander wie Nattern. Unmöglich, über Generationen den Überblick zu behalten.

Guram hatte sich eine Frau in Tuschetien gesucht. Die Ehe war in die Brüche gegangen, aber wenigstens waren seine Kinder keine Tölpel.

Obwohl die Leute ihn respektierten, redeten sie untereinander, und Wörter fanden immer den Weg nach draußen. Wörter waren wie die Schwalben, die ihre Nester mit Vorliebe in Gurams Scheune bauten. Sie brachen aus, verteilten sich, hinterließen flüchtige Schatten. Genug, um Leute hierherzulenken. Leute mit neuen Fragen oder dummen Absichten.

Guram warf sich das Gewehr über die Schulter und verließ das Haus. Er sperrte nie zu. Es gab keinen Grund dafür. Im Haus gab es nichts, was es wert war, gestohlen zu werden. Die Hunde folgten ihm aufmerksam. Sie waren klug. Tiere verstanden etwas von den unmittelbaren Dingen des Lebens. Sie wussten Bescheid über Sterben und Leben. Ihre Instinkte funktionierten, und das begeisterte Guram. Deshalb hatte er seinen Beruf gewählt. Weil er von den Instinkten der Tiere lernen wollte. Von kranken Tieren, die ihm nicht mit Worten sagen konnten, worin ihr Leiden bestand. Die dennoch eine Sprache besaßen. Und Guram lernte.

Das Grüppchen stieg hinauf zu den Apfelbäumen, die dicht an dicht im hohen Gras am Hang hinter der Scheune wuchsen. Guram hieß die Hunde sich hinlegen.

Er selbst hockte sich ins Gras und wartete. Das war leicht. Von vielem hatte er im Übermaß. Seine Geduld überstieg alle seine sonstigen Talente.

Zwei Stunden später, als die Mittagssonne heiß brannte und die Hunde ihren Durst am Bach weiter oben am Hang gestillt hatten, um sich sofort wieder neben Guram zu legen, kam der Wagen den Weg hinauf. Kein Geländewagen, sondern einer, der sich quälte. Der Tierarzt ging in die Hocke und hielt das Gewehr locker im Anschlag.

Der Wagen erreichte seinen Hof. Ein Mann stieg aus, einer mit einer schwarzen Mütze, einer Jeansjacke. Er ließ den Autoschlüssel an einer Kette in der Hand tanzen.

Guram legte an.

Der Mann ging arglos zur Scheune und rief. Neben Guram wurden die Hunde nervös. Er flüsterte scharf. Sie legten sich hin, drückten die Schnauzen auf die Erde.

Ohne Hast schritt der Fremde auf die Hintertür zu Gurams Haus zu. Er rief ein weiteres Mal und legte die Hand auf die Klinke.

Guram drückte ab.

35

Mzcheta, die alte Hauptstadt Georgiens, schmiegte sich in einem beinahe perfekten 90-Grad-Winkel an die Ufer zweier Flüsse. Hier flossen der Mtkwari aus Westen und der Aragwi aus dem Großen Kaukasus zusammen. Der eine lehmig braun, der andere beinahe türkisblau. Mein Kopf lehnte an der Marschrutkascheibe. Ich dachte nach. Vielleicht war es nicht leicht, als betuchter Georgier im Westen zu leben. Womöglich wurde man angesprochen. Bekam unanständige Angebote. Wurde sanft mit vorgehaltener Waffe bedrängt, in diverse Geschäfte einzusteigen. Eventuell passierte das auch einer Operndiva.

Juliane und ich hatten diese Möglichkeit durchgesprochen. Ich hätte gern Giorgis Meinung gehört. Er ging nicht an sein Handy. Ich war verwirrt und sehnte mich nach Klarheit und Verständlichkeit.

Wir rauschten über die Autobahn, kreuzten die Schatten karger Berge. Kurz sahen wir die Kathedrale von Mzcheta in der Sonne aufleuchten, bevor der Kleinbus abbog und uns durch ein Gewirr von Straßen schaukelte, um uns im Zentrum der Stadt auszuspucken.

Lia Ketschagmadse wartete auf uns. Eine alte Dame von Julianes Statur und Alter, deren Händedruck Widerstandswille verriet. Ich schaute in leuchtend graue Augen; Eis mit Bernsteinsplittern. Ihr Haar war streng nach hinten gekämmt und hochgesteckt. Sie trug einen engen Rock und eine Strickjacke über der Bluse.

»Sie wollen mit mir über Clara reden«, stellte sie fest, während sie uns in einem japanischen Jeep quer durch die Stadt zum Restaurant ihrer Cousine kutschierte. Ihr Deutsch klang perfekt, mit fast hanseatischer Aussprache.

»Ja. Danke, dass Sie Zeit für uns haben«, sagte ich unterwürfig.

Juliane sagte nichts. Sie sondierte die Lage. Sie war es nicht gewöhnt, unterlegen zu sein. In Lia witterte sie eine Person, die sich nicht so leicht auf den Zahn fühlen ließ.

»Schon recht. Ich habe im Restaurant etwas zu essen für uns bestellt.« Sie sah auf die Uhr, der Jeep machte einen Schlenker und rammte beinahe einen Anhalter am Straßenrand. Der Typ sprang eine Böschung hinunter und schrie uns unflätiges Zeug hinterher.

Zwei Minuten später bogen wir durch ein Tor in einen Innenhof, in dem sich bereits eine Menge Fahrzeuge drängten. Alles schwarz glänzende Limousinen und Jeeps, fein geputzt und poliert. »Achten Sie nicht auf die Angeber«, sagte Lia und ging uns voraus, eine Treppe hinauf.

Ein Tisch stand für uns bereit; in einer Laube, im Schatten von Weinranken. Kühl, ruhig, ein kleines Paradies nach der Fahrt in der überfüllten Marschrutka und den Tbilisser Abgasen, die seit einer Woche unseren Schleimhäuten zusetzten.

Gut die Hälfte der Tische war besetzt. »Am Wochenende wird mehr los sein«, sagte Lia. »Meine Cousine arbeitet bis zum Umfallen und wird doch nicht fertig mit allem. Die letzten drei Tage hatten wir in der ganzen Stadt keinen Strom. Ihr in Tbilissi, ihr könnt euch das gar nicht vorstellen.«

Sie redete, als wären wir die heimlich beneidete und zugleich verachtete Verwandtschaft aus der Hauptstadt.

Wir bekamen Wein, Chatschapuri, Auberginen in Nusssoße, Hühnchen, das ganze Programm. Dazu Chinkali, die mit Hackfleisch gefüllten Riesentortellini.

»Also, Clara«, begann Lia und schenkte uns Wein ein, »Clara bekommt eine Menge Publicity und Aufmerksamkeit und braucht eigentlich nicht noch mehr Leute aus dem Ausland, die um sie herumschwänzeln und ihr Honig ums Maul schmieren.«

»Tatsächlich?«, fragte ich. Diese selbstverliebte Trulla ging mir auf den Wecker.

»Natürlich! Sie muss aufpassen; wer zu oft in der Zeitung steht, der hat sich irgendwann verbraucht.« Sie stieß mit uns an und trank auf die Kunst und die Ehre, ein Künstler zu sein.

»Auch meine Vorfahren waren Deutsche. Ich bin die letzte in meiner Familie, die mit Deutsch als Muttersprache aufgewachsen ist. Meine Kinder verstehen deutsch. Aber sie sprechen es nicht. Sie sehen keinen Grund dazu.«

»War Clara in diesem Frühjahr in Balnuri?«, stellte ich meine nächste Frage.

»Sie brauchen sich vor mir nicht zu verstellen. Wir wissen, dass sie sich abgeseilt hat. Wohin auch immer. Wahrscheinlich wurde ihr der Rummel zu viel. Sie wird irgendwann wieder auftauchen. Schon als Kind bekam sie immer eine Extrawurst gebraten. Spielte sich in den Mittelpunkt und tat anschließend ganz schüchtern. Ein kleines Biest.«

Ich biss in ein Chinkali, schlürfte die Soße raus und ließ

Lia reden. Juliane hockte schweigsam da, scannte die Laube und nippte ab und zu an ihrem Wein.

»Natürlich ist sie sehr begabt und fleißig. Sie hatte bei mir Klavierstunden. Ich erkannte schnell, dass ihr eigentliches Talent der Gesang war. Ihr Fleiß hat sie auf die Bühnen Europas gebracht. Ihr Fleiß und ihr Ehrgeiz haben sie von allen anderen Kindern unterschieden, die wahrscheinlich so weit wie Clara gekommen wären. Wenn sie sich ein bisschen mehr angestrengt hätten. Nehmen wir nur meine Tochter Sonia. Sie singt wie eine Lerche, ist aber so faul, dass sie in Jacken ohne Knöpfe herumläuft, weil sie sich nicht aufraffen kann, sie anzunähen.«

Aha, dachte ich. Lias Tochter als verkappter Star.

»Es ist klar, dass Clara in Deutschland die Ausbildung bekam, die sie brauchte, um eine der Großen der Opernbühne zu werden. Deswegen waren wir Musikfreunde sehr dafür, dass ihre Mutter mit ihr ausreiste. Lediglich ihre Großmutter war dagegen.«

Ich hielt den Atem an.

»Warum?«, fragte ich so beiläufig wie möglich. »Wollte sie Clara nicht fördern?«

»Medea ist ein eigensinniges Weibsbild gewesen!« Lia trank mehr Wein. Ihr blasses Gesicht rötete sich leicht. »Liebte Clara abgöttisch. Deswegen wollte sie sie nicht hergeben. Wollte einfach verhindern, dass das Mädchen ausreist und eine bessere Zukunft bekommt.«

»Was heißt das, sie wollte es verhindern?«

Lia blickte mich scharf an. »Rennt umher und quatscht alle möglichen Leute an und sucht Kontakt zu den Kadern, die über die Ausreise zu entscheiden haben. Damals konnte man nicht einfach zum Flughafen fahren, durch die Passkontrolle schreiten und abfliegen.«

»Das kann man heute auch nicht«, ließ sich Juliane vernehmen. »Man braucht ein Visum.«

In Lias Gesicht leuchtete etwas auf, was wie Respekt aussah. Vielleicht war es auch Vorsicht. Ich bat meinen Atem, seinen Rhythmus ein klein wenig gleichmäßiger zu trommeln.

»Da haben Sie recht«, gab Lia gereizt zu. »Georgier sind in der westlichen Welt nicht willkommen. Wir sind ja alle gefährliche Sozialschmarotzer.«

»Heißt das, Claras Großmutter wollte verhindern, dass Tochter und Enkelin ein Ausreisevisum bekommen?«, fragte ich behutsam.

»Was sollte es sonst heißen! Medea wollte Clara für sich behalten. Ihrer Tochter stand sie nie nahe. Die Enkelin jedoch, die war ihr größter Schatz, und einen Schatz gibt eine wie Medea nicht her.«

»Dennoch hatten ihre Ränkespiele keinen Erfolg.« Meine Finger krallten sich um meine Knie.

»Richtig. Ein paar Freunde, die dem Chor und Clara nahestanden, haben Wind von Medeas Intrigen bekommen. Medea wurde isoliert, die Missverständnisse bereinigt, und wenige Wochen später verließen Clara und ihre Mutter das Land. Es dauerte nicht lang, und Medea ging in die Berge. Möge ihr Kadaver dort verrottet sein.«

Ich sah Juliane an. Sie erwiderte meinen Blick nur kurz, dann entschuldigte sie sich und fragte nach der Toilette.

»Geht es Ihrer Freundin nicht gut?«, erkundigte sich Lia teilnahmslos.

»Sie leidet an Asthma und nimmt starke Medikamente.« Ich grinste innerlich. Juliane nahm nie Tabletten.

»Schlimme Sache.«

»Sie sind sicher, dass Medea gestorben ist?«

»Ansonsten hätte man von ihr gehört. Georgien ist ein kleines Land. Hier kann man nicht abtauchen, ohne dass irgendwann jemand die Spur wittert.«

»Für Sie, ich meine, für die Musikfreunde rund um den

Chor«, machte ich weiter, »war es natürlich eine gute Sache, dass Clara in Deutschland ausgebildet wurde.« Ich nahm das letzte Chinkali von der Platte.

»Sicher. Unser Chor bekommt auf diese Weise Aufmerksamkeit und Geld.«

»Clara finanziert den Chor?«

»Nun, sie finanzierte ihn. Präteritum.«

»Wie – schießt sie nichts mehr zu?«

»Seit September stehen wir in den roten Zahlen«, erregte sich Lia, »und die glanzvolle Diva denkt nicht daran, auszuhelfen.«

»Der Chor hat Schulden?«

»Leider ja.«

Ich versuchte zu überschlagen, welche Ausgaben ein solcher Chor hatte, wenn die Leiterin ehrenamtlich arbeitete und die Sekretärin einen symbolischen Betrag ausgezahlt bekam.

»Der größte Posten ist die musikalische Ausbildung der Kinder. Wir schicken einige zu Sommerschulen nach Deutschland.«

»Haben Sie keine Sponsoren?«

Lia nickte grüblerisch. »Clara sorgte dafür, dass sich immer wieder ein paar reiche Leute für den Chor interessierten.«

»Die Geldgeber brechen weg?«

»Wie gesagt: Wir können nicht mehr, die Kassen sind leer, und Clara denkt lieber an ihr Image als an uns.«

Das war es also. Ich lehnte mich zurück und blinzelte durch die tropisch grün funkelnden Weinranken in den Himmel. Clara fiel in Ungnade, weil sie kein frisches Geld brachte. Die Milchkuh, deren Euter versiegte, verdiente keine Zuneigung, keine Einladungen, keine Aufmerksamkeit mehr.

Lia lehnte sich zu mir: »Verstehen Sie: Wir Musikfreunde

in Balnuri, wir stehen auf weiter Flur allein. Wenn Clara ausfällt, kann der Chor einpacken. Wir haben niemanden von ihrem Format, der für uns einstehen würde. So ein Chor ist ein Gewicht, das eine ganze Stadt versinken lassen kann.«

Ich sah aus den Augenwinkeln, wie Juliane zurückkam. Mit ihrem typischen Pokerface. Es dauerte bestimmt nicht mehr lange, bis sie auf Lia losging. Einfach aus Opposition. Ich würde mit Freuden den Sekundanten geben.

»Und Claras Verwandte? Wie sehen die das alles?«

Lia beugte sich noch weiter über den Tisch. »Sie wissen bestimmt, wie Familie ist. Eifersüchtig. Missgünstig! Mehr nicht! Möchten Sie Kaffee?«

Die Audienz näherte sich dem Ende.

»Gern. Gut, dass der Chor Isolde hat«, stellte ich ins Blaue hinein fest.

Lias Mundwinkel verzogen sich zu etwas, das ich in einem Buch als spöttische Herablassung beschreiben würde. Sie bemühte sich nicht einmal, ihre Süffisanz zu verbergen.

»Ja, nun, Isolde ist eine ganz Fleißige.«

»Fleiß, so sagten Sie vorhin, ist es, was ein Künstler braucht.«

»Fleiß ohne Talent?« Die Bernsteinsprengsel in Lias Eisaugen glühten auf. »Einer emsigen Person wie Isolde verdankt der Chor natürlich viel. Verstehen Sie mich nicht falsch. Sie ist genau auf dem richtigen Posten. Eine unermüdliche Kämpferin für unsere Kinder. Und für ihren Sohn natürlich. Der Kleine ist musikalisch veranlagt, keine Frage. Er hat das Zeug zum Pianisten; ein neuer Mozart ist er nicht.« Ihr gönnerhaftes Lächeln vertiefte sich.

»Das meint Isolde, oder?«, ließ sich Juliane vernehmen.

»Sie tut alles für ihr Kind. Ab dem September wird Tedo in Tbilissi in einer privaten Schule unterrichtet. Das übliche Programm, Lesen, Schreiben, Rechnen, und dazu viele Stunden am Tag Musik.«

Armer Kerl, dachte ich. Diese Kindheit konnte man abschreiben. Wir tranken unseren Kaffee. Als ich zahlen wollte, stellte Lia sich quer. Das käme nicht infrage. Wir wären ihre Gäste gewesen. Sie fuhr uns zurück ins Zentrum. Für eine Besichtigung der Kathedrale blieb keine Zeit. Wir nahmen das nächste Sammeltaxi. Eine Stunde später waren wir im Hotel und packten unsere Sachen. Um kurz nach neun stand ich an der Rezeption und wartete auf Juliane.

»Wie gefällt es Ihnen in Tbilissi?«, machte Beso Konversation.

»Gut, danke.« Mein Kopf gab keine Wörter mehr her. Das passierte mir ab und zu. Wenn ich in einem Projekt feststeckte, fehlte mir plötzlich die Ausdrucksfähigkeit. Das versackte Denken blockierte meine Sprache. Ich lächelte, um Beso zu signalisieren, dass ich keinesfalls unwirsch sein wollte. »Arbeiten Sie eigentlich rund um die Uhr?«

Er zuckte die Achseln. »Es ist nicht so leicht, zuverlässiges Personal zu bekommen.« Seine Augenbrauen zogen sich zu einem dicken, schwarzen Strich zusammen. »Gestern wurden Sie doch abgeholt«, sagte er. »Von einer Frau. Ich meine, die hätte sich mal bei uns beworben. Für die Verwaltung. Sie kam kurz vor Ostern. Wir hatten das Haus voll und meine Kollegin und ich hatten rund um die Uhr gearbeitet.«

»Isolde?«, rief ich. »Unmöglich.«

»Ja, ich nehme an, ich habe mich getäuscht«, zog Beso sofort zurück.

Juliane rauschte die Treppe hinunter. Tonnenschwer hing ihr bulliger Rucksack über ihrer zarten Schulter. »Wo steckt Sopo? Wieder zu spät?«

»Wir sind am Montag wieder hier«, sagte ich zu Beso.

»Haben Sie gehört?«, rief er uns nach. »Alle westeuropäischen Flughäfen sind geschlossen. Nur rund um das Mittelmeer gibt es noch Flugverkehr. Wegen der Asche aus Island.«

»Was die hier alle mit diesem Vulkan haben«, sagte ich zu Juliane. Draußen war es windig und kühl. Ich zog den Reißverschluss meiner Jacke hoch. Zu Vulkanen hatte ich keine wirkliche Beziehung, und allzu kalte Länder hatte ich auf meinen Reisen stets gemieden.

»Er will damit sagen, dass es ein Problem geben könnte, hier wegzukommen«, erwiderte Juliane. »Weil nämlich kein Flieger mehr nach Westen geht. In Istanbul ist Schluss.«

36

Der Zug ratterte gemächlich über die Schienen, als wolle er jede Unregelmäßigkeit der Gleise nutzen, um uns so richtig durchzuschütteln. Mit Sopo zusammen hatten wir ein Viererabteil für uns allein. Zwei Betten unten, zwei oben. Alles blitzblank und hochmodern. Juliane war bereits wie ein Affe auf ihres geklettert und hielt eine Vorlesung, während unsere Dolmetscherin auf dem Gang stand und unentwegt telefonierte. Der Schaffner kümmerte sich rührend um uns. Er schaltete den nutzlosen Fernseher aus, in dem der isländische Vulkan gezeigt wurde, der wie ein Riesenbovist eine gigantomanische Masse an Asche in die Atmosphäre pustete. Er reparierte die Leselampe an meiner Schlafstätte, brachte frisches Bettzeug und fragte in passablem Englisch, ob wir irgendetwas brauchten. Wir verneinten höflich.

Der Nachtzug nach Batumi war auf die Minute pünktlich vom Tbilisser Hauptbahnhof abgefahren. Wir bewegten uns exakt nach Westen, auf die Küste des Schwarzen Meeres zu. Fast alle Passagiere standen auf dem Gang und rauchten bei offenen Fenstern. Im Abteil wurde es schnell heiß. Ich zog die Schuhe aus und hockte mich im Schneidersitz auf mein Bett. Eine Anderthalbliterflasche Mineralwasser aus meinem Rucksack ziehend, bat ich: »Noch mal von vorn.«

»Hörst du schwer?«, gab Juliane zurück. »Oder hörst du einfach nicht zu?« Wie sie da auf dem Stockbett saß, die bejeansten Beine baumeln ließ, barfuß, die Fußnägel rot lackiert, in einem roten T-Shirt, auf dem ›Worldcup 2010‹ stand, konnte ich nicht mehr an mich halten. Ich lachte los.

»Aha.«

»Entschuldige, Juliane, das sieht einfach so witzig aus, du dort oben, ich hier unten ...«

»Genau, Herzchen. Ich schwimme auf der Welle und die Welle ist das Meer.«

»Nein, die Welle ist nicht das Meer, sondern nur eine bestimmte Ausprägung seiner Form.«

»Also wissen Se, nee! Solche Spitzfindigkeiten! Und das mitten in der Nacht.«

Wir kicherten beide. Ich freute mich auf die Küste, hoffte auf frische Luft, Erholung, eine neue Sicht der Dinge. Begreiflicherweise rechnete ich damit, dass sich das Chaos der letzten Tage lichten würde. Am liebsten wäre mir, wir kämen zurück nach Tbilissi und stellten fest, dass es weder Mira noch Clara je gegeben hätte. Dass sie einfach eine hitzköpfige, fantastische Aufbäumung waren. Etwas Ungewisses, das aus einer turbulenten Novelle herausgetreten war, um ein paar übererregbare Feuilletonisten zu beschäftigen. Was jedoch keine Herausforderung, schlicht kein Geschäft für einen Ghost darstellte.

»Ich bin wirklich ein Geist«, murmelte ich halblaut.

»Schnullerbacke, es ist nicht die Stunde der Selbstreflexion«, ließ sich Juliane vernehmen. »Hör zu: Es gibt drei Punkte, von denen ich meine, dass sie wichtig sind, um die diversen kaukasischen Knoten zu durchschlagen.«

»Schieß los.« Mir kam Bert Brecht in den Sinn. Ein Kreidekreis. Kein Knoten.

»Zum einen: Mira forscht in einer politischen Sache, die ins Mafiamilieu führt. Wie weit hat sie sich aus dem Fenster gelehnt? Sie war ja nicht naiv, schätze ich, wenn sie in Kriegsgebieten im Einsatz war. Sie wusste, was sie tat. Machte sie es jemandem leicht, sie umzubringen?«

Ich nickte, ohne zu verstehen. Mein Hirn hatte vorübergehend auf Stand-by geschaltet. Das passierte in diesem Land alle paar Minuten. Auf dem Gang stritten ein paar Männer. Ihre Stimmen schwollen an, überschlugen sich, knallten gegen die Wände des Zuges. Kleine Plänkeleien wurden hier schnell explosiv.

»Zweitens: Isolde braucht Clara. Jedenfalls ihr Geld. Weshalb, so frage ich dich, umgarnt sie sie dann nicht, macht ihr Komplimente und Geschenke, hegt und pflegt sie? Ganz im Gegenteil, sie mäkelt an ihr herum, lässt sie allein im Hotel sitzen, pickt sie in einem Restaurant auf und lässt sie in aller Öffentlichkeit auflaufen.«

»Weil sie sauer auf Clara war.« Ich trank von dem Wasser in großen Schlucken. Es war salzig wie Meerwasser.

»Isolde ist nicht dumm!« Juliane streckte die Hand aus.

Ich gab ihr die Flasche. »Vielleicht nicht dumm, aber ein bisschen beschränkt?«

»Ach was, Eierköpfchen! Sie ist innerlich versaut von

Argwohn und Missgunst. Sie erträgt nicht, dass Clara berühmt ist und sie nicht.«

»Wobei Clara mit all ihrem Ruhm nicht glücklich geworden ist.«

»Das liegt nicht am Ruhm, den sie sicherlich verdient. Sondern daran, dass niemand sie liebt.«

»Tamara vielleicht«, warf ich ein. »Sie sagte, sie wäre so etwas wie Claras Ersatzmutter.«

»Ja, bloß lebt sie in Georgien, und Clara ist die meiste Zeit des Jahres eben nicht hier.«

»Trotzdem ist es besser, jemanden zu haben, selbst wenn er Tausende Kilometer weit weg ist, als niemanden.«

Juliane sah mich zärtlich an, bevor sie die Flasche an die Lippen setzte. »Pfui Teufel, das Zeug ist ja schlimmer als das Bordschomi-Schwefelwasser.«

Ich grinste. »Isolde lebt ihre Karriere in ihrem Sohn aus.«

»In einem Kind! Der Knabe ist fast noch ein Baby.«

»Und für ihn braucht sie Geld. Für seine Ausbildung. So eine private Grundschule mit Schwerpunkt in der Musik ist sicher nicht billig.«

»Die Kohle ist gut angelegt.« Juliane schraubte die Flasche zu und warf sie mir direkt in die Arme. »Nur, woher hat sie sie? Sie leitet den Chor ehrenamtlich, der Mann ist arbeitslos. Hartz IV kennt man hier nicht, es gibt keine Sozialleistungen. Selbst wenn sie zusätzlich private Musikstunden gibt – essen muss die Familie auch mal.«

»Du meinst«, begann ich langsam, »sie hat Geld für sich abgezweigt?«

»Nicht für sich persönlich. Für ihre privaten Zwecke. Speziell für die musikalische Früherziehung ihres Sohnes.«

»Und Clara ist dahintergekommen; es gab Knatsch«, fantasierte ich drauflos.

»Ich glaube nicht einmal, dass Clara dahintergekommen ist. Im Gegenteil: Die Diva grämt sich mit dem Gedanken, warum die Musikfreunde in ihrer Heimatstadt sie nicht mehr lieben. Und niemand schenkt ihr reinen Wein ein.«

»Als Star wirst du schnell geliebt. Wehe, du fällst in Ungnade. Dann ist es aus mit der Freundschaft, die keine war.«

Juliane streckte sich auf ihrem Bett aus. »Lass uns davon träumen. Den Dichtern kommen die besten Ideen im Traum.«

Auch ich kroch unter meine Decke, löschte die Leselampe und sackte dem Schlaf entgegen.

»Was hältst du von der Geschichte mit Claras Großmutter?«, fragte ich in die Dunkelheit des Abteils hinein. Das Gezänk draußen war abgeflaut; nur Sopos Stimme zwitscherte im vertrauten Rhythmus ins Handy.

»Das«, antwortete Juliane, »ist das interessanteste Kapitel an diesem großen Roman, den das Leben schrieb.«

37

In einem überheizten Abteil zwei Wagen weiter lag ein Mann auf seiner Bettstatt und versuchte, das Schnarchen der drei anderen Passagiere zu ignorieren.

Dieser Job war das Beste, was ihm seit Langem passiert war. Es hatte keine Bedeutung, ob er den Auftrag besaß, jemanden umzubringen. Er kam von seiner der Teilnahmslosigkeit verfallenen Frau weg, vom Gezänk seiner

Geliebten, deren Bauch an ihrem schmalen Körper hing wie ein Fesselballon, und von diesem Tölpel von einem Sohn, dessen hervortretende Augen ihn stundenlang unentwegt ansehen konnten. Als sprächen sie ihn schuldig für das erlittene Unglück. Sein älterer Sohn suchte sich selbst Arbeit. Er wusste von dem Bastard. Er würde von dem Geld, das er verdiente, der Familie etwas abgeben. Niemand hatte eine Ahnung, womit er Geld machen wollte, und niemand interessierte sich dafür.

Somit war das Schlimmste abgewendet. Bis zum Herbst würden sie durchhalten. Wenn das Kind geboren war, würde er seiner Geliebten die Hälfte des Blutgeldes geben. Damit wäre die Sache für ihn erledigt, sollte sie mit ihrem Kind hin, wo sie wollte, solange sie ihn in Ruhe ließ.

Der Zug kroch langsam über ein paar Weichen. Alles schepperte und klapperte, es roch nach Eisen und nach Schweiß und einer der Männer im Abteil schrie auf und warf sich auf seiner Pritsche hin und her.

Akaki stöhnte. Er richtete sich auf und hockte gebückt da, um sich den Kopf nicht an der Bettstatt des Fahrgastes über ihm zu stoßen.

Die jüngere Frau würde kein Problem sein. Er schätzte sie als naive, dumme Westeuropäerin ein. Wenn sie weniger rund wäre, könnte er sich sogar vorstellen, mit ihr etwas anzufangen, nur zum Schein. Doch er stand auf schlanke Frauen.

Die Alte allerdings, mit der musste er vorsichtig sein. Die hatte so eine Art an sich ... die ließ sich nichts vormachen. Er stand auf und trat auf den Gang. Hier draußen war die Temperatur erträglicher. Langsam ging er zum Ende des Zuges, durchquerte den nächsten Wagen, eine Zigarette im Mundwinkel, sah andere Passagiere, die in den stickigen Abteilen nicht schlafen konnten. Manche stierten dumpf aus dem Fenster, andere tranken aus Flaschen, die sie in

Plastiktüten gesteckt hatten, und einer hockte auf dem Boden, ein Schachbrett vor sich aufgebaut, und spielte gegen sich selbst.

Akaki wusste die Abteilnummer. Natürlich würde er es nicht hier im Zug tun. Er würde warten, bis die beiden sich in Batumi herumtrieben. Er würde etwas arrangieren.

Abteil 16. Die Tür war angelehnt, wegen der bullernden Heizung, die sich nicht abstellen ließ. Akaki lehnte sich an das gegenüberliegende Fenster und rauchte schweigend. Seine Hand glitt unter seine Jacke, wo er seinen Revolver verstaut hatte. Nur im Notfall würde er es mit einer Handfeuerwaffe tun. Er hoffte auf andere Möglichkeiten. In Abteil 16 war es still. Frauen schnarchten nicht. Er kannte keinen einzigen Mann, der sich beschwerte, wegen seiner schnarchenden Partnerin nachts nicht schlafen zu können. Er hätte gerne gewusst, warum Frauen nicht schnarchten.

Er war versucht, einfach hineinzugehen, nur um zuzusehen, wie sie schliefen. Er tat es nicht, weil er kein Risiko eingehen durfte. Dieser Job rettete sein Leben mindestens für sechs Monate.

Er warf die Kippe aus dem Fenster und fuhr herum, als ihn etwas von hinten streifte.

Alles Einbildung. Niemand war an ihm vorbeigegangen.

Langsam machte er sich auf den Weg zurück zu seinem Abteil.

38

Medea wusste seit Langem, dass das Unglück zu scheitern nichts mit einem selbst zu tun haben musste. Man konnte genauso gut Pech haben oder von einer ungünstigen Sternenkonstellation beeinflusst werden. Wobei Medea in ihrem langen Leben nicht dahintergekommen war, ob der Stand der Planeten wirklich auf den Menschen einwirkte oder nicht. Sie stellte die Kaffeetasse weg.

»Was ist?«, fragte Keti.

Keti war alt geworden, fand Medea. Sie nahm ab, war dünn wie wilder Spargel. Je mehr Gewicht sie verlor, desto luftiger wurde ihr Wesen, um abzuheben, wie ein Ballon, und über die Berge davonzufliegen.

»Wann kommt die letzte Marschrutka aus Tbilissi?«

»Aus Tbilissi?« Keti glotzte wie ihre Kuh. »Na, es ist schon dunkel. Kann nicht mehr lang dauern. Weshalb?«

Medea wünschte, Keti würde nach Hause gehen und sie nicht länger am Alleinsein hindern. Da waren zwei Stimmen in ihrem Kopf. Eine dröhnende, protzige, gewaltige. Eine, die Macht über Menschen kannte. Und eine ganz zarte, die in Medeas Ohr viel mehr Raum einnahm. Dennoch gehörten beide irgendwie zusammen.

»Neulich war eine Frau hier, die kam aus Swanetien«, plauderte Keti drauflos. »Die hat mir aus der Hand gelesen.«

Und ein dankbares Opfer gefunden, dachte Medea kampfeslustig. Sie machte sich daran, die Ziege zu füttern. Das Tier teilte mit ihr das armselige Häuschen. Es milderte die Einsamkeit.

Medea wollte nicht an das Glück glauben. Sie hatte nie eine besonders mütterliche Seite besessen. Ihren Töchtern war sie mit Wohlwollen begegnet, das war alles. Zu mehr war sie nicht imstande und fühlte Erleichterung, sobald die beiden aus dem Gröbsten heraus waren. Aber die Kleine war ein neues Gefühl. Ein wirkliches Glück. Eine Verbindung zwischen ihr und dem Kind, die vom Moment seiner Geburt an bestand.

Sie hatte den Verlust nicht ertragen können. Sie hatte alles versucht, um das Kind bei sich zu behalten. Nicht aus Eifersucht. Nicht aus überkandidelter Liebe heraus, die nichts hergeben, alles für sich haben wollte. Sondern weil sie erkannte, was keiner sonst sah: Dass das Kind an dem neuen Leben zerbrechen würde.

Man hatte ihre Absichten ganz anders verstanden. Ihr unterstellt, eine Karriere, ein großartiges Talent vernichten zu wollen. Medea hatte etwas anderes gemeint, als sie ihre Kontakte spielen ließ, aber sie hatte es niemandem erklären können. Deshalb glaubten alle, die sie aus ihrem früheren Leben kannten, an Medeas unheilbaren Egoismus.

Nachdem das Auto mit den beiden davongefahren war, zum Flughafen nach Tbilissi, hatte sie zum ersten und letzten Mal in ihrem Leben Gott angefleht. Gott im Himmel, wenn du sie mir nicht lassen kannst, dann gib ihr einen Teil meiner Seele, damit sie mich spürt und von meiner Kraft, von meinem Leben nehmen kann, was immer sie will.

Sie hatte das Kind nie verwöhnt wie die anderen Großmütter ihre Enkel. Sie hatte lediglich die Sehnsucht des Mädchens verstanden und ihr gegeben, was sie am meisten brauchte. Die Liebe eines Menschen, der nicht über sie urteilte, sie weder übermäßigem Lob noch zermürbender Kritik unterzog.

Medea streichelte die Ziege, während sie Ketis tumben Blick auf sich spürte. Etwas geschieht, dachte sie und sah zu, wie die Ziege hungrig fraß. Sogar Keti spürt es. Also muss da etwas sein. Sie hob den Kopf und lauschte. Sie hörte nichts als das Gurgeln des Terek hinter dem Haus.

Es schneite leicht. Der kalte Wind schlich sich ins Zimmer, durch die Ritzen zwischen Fenster und Mauer, über die Türschwelle. Keti zog ihr Schultertuch fester um sich.

Das Kind hatte ihr ein paar Mal geschrieben. Medea hatte die Briefe nie beantwortet. Sie konnte nicht. Der Schmerz hatte ihr Herz zerfressen. Sie wollte eine Erinnerung bewahren an ein Kind, das schräg über die Straße wohnte. Allzeit konnten sie einander sehen, miteinander essen, sich Neuigkeiten erzählen. Und plötzlich war das Mädchen fort. Weit fort. So weit hinter dem Eisernen Vorhang – Medea hatte sich kaum vorstellen können, dass diese Welt tatsächlich existierte. Heute war niemand mehr imstande nachvollziehen, wie unüberwindlich diese Distanz erschienen war. Ferner als Mond und Mars. Ferner als das Ende des eigenen Lebens.

Im Ort hatte man sie gehasst. Wie einfältig die Menschen waren! Die Musikfreunde redeten sich in Rage, trugen immer wieder dieselben Zusammenhänge vor, von einer intriganten, bösartigen, gehässigen und egomanischen Medea. So lange wirbelten die Schilderungen von Mund zu Mund, bis die Leute die Wirklichkeit neu zurechtgezimmert hatten. Musik! Medea konnte allein das Wort nicht ertragen, und sie schloss sich nicht an, um Claras Stimme im Radio zu hören, oder die ersten Plattenaufnahmen, die auf geheimnisvollen Wegen ins Land huschten. Die reizende, berauschende, geschliffene Stimme eines Teenagers mit einer außergewöhnlichen Begabung.

Ihre zweite Tochter, Claras Tante, nahm ihr das übel. Die Familie drangsalierte sie. Bald machte die ganze Stadt mit. Zusätzlich suchte die Angst um das Kind Medea heim. Manchmal, in den Nächten, spürte sie etwas, von dem sie meinte, es sei die Verbindung zu Clara. Als litte Clara und riefe nach ihr. Die Pein wurde unerträglich, weil der Zweifel in Medeas Herz Nahrung fand. Vielleicht habe ich falsch gehandelt, indem ich versuchte, ihre Ausreise zu verhindern. Oder indem ich es nicht mehr versuchte. Vielleicht bilde ich mir alles nur ein. Der innere Zwiespalt marterte sie.

Sie hatte keine andere Möglichkeit gesehen, als zu gehen. Das alte Leben abzuschließen und neu geboren zu werden. Gestorben war sie, sobald der Wagen mit Clara und ihrer Mutter auf der staubigen Straße außer Sicht geriet. Zu verschwinden bedeutete nichts mehr.

Mit einem Bündel auf dem Rücken brach sie in tiefer Nacht nach Gomi auf. Sie wollte in die Berge. Von dort kam sie unzählige Jahre später über viele verzweigte Wege nach Kasbegi. Hier war sie eine einsame Alte, die keine Vergangenheit besaß. Eine, die man in Ruhe ließ, weil sie sich nützlich machte mit ihrem Wissen um die Konstellationen des Lebens. Eine, die nichts wollte, von keiner Behörde, von keinem Amt; die man nicht ausfragte, weil sie von einer Aura des Schmerzes und des Geheimnisses umgeben war.

»Ich gehe dann mal«, sagte Keti. »Mein Niko wartet auf mich.« In ihren Augen las Medea Verwirrung. Sie musste aufstoßen, so heftig kam das Glücksgefühl: Selbst Keti merkt es. Etwas geschieht.

»Gute Nacht, Keti«, sagte sie sanft und umarmte die Freundin. »Danke für deinen Besuch.«

39

Vor meinen Augen war die Welt zu einer Schatzkiste geworden. Die Nacht schwebte davon. Das Meer lag nicht schwarz, sondern grau neben den Bahngleisen. Halb verrottete Telefonkabel baumelten an den Masten.

Ich kroch aus meinem Bett und trat auf den Gang. Es war kurz nach fünf Uhr morgens. Der Zug stand direkt am Strand, vielleicht 20 Meter von den verschlafen platschenden Wellen entfernt. Links zog sich eine Bucht bis zum Horizont. Ich sah ein Schiff und einen Turm, beide schwarz im Dämmerlicht.

Im Zug war es still. Aus manchen Abteilen hörte ich grollendes Schnarchen. Irgendwo klingelte ein Handy. Ich setzte mich auf einen Klappsitz und starrte hinaus, überwältigt, erstaunt. Einer jener Augenblicke, in dem man innehielt und sich fragte: Wie komme ich genau jetzt, in diesem Moment meines Lebens, an diesen Ort? War das Vorsehung, der große Plan einer unbekannten Macht, oder schlicht ein indifferenter Zufall, der Leben zurechtschnitt, wodurch ein manchmal komisches, manchmal schauriges Flickwerk entstand? Die meisten Menschen versuchten sich mit Prognosen und Erklärungen, wie und warum Dinge passieren würden oder auch nicht, und hielten sich für besonders rational und logisch, während sie andere, die ab und zu ein Horoskop lasen oder sich abgegriffene Nostradamus-Bücher im Antiquariat kauften, belächelten. Bedingungslos zu rationalisieren, zu hinterfragen und seine Skepsis zu zelebrieren, fand ich genauso abergläubisch wie das Tragen eines Talismans. Mir waren statistikdürre Menschen ebenso unsympathisch wie solche, die ihr Bauchgefühl zum Gott erhoben. Aber das alles spielte keine Rolle beim Anblick des Meeres.

Der Zug fuhr ruckelnd an und kroch mürrisch weiter,

als wolle er sagen, er sei es nicht würdig, über derartig alte Schienen zu rollen.

Eine Stunde später checkten wir in einem Hotel ein, das direkt hinter dem Batumi Boulevard lag, einer schick hergerichteten, am frühen Morgen menschenleer daliegenden Strandpromenade. Juliane und ich teilten ein Zimmer. Es mutete orientalisch an, mit Teppichen an den Wänden und einem verschnörkelten Holzbalkon, der durstig nach neuer Farbe schrie.
»Ich gehe schwimmen«, sagte Juliane und verschwand.

40

Medea löschte die Gaslampe und trat vor die Tür. Die Schneeflocken, die auf ihr Kopftuch fielen, waren schwer und nass. Frostiger Regen, der sich als Schnee tarnte. Medea scheuchte die Ziege zurück ins Haus und schob die Tür zu. Langsam ging sie den Terek entlang bis zu der schmalen Brücke, die über die Schlammfluten führte. In den Bergen schmolz der Schnee. Das Wasser würde bald die Brücke überschwemmen.
Die Scheiben des Wirtshauses an der Ecke waren beschlagen. Das Kondenswasser rieselte an den Fenstern herab. Die Straßenbeleuchtung flackerte. In ihrem Lichtschein konnte Medea die schweren Flocken auf den Asphalt taumeln sehen, wo sie sogleich schmolzen, zu einer schmierigen Pampe, in denen ihre Gummistiefel keinen Halt fanden.

Nicht die feine Art, einen wichtigen Gast zu begrüßen, in Gummistiefeln, dachte Medea.

Aber Clara war kein Gast. Sie war ihr Kind. Ihre Enkelin, wenn sie genau sein wollte. Etwas von ihr lebte in dem Mädchen. Mädchen, nein, Medea rückte an ihrem Kopftuch, ein Mädchen war sie, als sie ging. Nun war sie eine erwachsene Frau. 36. Medea erinnerte sich genau an den Tag ihrer Geburt. Sie kam in dieses Leben, so leise, so plötzlich. 20 Minuten nach der ersten Wehe lag das Baby in den Armen seiner Mutter, es weinte und schrie nicht, sondern schlief friedlich, ohne seine Umwelt weiter zu beachten. Als Clara zwölf war, reiste sie aus. Sie trug das blonde Haar in zwei dünnen Zöpfen. Sie war spät dran, hatte noch keinen Busen, wie die anderen Mädchen ihres Alters, und spielte gern mit einem Jungen, der Epileptiker war und Dodo genannt wurde.

Medea hatte sich nie für die Presseberichte über Clara interessiert. Und natürlich wusste hier niemand irgendetwas über Medeas Herkunft. Einmal hatte Keti eine Zeitschrift aufgetrieben. Mit Clara Clevelands Leben als Titelgeschichte. Medea hatte die Freundin gebeten, ihr die Zeitschrift dazulassen. Einen Abend lang hatte sie darin geblättert. Die bunten Fotos ihrer Enkelin betrachtet und gegen die innere Zerrissenheit gekämpft. Sich ausgemalt, wie es wäre, ein Konzert zu besuchen, in dem Clara sang. Wie stolz sie sein könnte! Aber sie hatte nur Ablehnung und Furcht gefühlt.

Medea ging langsam die Straße hinauf. Ein Jeep raste knapp an ihr vorbei. Das würde zu ihr passen. Dass sie das Glück versäumte, weil ein volltrunkener Idiot sie im Finstern rammte. Medea hatte sich nie vor dem Tod gefürchtet. Vielmehr hatte sie ihn viel zu häufig in diesen letzten Jahrzehnten herbeigesehnt. Fast ein Vierteljahrhundert war sie von Clara getrennt.

Halt, dachte Medea. Ich weiß es nicht sicher. Ich gehe den Weg hinauf, in der Hoffnung, dass die letzte Marschrutka heute ... sie verbot es sich, weiterzudenken.

Der Wind fegte schneidend kalt von den Bergen herab. In den Häusern legten die Menschen Holz nach. Der Winter hier oben an der Grenze zu Russland wollte nicht enden. Zu rau, zu kalt, zu hoch. Gerade weit genug weg, um nicht mehr gesehen zu werden, ergänzte Medea.

Sie zog den wollenen Umhang fester um ihre Schultern.

Ein Wagen kam aus Richtung Gudauri, noch einer. Danach schlummerte die Straße. Medea lehnte sich in den Schatten eines Baumes. Im Süden musste schon alles grün sein. Hier trugen die Bäume noch kein Laub. Nicht ein einziges Blatt. Etwas Weiches stupste an ihr Knie. Die Ziege!

»Wo kommst du denn her«, murmelte Medea zerstreut, während ihr Herz bis zum Hals schlug. Vor Schreck. Vor Aufregung. Ihre Hand glitt über das warme Fell der Ziege. Sie wartete. Das Tier stand ganz still. Sogar die Ziege ahnte etwas.

Die Marschrutka hielt nur wenige Meter von Medea entfernt. Drei Frauen stiegen aus. Medea kannte sie alle. Fröstelnd eilten sie davon, nach Hause, zu ihren Männern und Kindern.

Die Enttäuschung brannte wie Galle in ihrem Mund. Sie atmete tief durch, den Blick gen Kasbek gerichtet, als hoffte sie, er könnte ihr helfen. Der Alte blieb gleichgültig. Ihr Herz krampfte sich zusammen. Sie wusste, dass sie alt wurde und dass ihr nicht mehr viel Zeit blieb.

Das Sammeltaxi fuhr an und passierte die Brücke, schließlich Medeas Häuschen. Sie klopfte der Ziege den Hals und sagte: »Lass uns gehen.«

Vor sich in der nassen Finsternis sah sie zwei Bremslichter aufleuchten. Rote Punkte. Vampiraugen.

Medea blieb stehen. Hoffnung war ihr größter Feind. Immer gewesen. Besser, sie fand sich ab. Zu hoffen und dann falsch zu liegen, war die schlimmste Pein.

Die Ziege löste sich von ihrer Seite und trabte voraus. Medea kniff die Augen zusammen. Sie sah noch gut. Gut genug für ihre Zwecke.

41

»Danke«, sagte ich schwach und legte auf. »Das war Kawsadse. In dem Autowrack bei Wardsia haben sie Reste eines BlackBerrys gefunden. Sie versuchen, dem Telefon irgendwelche Informationen abzutrotzen, sehen jedoch wenig Chancen, dass es klappt.«

»Und Miras Verwandten? Wer redet eigentlich mit denen?«, wollte Juliane wissen.

»Darum kümmert sich die deutsche Botschaft.«

Wir saßen in einem Café mitten in Batumi. Fotos zeigten die Stadt in schwarz-weiß. Eine Kuchenvitrine regte meinen Appetit an. Die Zugfahrt hatte mich ausgelaugt, die Hitze im Abteil, der Schlafmangel. Sopo gab die Bestellung auf.

»O. k., dann wäre das geklärt.« Juliane gähnte herzhaft. Sie sah so braun gebrannt und erholt aus, als hätte sie auf Gran Canaria gechillt.

»Gar nichts ist geklärt!«, regte ich mich auf. »Wie finden wir Clara? Wie recherchieren wir weiter in Sachen Mafia und Umsturz? Was machen wir überhaupt hier?«

Juliane legte die Hand auf meinen Arm. »Wir machen

es wie in Wien: Wir sitzen im Kaffeehaus, weil einem dort das Leben selbst die Antworten serviert.«

Morgens um neun waren wir die einzigen Gäste. Die friedlichen Pastelltöne des frühen Tages wechselten zu orientalisch intensiven Farben, die dem Auge alles abverlangten. Ein rotäugiger Kellner servierte uns Pfannkuchen, Spiegeleier, gebratenen Speck, Kuchen, Kaffee und einen Saft vom Grün des Amazonasdschungels.

»Probieren Sie das!«, riet Sopo. »Estragonlimonade. Schmeckt wunderbar.«

Das kalorienreiche Essen stabilisierte mich. Als Juliane vorschlug: »Du könntest Nero anrufen!«, griff ich bereitwillig nach meinem Handy und wählte seine Nummer. Es war gerade mal halb acht in Deutschland. Nero war zum Glück Frühaufsteher.

Unser Gespräch zog sich nicht lange hin. Ich schilderte unsere Entdeckung von den Zusammenhängen der Anti-Präsidenten-Demos im vergangenen Jahr und der Mafia. Er hörte konzentriert zu. Keine Vorwürfe, kein ›Habe ich dir nicht gesagt‹, kein ›Du solltest‹.

»Mira war an dieser Geschichte dran. Die Akten sind im österreichischen BKA in Wien.«

»Kea«, sagte Nero sanft. »Glaubst du im Ernst, dass ich mal eben ein paar Akten dieser Größenordnung per Fax nach München bekomme?«

Juliane nahm mir das Telefon aus der Hand. »Uns interessiert erstens, ob die georgische Regierung davon überhaupt Kenntnis hat. Und zweitens, ob es Namen gibt. Zentrale Figuren, du weißt schon.«

Mir blieb der Mund offen stehen.

»Ja, Kea liebt dich!« Juliane grinste sardonisch und legte auf. »Er wird tun, was er kann.«

»Na, du machst mir Spaß!«

Sopos Lächeln versuchte uns einzureden, sie wüsste,

wovon die Rede war. Ich grübelte gerade, ob es sinnvoll war, ihr von Nero zu erzählen. Man konnte ja nie wissen. Da ging die Tür zum Café auf und Thomas platzte herein. Der Israeli. Meine Gabel, bedrohlich über dem Spiegelei schwebend, sank auf den Teller.

Er trug einen Anzug, eine gestreifte Krawatte und eine Laptoptasche über der Schulter.

»Hi!«, rief ich.

»Hi!« Er kam zu uns, sah mich an, dann Juliane, anschließend Sopo.

»Was machst du denn hier?«, fragte ich blöd.

»Wart ihr auch im Zug?«, fragte er zurück. Eher amüsiert denn überrascht. »Ich sag's ja: Die Ausländer laufen sich an allen möglichen und unmöglichen Orten über den Weg.«

»Setz dich!«, lud ich ihn ein. Er sah verdammt gut aus. Ausgeruht, aufmerksam, gestylt. Er war nett. Er war hungrig nach Geschäften. Irgendwie fühlte ich mich ihm verbunden, als spönne sich ein feines Netz um uns. Immerhin hatten wir eine Nacht miteinander verbracht.

»Ich bin geschäftlich hier!« Er winkte dem Kellner.

Sopo lehnte sich zurück. Sie konnte kein Englisch und fühlte sich ausgeschlossen. Demonstrativ begann sie, auf ihrem Handy herumzutippen.

Juliane musterte Thomas herausfordernd. Wahrscheinlich malte sie sich gerade aus, wie es mit ihm wäre. Anstatt mit Wano, unserem Fahrer. Wie das klang, ›unser Fahrer‹. Richtig großbürgerlich. Nach Zeiten, in denen man Personal gehabt hatte. Der Unterschied konnte größer nicht sein: Thomas, der Geschäftsmann mit den Gasdollars in der Brieftasche. Und Wano, der Proletarier, der die Arbeiterfahne schwenkte. Ich trank meinen Kaffee aus.

»Batumi ist eine prickelnde Stadt«, sagte Thomas. »Viele ausländische Investoren. Früher war Abchasien das Lieblingsurlaubsgebiet der ganzen Sowjetunion. Seit der Separation, dem Krieg und dem ganzen Hickhack mit den Russen kann kein Georgier mehr dorthin fahren. Also kommen sie alle nach Adscharien, und vor allem nach Batumi.«

»Was sollten wir Ihrer Meinung nach ansehen?«, fragte Juliane. Nach ihrem Bad im Meer hatte sie geduscht und sich geschminkt. Der vogelartige Lidstrich durfte nicht fehlen. Sie ging nie ohne Make-up aus dem Haus.

»Den botanischen Garten. Unbedingt! Er ist ein Traum. Oder wandern Sie einfach ein wenig durch die Innenstadt. Genießen Sie den Strand. Das Wasser ist sicher noch kalt, aber bei dem Wetter ...«

Juliane und Thomas verloren sich in einer Diskussion um ausländisches Investment, die Ölpipeline vom Kaspischen zum Schwarzen Meer und das Gasgeschäft. Meine Gedanken tänzelten davon. Sie verloren sich jenseits der Fenster, auf einer staubigen Straße, auf der ein Grüppchen Männer stand und plauderte. Ich schloss kurz die Augen, versuchte mich zu konzentrieren, sah dann Thomas an und fragte: »Was denkst du über die Protestdemos im letzten Jahr?«

42

Er verließ das Café auf der anderen Straßenseite. Ein wirkliches Café, in dem sich die Männer des Ortes trafen, wie man das hier kannte, und kein aufgebrezeltes Kaffeehaus, das sich dem Westen anbiederte. Eine Frau trat ihm in den Weg. Sie verkaufte Kräuter.

»Geh zur Seite!«, fauchte er sie an, und sie gab ihm raus, die Alte mit ihren Koriander- und Dillbüscheln.

Er hatte nicht damit gerechnet, dass sie zu dritt sein würden. Der Mann ging weg, es blieben drei Frauen. Ihm war heiß in seiner Lederjacke, doch er behielt sie an. Darunter steckte die Rossi in einem sicheren Nest, es war, als trüge er eine junge Taube mit sich herum.

Sie bestiegen ein Taxi und ließen sich davonfahren, und er folgte ihnen im nächsten Taxi, das war nicht schwierig.

Er dachte an das Geld, weil es ihm Bauchschmerzen machte, dass er in Kürze vier Frauen getötet haben würde.

43

Ein halbes Dutzend gelbbraune Welpen wälzten sich im Straßenstaub vor der Zufahrt zum botanischen Garten. Wir stiegen aus dem Taxi. Ich wollte zu Fuß gehen, brauchte Bewegung, um meine Denke anzuwerfen. Sopo war genervt, sie hatte keine Lust auf einen Fußmarsch, und plötzlich tat sie mir leid. Wir schleppten sie mit wie einen Computer, der bei Bedarf die passenden Wörter auszuspucken hatte und ansonsten in den Schlummermodus geschaltet wurde.

Der botanische Garten erstreckte sich über steile Hügel mit tief eingeschnittenen Tälern, denen helles Licht an diesem Morgen erspart blieb. Erst jetzt bemerkte ich, wie nah der Kleine Kaukasus an die Küste heranrückte. Im Nordosten waren die Gipfel noch schneebedeckt. Auf Meereshöhe verblühten bereits die Magnolien.

»Der botanische Garten ist in fünf Zonen eingeteilt, die die fünf Kontinente repräsentieren«, erklärte Sopo. Sie zog ihr Handy aus der Handtasche und warf einen sehnsüchtigen Blick darauf.

Ich wollte fragen, sag mal, Sopo, bist du verliebt? Mir fiel auf, dass ich nicht einmal wusste, ob wir uns siezten oder duzten. Ob Juliane gemerkt hatte, dass wir uns ziemlich von oben herab benahmen?

Je höher wir kamen, desto kälter wurde der Wind. Ich war froh um meinen Pullover. Irgendwo schoss ein Bach durchs Gehölz, reißend vom Schmelzwasser aus den Bergen.

»Abchasien muss viel schöner sein«, sagte Sopo gerade. »Ich war nie dort. Meine Mutter ist in Sochumi geboren. Die 5.000er reichen bis an den Strand. Meine Oma wurde vertrieben. Sie hat alles verloren. Haus, Tiere, einfach alles.«

»Meine Oma war auch ein Flüchtling.« Mit einem Mal teilte ich etwas mit Sopo: zu jener Generation zu gehören, die sich im neuen Leben eingerichtet hatte. Die den Verlust der Heimat nur aus Erzählungen kannte. Junge Leute, die über Fluchtrucksäcke lächelten. Ich erzählte von meiner Oma Laverde. Die Geschichte floss so stimmig aus mir heraus, als hätte ich sie x-mal in Worte gegossen.

»Wir können nie wieder nach Abchasien fahren«, sagte Sopo leise. »Es gibt eine Reihe von Orten, die früher zu Georgien gehörten, inzwischen in der Türkei liegen. Die Grenzen wurden so oft verschoben.«

»Nein, Staatengrenzen haben nicht wirklich mit dem Zugehörigkeitsgefühl der Menschen zu tun«, murmelte ich. Obwohl man sich im Westen Europas dessen nicht mehr so bewusst war. Wie oft kurvte ich über Alpenpässe nach Südtirol, einfach so, zum Spaß, ohne dass jemand meinen Pass sehen wollte. Dort ging ich italienisch essen, sprach

Deutsch und zahlte mit Euros. »Man soll die Hoffnung nie aufgeben. Die Deutschen fahren heute auch wieder nach Ostpreußen.«

Sopo warf mir einen melancholischen Blick zu und checkte ihr Handy. Ich dachte an Busse voller Rentner in Multifunktionskleidung und Nordic-Walking-Stöcken, die in Kaliningrad ausschwärmten und ein Urteil abgaben. Über die neue Zeit, über die Veränderung, über das Alte, das Frühere und das Bessere. Wenigstens die Rentnerbusse blieben den Georgiern erspart. Ihre Rentner waren zu arm, um zu verreisen.

Ich rieb mir die Schläfen und wiederholte zum tausendsten Mal, natürlich nur für mich, dass ich zu Vorverurteilungen neigte.

Der Weg wurde immer steiler. Ich schloss den Zipper meiner Jacke. Juliane tänzelte voran wie ein Kätzchen. Sie musste ja nur halb soviel Gewicht wie ich mit sich herumtragen.

Wir passierten ein grünes Holzhäuschen und einen Froschteich, in dem sich das Leben den zentralen Vorgängen widmete; der Weg kreuzte die Kuppe des Hügels und führte in langen Kurven wieder hinab.

»Geht's hier zum Strand?«, fragte ich.

Sopo führte uns zu einem kleinen Holzpavillon. Ich spähte durch die Zweige. Tief unten lag das Meer. Nun war es nicht mehr grau, sondern tief blau. Lapislazuli, dachte ich. Ein Edelstein, eingefasst von einer weißen Kante aus Schaum und einer gelben aus Sand. Und kein Tourist weit und breit. Kein Reisebus, keine Surfschule, keine Eisbude, kein Ausflugsdampfer. Nur zwei verrückte Deutsche in bunten Allwetterjacken. 100 Meter weiter mähte ein Mann seinen Garten mit einer Sense. Irgendwo im Gebüsch raschelte es. Die Sträucher vibrierten, als rückten sie eilig zusammen. Ich sah mich um, weil ich dachte, einer der

Welpen vom Eingangstor wäre uns gefolgt. Ein Mann in Lederjacke kam auf uns zu. Sopo begann ein Gespräch. Der Mann blickte immer wieder neugierig zu Juliane und mir. Ich betrachtete die Plastikkarte an seinem Revers. Keine lateinischen Buchstaben.

»Er arbeitet hier als Wächter«, sagte Sopo, nachdem der Typ weitergezogen war. »Im Augenblick gibt es nicht viele Besucher. Erst recht keine Ausländer.«

»Das müssen sie sich erhalten«, flüsterte Juliane mir zu. »Keine Bettenburgen, kein TUI, kein Club Med und wie das Zeug heißt. Kein all-inklusive, und der Gastgeber ist nicht zum Hilfskellner degradiert.« Sie wies mit dem Kopf aufs Meer. »Auf der bulgarischen Seite sieht es anders aus!«

»Hoffentlich bleibt das noch lange so«, gab ich zurück.

Irgendwo im Unterholz raschelte etwas. Die Welpen?

»Das ist der Vorteil der unsicheren weltpolitischen Lage. Die fettgefressenen Westler trauen sich hier nicht her. Aber sag's nicht zu laut.«

»Du spinnst, Juliane!«

Sie zuckte die Achseln. »Jedes Ding hat eine Menge Seiten. Auch garstige, und die Wahrheit ist eben nicht politisch korrekt.« Sie ging uns voraus, die schmale Straße hinunter ins nächste Tal.

Regenwolken robbten über die Berge. Das Licht wurde grau, als habe jemand die Sonne vom Netz genommen. Sopo sah unglücklich zum Himmel. Fast auf Meereshöhe angekommen, blieb sie stehen und wies mit der Hand nach Westen. Vor uns führte eine Freitreppe ins grüne Nirgendwo, endete auf einer Wiese, doch der Blick reichte weiter, eine schmale Schneise zwischen spitz zulaufenden Bäumen entlang zu einer Palme, hinter der sich ein weißes Haus mit rotem Dach versteckte. Und hinter dem Dach glänzte das Meer.

Ich zückte meine Kamera, und in dem Moment geschah, was geschehen musste, was ich nicht hatte sehen wollen, und Juliane auch nicht. Was sich angebahnt hatte, weil man nicht ungestraft in den Angelegenheiten anderer Menschen schnorchelte.

Wir standen alle drei auf einem asphaltierten Weg, der weiter zum Strand führte. Links neben uns verträumte ein Bach den Tag, schnitt steil in den Hang und formte eine Schlucht aus Grün und Grau. Ein Baum hatte sich vor Jahren über den Bach gelegt. Aus dem waagerechten Stamm wuchsen neue Bäume, schmale, hohe Stämme, die sich nach den Wolken streckten.

Vielleicht war es ein Fehler gewesen, nach Batumi zu fahren. Und ein weitaus größerer, den botanischen Garten zu durchwandern, als seien wir auf einer Exkursion unter Biologen. Ausgesetzt, unvorbereitet. Sowie ich den Mann mit der Waffe im Anschlag aus dem Gebüsch knapp über uns treten sah wie einen Flitzer oder einen Typen, der eben mal pinkeln war, schaltete mein Gehirn in den ersten Gang. Ich hatte den Schreck und das Adrenalin gebraucht, um das ganze, große kaukasische Gemälde interpretieren zu können.

Der Typ knurrte. Er trug eine Lederjacke und schmuddelige Jeans. Seine Augen blickten traurig, als täte es ihm leid um uns. Vielleicht stellte er auch nur den typischen Blick zu Schau, der so vielen Männern im Kaukasus eigen war: melancholisch, spöttisch, unbeteiligt. Von allem ein bisschen.

Er sagte etwas auf Russisch. Juliane wurde blass. Auf einmal sieht sie alt aus, dachte ich. Die Situation war nur komisch. Nichts, worüber man sich Sorgen machen mochte.

»Frag ihn, ob er in Bordschomi an meinem PC war«, bat ich Sopo.

Unsere Dolmetscherin stand kurz vor der Ohnmacht.

Der Typ raunzte etwas, diesmal auf Georgisch.

»Er will, dass wir vor ihm hergehen!« Sopo setzte sich in Bewegung, Juliane folgte ihr, und ich ging mit, weil mir nichts anderes übrigblieb.

Er wollte uns erledigen und dafür sorgen, dass unsere Leichen nicht so schnell entdeckt wurden. Drei Tote ins Unterholz zu schleppen, würde zu lange dauern und zu viel Kraft kosten.

Wo war der Wächter, den wir vorhin getroffen hatten? War er eingeweiht? Oder spielte er gerade Domino?

Ich ging einfach mit. Rutschte in meinen Chucks einen schlammigen Hang hinauf, quer durch Büsche, deren Zweige nach meinen Jeans fassten. In Batumi könnte es manchmal derart regnen, so hatte ich gehört, dass man sich in den Tropen glaubte. Das musste in der Nacht passiert sein: Die Erde war nass wie ein Schwamm, der mehrere Tage in einer Pfütze gelegen hatte.

Wir stiegen und stiegen, fort vom Weg, fort vom Strand, fort von der Welt, in immer tieferes Grün, und ich dachte, ich kann jetzt nicht sterben, das wäre zu albern. Irgendwie war ich an meinem eigenen Leben nicht mehr richtig beteiligt.

»Pass auf«, zischte Juliane. »Er kann nicht alle drei gleichzeitig umlegen. Ich ziehe seine Aufmerksamkeit auf mich. Er schießt. Trifft vielleicht oder versucht es ein zweites Mal.«

»Bist du bescheuert oder was?«

»Rossi-Revolver haben normalerweise sechs Patronen. Nicht mehr.«

»Tickst du noch richtig? Woher weißt du …«

»Lebenserfahrung Kea!« Sie schwieg kurz. »Kurzläufig. Bei diesem Modell verdeckt die Griffschale den Hahn.«

Der Mann schrie uns an. Wir keuchten. Ich hechelte so

laut ich konnte und presste zwischen meinen vermutlich letzten Atemzügen heraus: »Vergiss es.«

Juliane ignorierte meine Widerworte und wartete mit ihrer Entscheidung nicht auf mich. Sie drehte sich um, brüllte den Typen an, und meine Beine trugen mich weg.

44

Medea betrachtet das Kind. Nein, nicht Kind. Und irgendwie doch wieder Kind. Zu dünn gekleidet für die Reise in die Berge. Bibbernd angekommen, so viel größer als Medea, einen ganzen Kopf größer, wer hätte das gedacht.

Medea hat sie nicht richtig in die Arme nehmen können. Ihr eigener Kopf kam irgendwo auf dem Schlüsselbein des Kindes zu liegen.

Die Ziege hat es sich vor dem Bett bequem gemacht. Vor Medeas Bett. In dem jetzt das Mädchen schläft. Eingekuschelt in viele Decken. Schläft. Schläft. Schläft. Warm und ruhig wie ein Baby. Die Wunden in ihrem Gesicht sind fast verheilt.

Medea legt Holz nach. Sie lauscht in ihr Herz. Irgendetwas geschieht da, und sie weiß nicht, was es ist. Als ob es taut.

Sie haben nicht gesprochen, das funktionierte nicht, als hätten sie keine gemeinsamen Wörter mehr, die sie teilen könnten. Sie haben sich nur bei den Händen gehalten. Sie hat das Kind heimgeführt, an der Hand, die Ziege ist neben ihnen gegangen, mit klappernden Hufen, während weiter der Schnee fiel. Sie haben geschwiegen und sich angesehen, haben auf dem Bett nebeneinander gesessen und das Kind hat den Arm um Medea gelegt. Medeas Kopf hat seinen Platz an der Brust des Kindes gefunden und das Herz schlagen hören, satt und stark und ruhig.

Das Fell der Ziege ist nass und riecht. Medea hat sich Sorgen gemacht, ob das Kind den Geruch mag oder nicht.

Clara, nicht das Kind. Eine weltberühmte Opernsängerin. Medea muss aufpassen, dass ihre Stimme bei dem rauen Wetter keinen Schaden nimmt.

Sie sitzt an Claras Bett und lauscht ihren Atemzügen.

Was für ein vergiftetes Leben sie geführt hat. Schuldgefühle, eine sinnlose Flucht, vergrabene Hoffnungen. Medea denkt, sie verdient das nicht. Dass Clara zurückgekommen ist. So viel Glück kann niemand verdienen.

Sie ist alt, und viel Zeit bleibt nicht mehr.

Medea weiß: Es ist Hybris, das eigene Leben planen zu wollen.

45

Ich hatte drei Schüsse gehört. Meine Füße trugen mich über dicke Äste, Schlammlöcher, Dornengesträuch. Mein Haar verfing sich in den Zweigen eines Baumes. Zweimal stürzte ich der Länge nach hin, dann kam ich zu dem asphaltierten Weg und sah in der Ferne das weiße Haus mit dem roten Dach. Nach wie vor glänzte das Meer so blau, dass man seinem Namen nicht trauen wollte.

Ich traf keine Menschenseele, während ich so schnell ich konnte weiterraste, bis ich auf einen Weg kam, der genau auf das weiße Haus zuführte. Die Bahnstation! Was ich für eine Villa gehalten hatte, war die Bahnstation! In diesem Land verbarg alles sein Gesicht.

Ich stolperte über ein paar Stufen zum Bahnsteig, taumelte auf die Gleise zu. Da stand ein Zug, wartete. Ein Waggon aus Holz, alt und mitgenommen, am Auseinanderfallen, als könne man den Bolzen und Schrauben keine Minute länger zumuten, die Konstruktion zu tragen. Müde Menschen mit dunklen Haaren und dunklen Augen saßen auf Bänken und starrten durch verschmierte Scheiben ins Freie.

Ein fünfter Schuss gellte hinter mir. Ich sprang in den Zug.

46

Guga war dabei, seine Bewerbungsunterlagen zu sichten, nachdem er den dritten Verkehrsunfall im Umkreis von Sagaredscho an diesem Tag aufgenommen hatte. Weit war er in Sachen Clara Cleveland nicht gekommen. Natürlich ging ihn die Diva nichts an, und wie erwartet interessierte sich sein Vorgesetzter kein bisschen dafür, dass sie in einem Unfallauto ohne Fahrer gesessen war. Guga hatte einige Anfragen losgeschickt, nach gestohlenen Autos der Marke Opel geforscht und besaß nun eine Liste vermisster Wagen aus ganz Georgien. Doch irgendetwas bremste ihn. Er warf einen Blick auf sein Handy. Keine Anrufe.

Beunruhigend.

Er klickte im Internet herum, las ein paar Blogs und Reiseabenteuer von Leuten, die wegen der Aschewolke auf unbestimmte Zeit an Europas Flughäfen festhingen. Dann dachte er, bevor er den Tag vertrödelte, könnte er ebenso gut noch einmal zu Guram fahren.

Der Alte saß an derselben Stelle wie vor zwei Tagen. Guga grüßte höflich.

»Dich geht das nichts an!«, fuhr der Veterinär ihn an.
»Verzieh dich.«

»Ich dachte nur, man könnte sich ja mal unterhalten«, hielt Guga dagegen. Er war mit sechs älteren Geschwistern aufgewachsen, da musste man lernen, seinen Platz am Esstisch zu behaupten.

Der Wolf lag zu Füßen des Tierarztes und blinzelte. Guga war überzeugt, dass es ein Wolf war. Das Tier bellte nie, zeigte kein Interesse daran, näherzukommen und sich streicheln zu lassen. Seine gelben Augen trieben Guga Gänsehaut über die Arme. Er wies auf die Apfelbäume und den Wein.

»Machen Sie das alles allein?«

Guram grinste. Er spie aus und fragte: »Willst du Tschatscha?«

Guga nickte. Der Alte stand auf und ging ins Haus. Guga sah ihm nach.

Sein Blick fiel auf den Türrahmen. Die Einschusslöcher waren frisch. Er ging näher und fuhr mit den Fingern darüber. Der Wolf hob den Kopf. Die Projektile steckten tief im Holz.

»Ich habe ihn nicht umgebracht«, sagte Guram, sank auf den Mühlstein, stellte Schnapsflasche und zwei Gläser auf einen Baumstumpf und goss ein. »Hier.«

Guga trank. Das Gebräu rann heiß seine Kehle hinunter.

»Du willst wissen, wer er war, nicht?«, fragte Guram nach etlichen Minuten, die der Wolf dazu verwendet hatte, Guga mit seinem gelben Blick auf dem Klappstuhl festzunageln.

»Ja.«

Ächzend stand Guram auf und verschwand erneut im Haus. Als er wiederkam, saß die Drossel auf seiner Schulter.

»Ihr Flügel ist in Ordnung«, sagte Guram. »Aber sie will nicht weg.«

»Warum nicht?«

»Weil sie noch nicht soweit ist.«

»Wann wird sie soweit sein?«

»Den Zeitpunkt kennt nur sie selbst.« Guram schenkte die Gläser wieder voll. »Hier. Der Typ hat sich vor Angst in die Hosen geschissen. Ich habe ihn rüber zum Waschhäuschen gelassen, damit er sich sauber machen kann.«

Er reichte Guga eine Brieftasche. 30 Lari waren darin und ein Bild. Eine Frau mit einem kleinen Jungen auf dem Schoß. Außerdem ein Ausweis. Nikolosi Schotadse.

»Warum haben Sie auf ihn geschossen?«, fragte Guga nach einer langen Weile, in der er sich die Daten auf der Karte eingeprägt hatte.

Der Alte kramte Sonnenblumenkerne aus seiner Hosentasche und hielt sie in der flachen Hand ausgestreckt in die Sonne. Die Drossel zögerte kurz, sprang auf seine Finger und pickte.

»Du kannst die Brieftasche behalten«, sagte Guram.

47

Der Zug setzte sich ruckelnd in Bewegung.
»Helft uns, im Wald ist ein Mörder.« Ich tobte wie eine Besessene.

Schwarze Augen richteten sich auf mich. Ich fiel auf meinen Hintern, unfähig, dem Schlenkern des Zuges standzuhalten. Eine Frau kam auf mich zu, zog mich auf den Platz neben sich und goss mir Kaffee aus einer Kanne in einen Becher. In Georgien kochten die Gefühle schnell. Man kam mit Leuten wie mir zurecht. In Deutschland hätte man längst nach den freundlichen Muskelprotzen in den Polohemden gerufen.

Die Frau trug ein dottergelbes Kopftuch, das ihr braun gebranntes Gesicht umstrahlte wie ein Heiligenschein. Ratlose, aufgeregte Debatten rissen die Passagiere aus ihrer Lethargie. Es fand sich jemand, der deutsch sprach: ein georgischer Medizinstudent aus Hannover, der zur Beerdigung seiner Mutter in Batumi weilte.

Schließlich kam ich auf das Nächstliegende und rief Kawsadse an. Er versprach, sogleich alle Hebel in Bewegung zu setzen. Dann wählte ich Gugas Handynummer. Er brüllte in mein Ohr wie ein Eber, dem man die Stoßzähne ziehen wollte: »Und Sopo? Wo ist Sopo?«

»Ich habe keine Ahnung.« Ich schmiegte mich an die Schulter der Frau mit dem gelben Kopftuch.

Der Typ hatte mich nicht erschossen, aber ohne Juliane gab es kein Leben für mich.

48

Guga glaubte, irre zu werden. Gerade hatte er einen Teilerfolg gefeiert. Nikolosi Schotadse war der Ehemann von Isolde Weiß, die den Chor leitete, von dem er mehr als genug gehört hatte. Danach kam der Anruf von der verrückten Deutschen, und er stürzte in den allertiefsten Abgrund. Denn die Frau war ihm inzwischen ans Herz gewachsen. Nicht die Deutsche. Auch nicht die Alte. Sondern Sopo.

Von Sagaredscho nach Batumi brauchte er eine Nacht im Zug oder viele Stunden in einer Marschrutka. Er hatte keine Ahnung, ob er einen Flieger von Tbilissi nach Batumi bekommen würde. Und wovon er das Ticket bezahlen sollte.

Er rief Kawsadse an, außerdem seinen Vorgesetzten, damit ihm keiner einen Strick drehen konnte. Anschließend sprang er in den Streifenwagen und raste los.

49

Juliane Lompart war immer der Meinung gewesen, dass man selbst auf der Basis einer unsicheren Informationslage fähig sein musste, eine richtige Entscheidung zu treffen. Der Grund, warum viele verdutzt zurückwichen, wenn sie erfuhren, dass Juliane 78 war, lag darin, dass ihr Wesen stets dem Zufall eine Chance gab. Für Juliane gab es keine

Fixsterne. Sie war in Sekundenschnelle fähig, sich neuen Gegebenheiten anzupassen. In der Wahrnehmung ihrer Mitmenschen passte dieses Talent nicht zum Alter.

Gerade hatte es vermutlich dazu geführt, dass sie ihr Leben in Kürze dreingeben würde. Für eine bekloppte Geschichte, die ihr zu Hause keiner glauben würde. Sie hatte ohnehin kaum eine Chance, sie zu erzählen. Sie würde eine Kugel im Kopf haben und im botanischen Garten von Batumi am östlichen Ende des Schwarzen Meeres kompostieren, womöglich nicht allzu weit von der Stelle, wo Jason und die Argonauten das Goldene Vlies gesucht hatten. Besser, als im Altenheim zu verrotten, dachte Juliane, während sie in die Mündung des Revolvers starrte.

Sopo neben ihr war zusammengeklappt. Lag im Matsch und hyperventilierte.

Was braucht der denn so lange, dachte Juliane. Beinahe alles, was sie je über das Alter gehört hatte, erwies sich ihrer Erfahrung nach als tumb und blödsinnig. Nur eines stimmte: Die Toleranz kam einem abhanden. Unwillig warf sie einen Blick auf Sopo, deren schmaler Körper zusammengekrümmt auf den Tod wartete. Du Idiotin, dachte sie nur. Renn, wenn du kannst. Um mich ist es nicht annähernd so schade wie um dich, deine Jugend und deine Schönheit. Außerdem bist du frisch verliebt, und es würde mich sehr wundern, wenn der Held deiner Träume nicht unser milchgesichtiger Polizist aus Kachetien ist.

Die Statistiken besagten, dass Frauen des Geburtsjahrganges 1932 eine Lebenserwartung von 62,8 Jahren besaßen. Bin längst drüber hinaus, dachte sie trotzig. Ich will keine Lebenserwartung, ich will ein Leben,

Der Schuss zerriss die Stille. Juliane wirbelte herum und stürzte auf einen Busch, der die Arme nach ihr ausstreckte, und sie lächelte und dachte dabei: Ich grinse wie eine Idiotin.

50

Ich riss an der Notbremse. Eigentlich rechnete ich damit, dass sie nicht funktionieren würde. Zudem fuhr der Zug so langsam, dass ich ohne Probleme hätte aus dem Fenster springen können. Aber ich wollte nicht springen. Ich wollte – ich hatte keine Ahnung, was ich wollte. Jedenfalls sprang ich zur falschen Seite raus und landete auf Kies, höchstens fünf Meter neben der Wasserlinie. Gierig leckte das Meer nach mir. Der Medizinstudent aus Hannover schrie mir hinterher. Ich umrundete den Waggon und stürmte über die Gleise zum Bahnhof zurück.

51

Juliane spürte ein eigentümliches Rauschen in ihrer Brust. Ein ungewohntes Gefühl, vielleicht auch nur der Reflex ihres Atems, der sich mit dem Tod nicht abfinden wollte. Allerdings konnte sie noch zählen, und sie hatte fünf Schüsse gehört. Wenn sie eine Prognose wagte, dann würde die sechste Kugel ihr den Garaus machen. Kea war in Sicherheit, und das war es, was zählte.

»Warum?«, fragte sie auf russisch. Wenigstens auf eine vernünftige Begründung sollte sie ein Anrecht haben.

»Geld«, antwortete er.

»Politik?«, fragte Juliane zurück. Ungläubig fast. Wenn sie starb, dann für Geld? Ausgerechnet Juliane Lompart? Die Anti-Kapitalistin?

Sie sah an sich herunter. Ihr T-Shirt färbte sich dunkelrot. Die Bäume traten näher, schleuderten Wolken von Moskitos in die feuchte Luft.

Verfluchte Scheiße, dachte Juliane. Das ist wirklich das Ende. An Statistiken hatte sie ohnehin nie geglaubt.

Den sechsten Schuss hörte sie nicht mehr.

52

Ich hetzte zurück. Niemand würde mich aufhalten. Ich wurde getrieben von unbändigem Hass auf mich selbst, weil ich Juliane zurückgelassen hatte, ohne zu hinterfragen, ohne zu denken, weil ich mir vor Angst beinahe in die Hosen geschissen hätte, weil ich durchgedreht war und an das Nächstliegende nicht denken konnte, oder weil ich jetzt gerade durchdrehte und etwas vollkommen Blödsinniges tat.

Mein Herz pumpte Blut durch meinen Körper. Ich rannte, die Tasche an mich gedrückt. Nur nicht denken.

Ich erreichte den weiß gestrichenen Bahnhof und stürmte zurück in das tropische Grün des botanischen Gartens.

Es begann zu regnen. Fette Tropfen platschten auf den von Schlaglöchern und Pfützen übersäten Weg. Ich war klatschnass, bevor, wenige Sekunden später, der Himmel wieder aufriss und die Sonne auf mich schien, als wolle sie die Barmherzigkeit des Schöpfers bezeugen.

Ich pfiff darauf.

Ich pfiff auf den ganzen vermaledeiten Planeten.

Ich wollte zu Juliane. Sie war mir kostbarer als alles in diesem Augenblick. Ich hatte nie gewusst, wie kostbar. Ich hatte gar nichts gewusst und nichts verstanden.

Keuchend lief ich den Berg hinauf, erreichte die Stelle mit dem Baumstamm, der sich über das Bachbett gelegt hatte, und blieb stehen, damit mein Atem mich einholen konnte.

Ein Schuss.

53

Guga staunte nicht schlecht, wie schnell sich Dinge lösen ließen, wenn die richtigen Leute an den richtigen Strängen zogen, ohne sich zuvor endlosen Diskussionen hinzugeben. Während er nach Tbilissi raste, rief Kawsadse ihn zurück und bat ihn, zum Flughafen zu kommen.

Guga jagte über die vierspurige Straße. Er verstand nicht ganz, warum sie ihn dazuholten. Im Prinzip war er ein Nichts. Ein simpler Verkehrspolizist aus Kachetien, der ein paar Schlüsse gezogen hatte. Einer, der sich meistens anderswohin wünschte, weil er glaubte, dass es überall besser sei, als an dem Ort, wo er gerade war.

Kawsadse rief wieder an und forderte ihn auf, sich zu beeilen.

»Was ist mit Isolde Weiß?«, fragte Guga und brauste die Zufahrt zum Airport entlang. Was für ein kleiner Flughafen. Hübsch gebaut, beschaulich. Kein Ort für quietschende Reifen und jaulende Sirenen. Die Hauptstadt lag im Dunst.

Der Fernsehturm ragte daraus hervor wie eine Stricknadel.

»Wird gerade verhaftet.«

Ich packe es nicht, dachte Guga. Es geht mal was. Er ahnte, wer hier das Tempo vorgab.

»Die deutsche Botschaft ...«

»Vergessen Sie die Diplomaten, verdammt!«, knurrte Kawsadse.

Mannomann, der hat Druck, dachte Guga und hielt neben der Taxispur vor dem Eingang zur Abflughalle. Da stand Kawsadse und hielt nach ihm Ausschau.

54

Ich traute meinen Augen nicht. Der Typ mit der Knarre lag zusammengekrümmt auf dem Boden. Sopo kauerte auf seinen Beinen, Juliane auf seinem Brustkorb. Zwei Frauen, die zierlicher nicht sein konnten, hatten ihn fertiggemacht. Ich sah auch ziemlich viel Blut. Schwarze Flecken auf Julianes Shirt und auf dem Hemd von dem Typ.

»Na endlich!«, keuchte Juliane. »Sopo hat ihm einen Tritt in die Eier gesetzt. Hilf uns mal.« Sie hörte sich an, als sei ihr ein Soufflé zusammengefallen.

Ich zog meine Jacke aus. Damit verschnürten wir den Typ. Er begann wie verrückt zu reden, aber weder Sopo noch Juliane oder ich kümmerten uns darum.

»Ein Auftragskiller«, sagte Juliane.

»Juliane, du blutest!«

»Das ist nur eine Fleischwunde.«

Fleischwunde schien mir nicht das richtige Wort für eine so knochige Person wie Juliane. Mir zitterten die Hände, als ich ihre Schulter berühren wollte. Ich wollte ihre Wangen streicheln und ihr Haar.

»Lass mich in Ruhe!«, kauzte sie mich an.

»Du verlierst Blut«, widersprach ich matt.

»Papperlapapp.« Sie sank gegen einen Baumstamm. »Himmel, beinahe hätte ich Dolly wiedergesehen!«

Sie war völlig durchgeknallt. Der Schock, die Todesangst hatten sie auseinandergenommen wie einen alten Motor.

»Juliane, du bist nicht schuld an Dollys Tod.«

»Darum geht es nicht«, rief sie wütend. So wütend, wie man sein konnte, wenn aus einem Streifschuss an der Schulter Blut herauspulste. »Ich habe sie geliebt, meine kleine Schwester. Wir waren ein Herz und eine Seele. Bis sie meinem Geliebten gesteckt hat, dass ich fremdgegangen bin. Solche Sachen hat Dolly gemacht. Die Kleine, die Süße, die Mitteilsame, die mit dem goldigen Lächeln!«

»Juliane ...«

»Der Kerl verzog sich natürlich.« Ihr Gesicht wurde sehr blass. »Verzog sich und ward nicht mehr gesehen. Und alle anderen Kerle, die ich danach geheiratet habe, drei an der Zahl, waren einfach nicht wie der. Ich habe Dolly nie mehr vertraut, verstehst du? Das Misstrauen, das war das schleichende Gift in unser beider Leben.«

Sie sank zu Boden, lehnte sich an den Baumstamm und sagte: »Scheiße, tut das weh!«

55

Im Hotel duschte ich und warf meine Jeans, meine All Stars und alle anderen Klamotten, die ich an diesem Tag getragen hatte, in den Mülleimer. Ich föhnte mein Haar und flocht es zu zwei lockeren Zöpfen. Anschließend zog ich eines von den Kleidern an, die ich in Tbilissi gekauft hatte, und die hochhackigen Sandalen. In meinem Waschbeutel fand ich einen halb verkrusteten Lippenstift in rostbraun.

Der Polizist aus Batumi, der uns ins Hotel gebracht hatte und der nun meine Aussage aufnehmen sollte, erkannte mich zunächst nicht, als ich die Treppe zur Lobby hinunterkam. Ich setzte mich zu ihm und er glotzte. Die Verwirrung hielt nicht lang. Kawsadse kam ins Hotel, in seinem Gefolge Guga Gelaschwili aus Kachetien.

»Wo ist Sopo?«, fuhr er mich an.

»In ihrem Zimmer. Wir sind ein wenig mitgenommen.«

Guga stürmte davon. Aha, dachte ich mir. Ich wette, Juliane hat das gewusst.

Ich machte meine Aussage, die von einem ernst dreinblickenden Dolmetscher im dunkelblauen Anzug übersetzt wurde. Währenddessen starrte ich auf den Fernsehschirm, auf dem ein Vulkan Asche in den Himmel spie.

Da Sopo so schnell nicht wieder auftauchen würde, bat ich den Polizisten, mich in die Klinik zu fahren, wo Juliane unter Beobachtung gehalten wurde.

Mehr als dienstbeflissen half er mir in den Streifenwagen. Mir fiel ein, dass ich Nero anrufen musste, und verschob es auf später. Kawsadse sprang in letzter Minute zu mir auf die Rückbank. In seinem kehligen Englisch berichtete er mir von den neuesten Entwicklungen in diesem Fall. »Ihre Botschaft wird sich um Sie kümmern«, sagte er.

»Um mich?« Mehr hätte er mich nicht verwirren können.

»Falls Sie etwas brauchen, die Konsularabteilung ist informiert.«

Juliane residierte in einem Bett am Fenster eines Zimmers, das von der Abendsonne beschienen wurde, und fing sofort an: »Holst du mich endlich hier raus oder was?«

»Liebend gern, wenn sie dich lassen.«

»Wer – sie!«

»Die Ärzte!«

»Also wissen Se, nee! Hör mal, mein Schnullerbäckchen. Mein Leben lang habe ich nichts auf die Meinung von Ärzten gegeben. Meinst du, ich wäre sonst so alt geworden?«

»Haben sie die Wunde genäht?«

»Die haben mich geflickt wie eine hässliche alte Wolldecke.«

Ich lachte.

»Schick schaust du aus, Kea.« Sie betrachtete mich mit einem Blick, so weich wie ich ihn bisher nicht gesehen hatte.

Ich sank auf ihre Bettkante.

»Und?«, fragte sie. »Wie geht deine Version der Geschichte?«

»Isolde hat Clara nicht ertragen. Aber sie brauchte sie – so wie du sagtest.«

»Klar, meine Interpretationen sind messerscharf.« Juliane grinste. Ihr Gesicht sah grauenhaft schmal aus. Mich konnte sie nicht täuschen. Sie war am Ende ihrer Kräfte.

»Isolde hatte Angst, Clara würde herausfinden, dass sie das Geld aus dem Chor abgezogen hat. Sie bekam mit, dass Mira und Clara sich noch einmal extra trafen. Kawsadse sagte so etwas. Sie wollte an jenem 29. März bei Clara im

Hotel vorbeischauen. Von der Straße aus sah sie Mira und Clara im Bistro sitzen, vertieft in ein Gespräch.«

»Und was sie nicht wusste, beunruhigte sie mehr als das, was sie wusste«, ergänzte Juliane. »Sie stellte sich alles Mögliche vor. Von wegen, worüber die beiden sprachen. Bildete sich ein, dass Clara alles herausgefunden hatte: Wo die veruntreuten Gelder hingegangen waren und warum ihre Verwandten sie nicht mehr einluden.«

»Sag mal, hat Kawsadse dich auch angerufen?«, fragte ich verblüfft.

»Ich kann denken, Kea. Mein Gehirn hat er ja nicht pulverisiert. Dieser Auftragskiller hat wohl ein paar Tausend von den Sponsorengelder eingeheimst. Damit er Mira um die Ecke bringt.«

»Erzähl nur weiter.« Beinahe war ich sauer, um die Pointe gebracht zu werden.

»Clara verschwand. Nicht, um Isolde eins auszuwischen oder zum heimlichen Schlag gegen sie auszuholen. Sondern einfach, weil sie ihr Leben satt hatte. Weil sie eine Auszeit brauchte. Sie simulierte einen Unfall und versteckte sich bei einem Schamanen, der seine bürgerliche Existenz mit dem Label Tierarzt rechtfertigt. Unterdessen war Isoldes Fähigkeit zu entschlossenem Handeln gefragt. Sie organisierte diesen abgedrehten Typen, der in seinem Leben wahrscheinlich nur in die Scheiße getreten ist, drückte ihm Kohle in die Hand und sagte: Sorg dafür, dass Mira nie mehr nach Tbilissi zurückkehrt.«

»So muss es gewesen sein.« Ich nickte. Ich dachte an Mira, die weniger Glück gehabt hatte als wir. »Sie suchte einen Fahrer, der sie nach Wardsia brachte, und Isolde empfahl ihr diesen. Er heißt Akaki. Ein Flüchtling aus Südossetien.«

»Kein Mitleid!« Juliane deutete auf den Verband an ihrer Schulter. »Doch wie konnte Isolde wissen, dass Mira einen Fahrer suchte?«

»Sie müssen am Palmsonntag nach dem Konzert darüber gesprochen haben. Mira hatte ja keinen Grund, Isolde zu misstrauen.«

»Was wollte sie bloß in Wardsia?«

»Einen Ausflug machen? Einen weiteren Absatz ihrer Reportage zusammenkriegen, die sie immerhin ernähren würde?«, schlug ich vor.

»So ähnlich hatte ich mir das alles vorgestellt«, seufzte Juliane. »Und jetzt will ich ein Bier.«

»Du hast dir das vorgestellt?« Sie bluffte. Oder befand sich in einem Stadium der Hybris. Ich war bereit, ihr alles zu verzeihen. Solange sie lebte. Und zwar möglichst genauso lang wie ich. Oder länger.

»Der Mensch denkt schweifend. Er denkt zwischen den Zeilen, träumt, probiert aus. In einem matten, abgeschwächten Bewusstsein vor dem Einschlafen kommen ihm spontane Verknüpfungen. Die weiche, alltägliche Seite des Denkens. Wir glauben nur immer, ihr keine Stimme geben zu dürfen, weil wir meinen, die Computer könnten es besser.«

»Können sie nicht.«

»Natürlich nicht, weil sie nach klaren Handlungsanweisungen, Befehlsketten und Algorithmen rechnen.«

»Danke für die Belehrung. Wer hat meinen Computer in der Nacht in Bordschomi ausgeforscht?«

»Vermutlich Akaki. Er ist ja der Mann, der sich im Hotel eingecheckt hat. Neben deinem Zimmer. Dadurch, dass wir nach Batumi gefahren sind, haben wir es ihm leicht gemacht.«

»Meinst du, er war im Zug?«

»Klar! Nichts leichter, als ein Zielobjekt in einem Nachtzug zu beschatten. Denk an 007!«

Ich lachte. Das Lachen kitzelte meine Kehle und meine Augenlider. »Wer hat diese Drohnachricht ins Hotel geschickt?«, fragte ich und holte Atem. Weil ich sonst nicht mehr lachen, sondern weinen würde.

»Nehmen wir an, es war Isolde. Oder dieser smarte Thomas hat tatsächlich eine Geliebte, die in dir schwere Konkurrenz gewittert hat.« Juliane schlug die Decke zurück und stand auf. »Ich gehe jetzt. Du hältst Nachtwache neben meinem Hotelbett. Vorher will ich in ein Restaurant und was essen. Chinkali. Schaschlik. Egal was, Hauptsache nahrhaft. Spuckt der Vulkan noch?«

»Wie ein Verrückter. Sämtliche nord- und mitteleuropäischen Airports sind geschlossen.«

»Super. Das bedeutet: Wir machen hier Urlaub, Kea. Und nebenbei verdienst du was für die Reisekasse. Schreib einen versponnenen Artikel über Höhlenklöster und botanische Gärten. Oder schreib gar nichts. Nach allem, was war, sollte Lynn sich hinter ihren Schreibtisch ducken und die Klappe halten.«

56

Der große Konzertsaal im Tbilisser Konservatorium war bis auf den letzten Platz gefüllt. Clara Cleveland hatte für Juliane, Sopo, Guga und mich Plätze in der ersten Reihe reserviert. Das Orchester saß bereits auf der Bühne. Ein Platz war freigeblieben. Direkt neben mir.

Die Streicher stimmten ihre Instrumente. Eine Querflöte pfiff laut und schrill. Die Leute lachten und redeten und telefonierten und zeigten ihre elegante Abendgarderobe vor.

Während das Licht gedimmt wurde, steuerte eine Frau auf den Platz neben mir zu. Sie mochte um die 70 sein. Ihr dickes, grau meliertes Haar war hochgesteckt. Sie trug ein elegantes, dunkelgrünes Kleid, dazu einen hellgrünen Schal. Ihre Augen glänzten, als sie mich anlächelte und sich neben mir niederließ.

Clara kam als Traviata auf die Bühne, in Cremeweiß. Das Publikum applaudierte und trampelte, bevor sie überhaupt eine Note gesungen hatte.

Wir ließen uns von der Euphorie und der Lust an der Musik anstecken. Am Ende schmerzten meine Hände vom Klatschen.

Vorsichtig warf ich einen Blick auf die Frau neben mir. Sie klatschte verhalten. Als könne sie sich noch nicht entscheiden, ob ihr Claras Vortrag gefiel. Dann sah ich die Tränen auf ihrem Gesicht.

In der Pause lächelte ich ihr zu. Sie nickte freundlich und blieb auf ihrem Platz sitzen, während wir ins Foyer gingen, um uns die Beine zu vertreten.

»Hast du gesehen?«, raunte mir Juliane zu. »Ich glaube, Claras Großmutter ist wieder aufgetaucht.«

»Woher ...«

»Ich weiß es nicht sicher. Aber wer sonst sollte die Dame neben dir sein?«

ENDE

KEA LAVERDE: »IM NACHGANG«.

**ACHTUNG: Nur für Leser,
die es ganz genau wissen wollen**

Also gut, Sie geben ja doch keine Ruhe.

Ja, Akaki, der uns mit seiner kurzläufigen Rossi beinahe in die ewigen Jagdgründe befördert hätte, wurde gefasst. Isolde ebenso; die Leitung des Chores hat momentan Thea Wasadse inne. Von Isoldes Machenschaften hatte sie definitiv keine Ahnung. Ich glaube ihr. Bei Lia Ketschagmadse bin ich mir dagegen nicht so sicher. Die Dame ist mir schlicht unsympathisch, von daher bin ich parteiisch.

Akaki war, Sie denken es sich bereits, der Kerl, der nächtens meinen Computer ausspionierte, und zwar auf Isoldes Geheiß. Sie wollte herausfinden, ob ich Wind von den Verschiebungen auf dem Chorkonto bekommen hatte.

Clara Cleveland hat ihre Großmutter mit nach Deutschland gebracht. Bis zum Sommer wollen die beiden in Bayern bleiben, damit Clara auf der Bühne stehen kann, und nach Ende der Spielzeit werden sie gemeinsam nach Georgien zurückkehren. Trennen werden sie sich sicherlich nicht mehr. Warum auch! Clara bekam eine Stelle am Tbilisser Konservatorium angeboten. Sie will sich überlegen, ob sie ihre Opernkarriere aufgibt oder mit Medea ein Nomadenleben zwischen den Kulturen führt.

Von Isoldes Machenschaften habe sie geahnt, sagte sie mir. Weil sie so mit sich beschäftigt war, dachte sie jedoch nicht weiter darüber nach. Mit ihren Verwandten in Balnuri steht sie nach wie vor auf Kriegsfuß. Wie Juliane sagt: Verwandtschaft ist eben ein Gesindel.

Selbstverständlich habe ich Clara gefragt, ob sie den Unfall herbeiführte, um Medea zu finden. Doch das hatte sie nicht vor. Sie sehnte sich einfach aus allem heraus. Das Schicksal wollte es, dass sie an Guram geriet. Der Alte scheint mit seinen speziellen Kräften Medea, ja, nun, irgendwie gepeilt zu haben, was weiß denn ein Ghost wie ich von solchen Dingen!

Warum Nikolosi Schotadse bei Guram auftauchte? Anscheinend hatte Isolde erfahren, dass Clara bei dem Tierarzt untergekrochen war, und ihren Mann hingeschickt, um den Alten unter Druck zu setzen. Vermutlich wird das in der Gerichtsverhandlung in allen Einzelheiten aufgegriffen.

Die Frage, wo Miras Notebook und Arbeitsunterlagen abgeblieben sind, hat sich bislang nicht geklärt. Ich vermute, Isolde bewarb sich unter falschem Namen im Hotel, um die Gelegenheit zu nutzen, in Miras Sachen zu kramen. Wahrscheinlich hat sie den Computer verschwinden lassen.

Giorgi, der rührige Journalist des Senders Rustawi 2, und ich sind auf Twitter miteinander in Kontakt geblieben. Den Zettel mit Namen von meuchelnden Milizionären, den er angeblich besitzt, haben wir beide nie wieder erwähnt.

Miras Sachen hat die deutsche Botschaft in die Heimat geschickt. Aus unerfindlichen Gründen hat das Stoffkänguru mit der abgestoßenen Nase die Reise nicht angetreten. Es wohnt nun in meiner Küche und fühlt sich ganz wohl.

Juliane ist dabei, ihre Schuldgefühle in Sachen Dolly zu kanalisieren. Schuld gehört eben zum Leben, sagte sie mir neulich.

Balnuri ist übrigens eine erfundene Stadt und ›Unser Georgien‹ ist ein erfundener Chor – wir wollen ja keine Unschuldigen in schlechtes Licht rücken.

Ob Sopo und Guga nun ein Paar sind? Ich habe nicht die leiseste Ahnung, ich bin froh, wenn ich mein eigenes Liebesleben unter Dach und Fach kriege. Es ist ja mal wieder typisch, dass Sie sich ausgerechnet dafür interessieren. Von mir aus fragen Sie meine Autorin. Ich bin für Herzensangelegenheiten nicht die richtige Adresse. Gleiches gilt, wenn Sie den Namen Nero in den Mund nehmen wollen. Tun Sie es nicht! Warten Sie einfach auf das nächste Buch.

(Und ja, ich weiß, einige von Ihnen wollen unbedingt ein Happy End oder ein Ende mit Schrecken, was Nero und mich betrifft. Das passt nicht zu mir. Ich finde schon heraus, ob ich ihn definitiv will oder nicht, und wenn ja, wie – nur alles auf meine Art. Unsere Beziehung passt nicht ins Klischee von der großen Liebe. Sorry, folks, Liebe hat viele Gesichter!)

Mit Verlaub.

Ihre Kea Laverde

DANKSAGUNG

Als ich im Februar 2010 durch Tbilissi spazierte, während der Schnee von den Dächern taute und scharfkantige Eiszapfen wie glitzernde Prismen auf die Gehsteige schlugen und zu Millionen kalter Funken zerbarsten, während eine barmherzige, südliche Sonne mein wintergeschädigtes Dasein erwärmte, meldete sich Kea Laverde bei mir und beschwerte sich. Im schneegeplagten Münchner Umland zurückgelassen zu werden, fand sie nicht besonders nett. Deshalb flog ich sie ein, nachdem der Münchner Flughafen der Schneemassen wieder Herr geworden war. Georgien gefiel ihr, und wir beschlossen, dass aus einer anfänglichen Idee mit dem Titel »Wernievergibt« ein Buch werden sollte.

Die Danksagungen würden dasselbe sprengen, daher hier nur die wichtigsten:

Koba hat mich nach Kasbegi gefahren – und an andere Orte, die ich unbedingt sehen musste.

Gotscha verdanke ich den Tipp, ein Fest in einem Restaurant mit dem Namen ›Im Schatten Metechis‹ gefeiert zu haben, wo Kea und Juliane sich ein Essen schmecken lassen.

Maka und ihr Mann Otari haben ihr Häuschen mit Traumblick über das Schwarze Meer im botanischen Garten von Batumi mit mir geteilt.

Dann ist da noch Nino, die für mich ein paar Recherchearbeiten übernommen hat, außerdem die georgische Familie Bambergs, da sind schließlich Lika, Tatia und Batschana, Roena, Tamara, Ella und Giwi, Marina, Tina, Msia, Tema, Lali und die Germanisten an der Staatsuniversität, und viele viele andere, deren Inspiration dieses Buch genährt hat, ohne dass sie es ahnen.

Am allermeisten danke ich Julia: Sie hat mir ein Zuhause gegeben.

Lesern, die nach Georgien reisen wollen, empfehle ich Koba Kenkadze als Tourguide. Er lässt keine touristischen Wünsche offen und ist (englischsprachig) unter kobakobra@yahoo.com zu erreichen; Website: http://www.ourexplorer.com/tour-guide-koba-kenkadze-7009.aspx

*Weitere Krimis finden Sie auf den
folgenden Seiten und im Internet:
www.gmeiner-verlag.de*

FRIEDERIKE SCHMÖE
Wieweitdugehst

227 Seiten, Paperback.
ISBN 978-3-8392-1098-7.

WIESN-MORDE Auf dem Münchner Oktoberfest wird ein 14-jähriger Junge in der Geisterbahn ermordet. Ghostwriterin und »Wiesn-Muffel« Kea Laverde begleitet ihren Freund Nero Keller, Hauptkommissar im LKA, bei den Ermittlungen. Dabei trifft sie auf Neta, die beruflich Kranken und Trauernden Geschichten erzählt, um deren Schmerz zu lindern. Als auf Neta ein Mordanschlag verübt wird, versucht Kea den Hintergründen auf die Spur zu kommen. Sie stößt auf einen Sumpf aus Gier, Lügen und unerfüllter Liebe …

FRIEDERIKE SCHMÖE
Süßer der Punsch nie tötet

187 Seiten, Paperback.
ISBN 978-3-8392-1090-1.

GASTRONOMEN-ALPTRAUM Advent in Bamberg. Privatdetektivin Katinka Palfy hat die Nase voll von Tiefkühlkost und besucht einen Kochkurs bei der italienischen Starköchin Caro Terento, die in mehreren fränkischen Städten in die Geheimnisse ihrer Weihnachtsmenüs einführt. Doch während Katinka und die anderen Kursteilnehmerinnen am Herd stehen und auf die Pasta aufpassen, fällt eine Frau tot um, wie ein Baum. Hauptkommissar Harduin Uttenreuther kümmert sich um den Fall. Katinka bekommt Unterstützung von Dante Wischniewski, einem eifrigen, aber manchmal nervigen Medizinstudenten mit Hang zur Pathologie. Auf der Suche nach Mörder und Motiv folgt Katinka einer nach Salbei und Knoblauch duftenden Spur durch das vorweihnachtliche Franken.

Wir machen's spannend

FRIEDERIKE SCHMÖE
Bisduvergisst
....

274 Seiten, Paperback.
ISBN 978-3-8392-1034-5.

ZEIT DES VERGESSENS Sommer 2009, während der »Landshuter Hochzeit«. Als die 82-jährige Irma Schwand die niederschmetternde Diagnose Alzheimer erhält, beauftragt sie die Münchner Ghostwriterin Kea Laverde, ihre Erinnerungen aufzuschreiben. Die Autobiografie ist für ihre Enkelin Julika bestimmt. Doch kurz nach dem letzten Interview mit Irma wird das Mädchen ermordet aufgefunden.

Während der Kokon des Vergessens sich immer enger um die alte Dame schließt, entdeckt Kea, dass Irma jahrzehntelang einen Mord gedeckt hat – eine Tat, die in den letzten Wochen des 2. Weltkriegs geschah …

FRIEDERIKE SCHMÖE
Fliehganzleis
....

327 Seiten, Paperback.
ISBN 978-3-8392-1012-3.

UNBEWÄLTIGTE VERGANGENHEIT Larissa Gräfin Rothenstayn, die in der DDR aufwuchs und 1975 in den Westen fliehen konnte, bittet Ghostwriterin Kea Laverde, ihre Lebensgeschichte aufzuschreiben. Dann wird sie in ihrem Schloss in Unterfranken von einem Unbekannten schwer verletzt. Die Polizei spricht von versuchtem Mord und fahndet nach dem geheimnisvollen Täter.

Kea arbeitet sich unterdessen durch das Archiv der Familie und steht vor einem Rätsel: Warum sammelte die Gräfin Berichte über ein Mädchen, das im Sommer 1968 in einem kleinen See auf der Insel Usedom ertrank? Wie es scheint, ist das Unglück fast 20 Jahre nach dem Mauerfall noch nicht geklärt, und Larissas Angreifer streckt auch nach Kea die Finger aus …

Wir machen's spannend

FRIEDERIKE SCHMÖE
Schweigfeinstill
....

371 Seiten, Paperback.
ISBN 978-3-89977-805-2.

TOTGESCHWIEGEN Ärger für Ghostwriterin Kea Laverde: Erst raubt ein Einbrecher all ihre Unterlagen und stirbt kurz darauf bei einem Verkehrsunfall; dann wird ihr Kunde, Andy Steinfelder, der nach einem Schlaganfall an Aphasie leidet und seitdem nicht mehr sprechen kann, des Mordes beschuldigt.

Doch wer die gerechtigkeitsliebende Ex-Journalistin einschüchtern will, sollte sich warm anziehen: Während die Polizei noch ermittelt, geht Kea den Dingen selbst auf den Grund. Gegen den Willen von Hauptkommissar Nero Keller nimmt sie im winterlichen München den Kampf gegen ihre unsichtbaren Feinde auf.
… Ein mysteriöser Unfall
… Ein dreister Diebstahl
… Eine kämpferische Ermittlerin
Ghostwriterin Kea Laverde in ihrem ersten Fall.

FRIEDERIKE SCHMÖE
Spinnefeind
....

374 Seiten, Paperback.
ISBN 978-3-89977-782-6.

STRENG GEHEIM Jens Falk, Mathematiklehrer und Hobby-Kryptoanalytiker, steckt in der Klemme: Im letzten Halbjahr sind nicht nur wichtige Klausuren und Schülerakten verschwunden, sondern auch sein Schüler Hannes Niedorf – während einer Exkursion mit Falk.

Aus Angst um seinen Job sucht er Hilfe bei Privatdetektivin Katinka Palfy. Sie soll die wahren Hintergründe aufdecken. Da wird Doris Wanjeck, Falks Ex-Verlobte, ermordet, und der Lehrer ist dringend tatverdächtig. Gemeinsam mit seiner Anwältin macht sich Katinka an die Aufklärung des Falls, fühlt sich aber bald von der Juristin hintergangen.

Es scheint, als würde jemand gezielt versuchen, die einzige Person aus dem Rennen zu werfen, die an Falks Unschuld glaubt …

Wir machen's spannend

Unsere Lesermagazine
2 x jährlich das Neueste aus der Gmeiner-Bibliothek

DIN A6, 16 S., farbig   10 x 18 cm, 16 S., farbig   24 x 35 cm, 20 S., farbig

GmeinerNewsletter
Neues aus der Welt der Gmeiner-Romane

Haben Sie schon unseren GmeinerNewsletter abonniert?
Alle zwei Monate erhalten Sie per E-Mail aktuelle Informationen aus der Welt der Krimis, der historischen Romane und der Frauenromane: Buchtipps, Berichte über Autoren und ihre Arbeit, Veranstaltungshinweise, neue Krimiseiten im Internet und interessante Neuigkeiten.

Die Anmeldung zum GmeinerNewsletter ist ganz einfach. Direkt auf der Homepage des Gmeiner-Verlags (www.gmeiner-verlag.de) finden Sie das entsprechende Anmeldeformular.

Ihre Meinung ist gefragt!
Mitmachen und gewinnen

Wir möchten Ihnen mit unseren Romanen immer beste Unterhaltung bieten. Sie können uns dabei unterstützen, indem Sie uns Ihre Meinung zu den Gmeiner-Romanen sagen! Senden Sie eine E-Mail an gewinnspiel@gmeiner-verlag.de und teilen Sie uns mit, welches Buch Sie gelesen haben und wie es Ihnen gefallen hat. Alle Einsendungen nehmen automatisch am großen Jahresgewinnspiel mit ›spannenden‹ Buchpreisen teil.

Wir machen's spannend

Alle Gmeiner-Autoren und ihre Romane auf einen Blick

ANTHOLOGIEN: Zürich: Ausfahrt Mord • Mörderischer Erfindergeist • Secret Service 2011 • Tod am Starnberger See • Mords-Sachsen 4 • Sterbenslust • Tödliche Wasser • Gefährliche Nachbarn • Mords-Sachsen 3 • Tatort Ammersee • Campusmord • Mords-Sachsen 2 • Tod am Bodensee • Mords-Sachsen 1 • Grenzfälle • Spekulatius **ABE, REBECCA:** Im Labyrinth der Fugger **ARTMEIER, HILDEGUNDE:** Feuerross • Drachenfrau **BAUER, HERMANN:** Verschwörungsmelange • Karambolage • Fernwehträume **BAUM, BEATE:** Weltverloren • Ruchlos • Häuserkampf **BAUMANN, MANFRED:** Jedermanntod **BECK, SINJE:** Totenklang • Duftspur • Einzelkämpfer **BECKER, OLIVER:** Das Geheimnis der Krähentochter **BECKMANN, HERBERT:** Mark Twain unter den Linden • Die indiskreten Briefe des Giacomo Casanova **BEINSSEN, JAN:** Goldfrauen • Feuerfrauen **BLATTER, ULRIKE:** Vogelfrau **BODE-HOFFMANN, GRIT / HOFFMANN, MATTHIAS:** Infantizid **BODENMANN, MONA:** Mondmilchgubel **BÖCKER, BÄRBEL:** Mit 50 hat man noch Träume • Henkersmahl **BOENKE, MICHAEL:** Riedripp • Gott'sacker **BOMM, MANFRED:** Blutsauger • Kurzschluss • Glasklar • Notbremse • Schattennetz • Beweislast • Schusslinie • Mordloch • Trugschluss • Irrflug • Himmelsfelsen **BONN, SUSANNE:** Die Schule der Spielleute • Der Jahrmarkt zu Jakobi **BOSETZKY, HORST [-KY]:** Promijagd • Unterm Kirschbaum **BRÖMME, BETTINA:** Weißwurst für Elfen **BUEHRIG, DIETER:** Schattengold **BÜRKL, ANNI:** Ausgetanzt • Schwarztee **BUTTLER, MONIKA:** Dunkelzeit • Abendfrieden • Herzraub **CLAUSEN, ANKE:** Dinnerparty • Ostseegrab **DANZ, ELLA:** Ballaststoff • Schatz, schmeckt's dir nicht? • Rosenwahn • Kochwut • Nebelschleier • Steilufer • Osterfeuer **DETERING, MONIKA:** Puppenmann • Herzfrauen **DIECHLER, GABRIELE:** Glutnester • Glaub mir, es muss Liebe sein • Engpass **DÜNSCHEDE, SANDRA:** Todeswatt • Friesenrache • Solomord • Nordmord • Deichgrab **EMME, PIERRE:** Diamantenschmaus • Pizza Letale • Pasta Mortale • Schneenockerleklat • Florentinerpakt • Ballsaison • Tortenkomplott • Killerspiele • Würstelmassaker • Heurigenpassion • Schnitzelfarce • Pastelenlust **ENDERLE, MANFRED:** Nachtwanderer **ERFMEYER, KLAUS:** Endstadium • Tribunal • Geldmarie • Todeserklärung • Karrieresprung **ERWIN, BIRGIT / BUCHHORN, ULRICH:** Die Reliquie von Buchhorn • Die Gauklerin von Buchhorn • Die Herren von Buchhorn **FOHL, DAGMAR:** Der Duft von Bittermandel • Die Insel der Witwen • Das Mädchen und sein Henker **FRANZINGER, BERND:** Zehnkampf • Leidenstour • Kindspech • Jammerhalde • Bombenstimmung • Wolfsfalle • Dinotod • Ohnmacht • Goldrausch • Pilzsaison **GARDEIN, UWE:** Das Mysterium des Himmels • Die Stunde des Königs **GARDENER, EVA B.:** Lebenshunger **GEISLER, KURT:** Bädersterben **GERWIEN, MICHAEL:** Alpengrollen **GIBERT, MATTHIAS P.:** Rechtsdruck • Schmuddelkinder • Bullenhitze • Eiszeit • Zirkusluft • Kammerflimmern • Nervenflattern **GORA, AXEL:** Das Duell der Astronomen **GRAF, EDI:** Bombenspiel • Leopardenjagd • Elefantengold • Löwenriss • Nashornfieber **GUDE, CHRISTIAN:** Kontrollverlust • Homunculus • Binärcode • Mosquito **HAENNI, STEFAN:** Brahmsrösi • Narrentod **HAUG, GUNTER:** Gössenjagd • Hüttenzauber • Tauberschwarz • Höllenfahrt • Sturmwarnung • Riffhaie • Tiefenrausch **HEIM, UTA-MARIA:** Totenkuss • Wespennest • Das Rattenprinzip • Totschweigen • Dreckskind **HERELD, PETER:** Das Geheimnis des Goldmachers **HOHLFELD, KERSTIN:** Glückskekssommer **HUNOLD-REIME, SIGRID:** Janssenhaus • Schattenmorellen • Frühstückspension **IMBSWEILER, MARCUS:** Butenschön • Altstadtfest • Schlussakt • Bergfriedhof **KARNANI, FRITJOF:** Notlandung • Turnaround • Takeover **KAST-RIEDLINGER, ANNETTE:** Liebling, ich kann auch anders **KEISER, GABRIELE:** Engelskraut • Gartenschläfer • Apollofalter **KEISER, GABRIELE / POLIFKA, WOLFGANG:** Puppenjäger **KELLER, STEFAN:** Kölner Kreuzigung

Wir machen's spannend

Alle Gmeiner-Autoren und ihre Romane auf einen Blick

KLAUSNER, UWE: Bernstein-Connection • Die Bräute des Satans • Odessa-Komplott • Pilger des Zorns • Walhalla-Code • Die Kiliansverschwörung • Die Pforten der Hölle **KLEWE, SABINE:** Die schwarzseidene Dame • Blutsonne • Wintermärchen • Kinderspiel • Schattenriss **KLÖSEL, MATTHIAS:** Tourneekoller **KLUGMANN, NORBERT:** Die Adler von Lübeck • Die Nacht des Narren • Die Tochter des Salzhändlers • Kabinettstück • Schlüsselgewalt • Rebenblut **KÖHLER, MANFRED:** Tiefpunkt • Schreckensgletscher **KÖSTERING, BERND:** Goetheruh **KOHL, ERWIN:** Flatline • Grabtanz • Zugzwang **KOPPITZ, RAINER C.:** Machtrausch **KRAMER, VERONIKA:** Todesgeheimnis • Rachesommer **KRONENBERG, SUSANNE:** Kunstgriff • Rheingrund • Weinrache • Kultopfer • Flammenpferd **KRUG, MICHAEL:** Bahnhofsmission **KRUSE, MARGIT:** Eisaugen **KURELLA, FRANK:** Der Kodex des Bösen • Das Pergament des Todes **LASCAUX, PAUL:** Gnadenbrot • Feuerwasser • Wursthimmel • Salztränen **LEBEK, HANS:** Karteileichen • Todesschläger **LEHMKUHL, KURT:** Dreiländermord • Nürburghölle • Raffgier **LEIX, BERND:** Fächergrün • Fächertraum • Waldstadt • Hackschnitzel • Zuckerblut • Bucheckern **LETSCHE, JULIAN:** Auf der Walz **LICHT, EMILIA:** Hotel Blaues Wunder **LIEBSCH, SONJA / MESTROVIC, NIVES:** Muttertier @n Rabenmutter **LIFKA, RICHARD:** Sonnenkönig **LOIBELSBERGER, GERHARD:** Reigen des Todes • Die Naschmarkt-Morde **MADER, RAIMUND A.:** Schindlerjüdin • Glasberg **MAINKA, MARTINA:** Satanszeichen **MISKO, MONA:** Winzertochter • Kindsblut **MORF, ISABEL:** Satzfetzen • Schrottreif **MOTHWURF, ONO:** Werbevoodoo • Taubendreck **MUCHA, MARTIN:** Seelenschacher • Papierkrieg **NAUMANN, STEPHAN:** Das Werk der Bücher **NEEB, URSULA:** Madame empfängt **ÖHRI, ARMIN / TSCHIRKY, VANESSA:** Sinfonie des Todes **OTT, PAUL:** Bodensee-Blues **PARADEISER, PETER:** Himmelreich und Höllental **PELTE, REINHARD:** Inselbeichte • Kielwasser • Inselkoller **PORATH, SILKE:** Klostergeist **PUHLFÜRST, CLAUDIA:** Dunkelhaft • Eiseskälte • Leichenstarre **PUNDT, HARDY:** Friesenwut • Deichbruch **PUSCHMANN, DOROTHEA:** Zwickmühle **ROSSBACHER, CLAUDIA:** Steirerblut **RUSCH, HANS-JÜRGEN:** Neptunopfer • Gegenwende **SCHAEWEN, OLIVER VON:** Räuberblut • Schillerhöhe **SCHMITZ, INGRID:** Mordsdeal • Sündenfälle **SCHMÖE, FRIEDERIKE:** Wernievergibt • Wieweitdugehst • Bisduvergisst • Fliehganzleis • Schweigfeinstill • Spinnefeind • Pfeilgift • Januskopf • Schockstarre • Käfersterben • Fratzenmond • Kirchweihmord • Maskenspiel **SCHNEIDER, BERNWARD:** Spittelmarkt **SCHNEIDER, HARALD:** Räuberbier • Wassergeld • Erfindergeist • Schwarzkittel • Ernteopfer **SCHNYDER, MARIJKE:** Matrjoschka-Jagd **SCHRÖDER, ANGELIKA:** Mordsgier • Mordswut • Mordsliebe **SCHÜTZ, ERICH:** Judengold **SCHUKER, KLAUS:** Brudernacht **SCHULZE, GINA:** Sintflut **SCHWAB, ELKE:** Angstfalle • Großeinsatz **SCHWARZ, MAREN:** Zwiespalt • Maienfrost • Dämonenspiel • Grabeskälte **SENF, JOCHEN:** Kindswut • Knochenspiel • Nichtwisser **SPATZ, WILLIBALD:** Alpenlust • Alpendöner **STAMMKÖTTER, ANDREAS:** Messewalzer **STEINHAUER, FRANZISKA:** Spielwiese • Gurkensaat • Wortlos • Menschenfänger • Narrenspiel • Seelenqual • Racheakt **SZRAMA, BETTINA:** Die Konkubine des Mörders • Die Giftmischerin **THIEL, SEBASTIAN:** Die Hexe vom Niederrhein **THADEWALDT, ASTRID / BAUER, CARSTEN:** Blutblume • Kreuzkönig **THÖMMES, GÜNTHER:** Der Fluch des Bierzauberers • Das Erbe des Bierzauberers • Der Bierzauberer **ULLRICH, SONJA:** Fummelbunker • Teppichporsche **VALDORF, LEO:** Großstadtsumpf **VERTACNIK, HANS-PETER:** Ultimo • Abfangjäger **WARK, PETER:** Epizentrum • Ballonglühen • Albtraum **WICKENHÄUSER, RUBEN PHILLIP:** Die Magie des Falken • Die Seele des Wolfes **WILKENLOH, WIMMER:** Eidernebel • Poppenspäl • Feuermal • Hätschelkind **WÖLM, DIETER:** Mainfall **WYSS, VERENA:** Blutrunen • Todesformel **ZANDER, WOLFGANG:** Hundeleben

Wir machen's spannend